Oana Madalina Miròn

Meerhabilitation

novum pro

Bibliografische Information der Deutschen Nationalbibliothek:

Die Deutsche Nationalbibliothek verzeichnet diese Publikation in der Deutschen Nationalbibliografie. Detaillierte bibliografische Daten sind im Internet über http://www.d-nb.de abrufbar.

Alle Rechte der Verbreitung, auch durch Film, Funk und Fernsehen, fotomechanische Wiedergabe, Tonträger, elektronische Datenträger und auszugsweisen Nachdruck, sind vorbehalten.

© 2021 novum Verlag

ISBN 978-3-99131-027-3
Lektorat: Mag. Angelika Mählich
Umschlagfoto:
Ivan Kurmyshov | Dreamstime.com
Umschlaggestaltung, Layout & Satz:
novum Verlag
Autorenfoto: Oana Weninger

Gedruckt in der Europäischen Union auf umweltfreundlichem, chlor- und säurefrei gebleichtem Papier.

www.novumverlag.com

1 Tessa

»Sehr geehrte Damen und Herren, in wenigen Minuten beginnen wir mit unserem Landeanflug auf Reykjavik. Wir ersuchen Sie, sich hinzusetzen und wieder anzuschnallen. Bitte schalten Sie Ihre elektronischen Geräte aus, bringen Sie Ihren Sitz in eine aufrechte Position und klappen Sie das Tischchen hoch. Wir werden in Kürze landen. Vielen Dank!«

Die Stimme der Stewardess ließ mich augenblicklich hochfahren. Ich hatte fast den gesamten Flug verschlafen. Ich konnte mich nicht mehr daran erinnern, wann ich das letzte Mal so müde gewesen war. Müde und ausgelaugt. Gefühllos. Regungslos. Fast schon betäubt. Ich spürte tief in meinem Inneren eine endlose Leere, gepaart mit unendlicher Müdigkeit und Antriebslosigkeit. Ich hatte diesen gewagten Schritt gehen müssen. Meine Flucht war unausweichlich gewesen. Es war fast schon unglaublich, wie ich es doch letztendlich geschafft hatte, zu entkommen. Ich hatte mich einfach in Luft aufgelöst, keine Spuren hinterlassen. Nichts.

Nun saß ich in der Icelandair Boeing 767 und schaute nachdenklich beim Fenster hinaus. Island, das magische Land meiner Träume. Dieses bezaubernde Land übte auf mich eine unglaubliche Anziehungskraft aus. Tief in meinem Inneren hatte ich schon immer gewusst, dass ich eines Tages hierherziehen würde, deswegen fing ich schon vor etlichen Jahren an, die Landessprache zu erlernen. Ich war nun einigermaßen gut vorbereitet. Kein leichtes Unterfangen, denn Isländisch zu lernen war alles andere als einfach, doch mittlerweile konnte ich mich schon fließend unterhalten.

Nun war es so weit. Ich hatte den Schlussstrich ziehen müssen. Einen Neuanfang wagen. Für mich gab es kein Zurück mehr. Warum hatten nur so viele Menschen Angst, von vorne zu beginnen und alles Erlebte hinter sich zu lassen? Es konnte doch funktionieren, oder etwa nicht? Einfach die Sachen packen und los! Tja, manchmal war das leichter gesagt, als getan. Ich konnte verstehen, dass nicht jeder Mensch den Mut aufbringen konnte, diesen Schritt zu gehen.

In meinem Fall war es allerdings anders. Die verzwickte Lage, in der ich mich befand, hatte mir in den letzten Jahren das Leben nicht gerade leicht gemacht. Ich wollte mich schon viel früher in Luft auflösen, aber das ging nicht. Es war mir einfach nicht möglich gewesen. Das Böse hielt mich gefangen. Es hatte mich so fest in umklammert, dass ich zu ersticken drohte. Ich wunderte mich immer noch, wie lange ich es überhaupt ausgehalten hatte und wie stark ich eigentlich gewesen war.

Die Ohren fielen mir zu und ich merkte den sanften Druckanstieg, als die Maschine mit dem Sinkflug begann. Ich erhaschte einen Blick nach draußen. Die weite, eisige und verschneite Landschaft erstreckte sich in ihrer vollen Pracht vor meinen Augen und huschte wie ein weißer Schatten vorbei. Es war tiefster Winter. Alles weiß. Es schien, als würde die gesamte Insel im Winterschlaf sein. So still und leise. So friedlich.

Da es jetzt kein Zurück mehr gab, lehnte ich mich in meinem Sitz zurück, kuschelte mich fest hinein und versuchte, alles Geschehene wieder aus meinem Gedächtnis zu löschen. Ich hatte den Reset-Knopf gedrückt. Das war meine allerletzte Chance, wieder auf die Beine zu kommen, mich gänzlich aufzurichten. Ganz von vorne anzufangen.

Wer war ich nun eigentlich? Tessa, eine schöne und starke, lebensfrohe junge Frau, doch warum hatte ich es nur so weit kommen lassen? Das Böse hatte sich ganz langsam und unbemerkt in mein Leben geschlichen. Stück für Stück hatte es die Oberhand gewonnen, und bevor ich es merken konnte, war es letztendlich zu spät.

Ich sah beim Fenster raus und erblickte darin mein Spiegelbild. Ich sah mich an und begann mein Äußeres zu durchforsten. Ich hatte mich schon lange nicht mehr richtig im Spiegel angesehen.

Generell gesehen hatte ich mich nicht allzu sehr verändert. Niemand konnte es mir ansehen, dass ich bereits 33 Jahre alt war.

Die ersten 30 Jahre musste ich nicht ungeschehen machen, nur die letzten drei. Diese waren die Hölle gewesen. Sanft legte ich meine Hand auf das angelaufene Kabinenfenster und berührte mein Spiegelbild. Große, graublaue Augen blickten mich neugierig an, umrandet von endlos langen Wimpern. Meine Haut war immer noch makellos, einige Sommersprossen, aber kaum eine Falte zu erkennen. Lachfältchen konnte ich nicht viele entdecken, da ich in den letzten Jahren nicht allzu viel zu lachen hatte. Nur die Glabella, die Zornesfalte zwischen meinen Augenbrauen hatte sich ein wenig vertieft. Darüber konnte ich jedoch schmunzelnd hinwegsehen. Ich mochte kleine Schönheitsfehler, sie sind das Salz in der Suppe.

Ich untersuchte weiter mein Gesicht. Wunderschöne volle Lippen. Wie sehr hatte ich mir gewünscht, öfter geküsst zu werden. Viel zu selten war dieser Wunsch in Erfüllung gegangen. Meine langen, leicht gewellten, kupferroten Haare vervollständigten das Spiegelbild. Ich war eine wahre Schönheit. Zart und schön wie eine wilde Blume, die gerade noch rechtzeitig vor dem Verwelken gerettet werden konnte. Ich mochte, was ich sah; die Liebe zu mir selbst war bis zum heutigen Tag ungebrochen. Ich hatte mich selbst nie aufgegeben, das war für mich keine Option gewesen.

Eine Sportskanone war ich nie gewesen, hatte allerdings in den letzten Jahren eine Vorliebe fürs Joggen entwickelt. Das war auch mein einziger Trost und gleichzeitig ein Ventil, mit meinem Schicksal klarzukommen. Jede Schweißperle stand für eine vergossene Träne. Jeder Laufschritt war ein Hoffnungsschimmer, der mir Kraft gab weiterzumachen, um zu überleben. Kraft zu schöpfen und den Fluchtplan in meinem Kopf wieder und wieder durchzugehen, sodass letztendlich nichts mehr schiefgehen konnte. Die täglichen Laufrunden durch den kleinen verträumten Wald hinter unserem Haus waren meine Heilung gewesen. Damit konnte ich es zwar nicht ungeschehen, jedoch ein wenig erträglicher machen. Ich hatte Gott sei Dank auch noch die Gene meiner Mutter. Ich konnte essen, was ich wollte und war trotzdem gut in Form. Jede andere Frau würde mich für diese Aussage hassen, doch ich konnte nichts dafür. Entweder erbt man die Gene oder nicht, so einfach war das.

Mit einem heftigen Ruck setzte das Flugzeug auf. Touchdown.

»Sehr geehrte Damen und Herren, wir sind soeben in Reykjavik gelandet!«, ertönte es aus den Lautsprechern.

»Wir hoffen, Ihnen hat der Flug mit der Icelandair Boeing 767 gefallen und Sie hatten einen angenehmen Aufenthalt bei uns an Bord. Bitte bleiben Sie noch so lange angeschnallt sitzen, bis wir unsere endgültige Parkposition erreicht haben. Wir wünschen Ihnen einen angenehmen Aufenthalt in Island und würden uns freuen, Sie bald wieder an Bord begrüßen zu dürfen. Vielen Dank und auf Wiedersehen!«

Die hübschen Stewardessen machten sich rasch an die Arbeit, die Passagiere zu verabschieden. Ich konnte es kaum erwarten, aus dem Flugzeug auszusteigen. Alles begann zu wuseln, die Fluggäste kramten herum und jeder wollte als Erster Richtung Ausgang. Ich brauchte dringend Frischluft.

»Auf Wiedersehen und einen schönen Tag noch«, verabschiedete mich die Flugbegleiterin und setzte ihr schönstes Zahnpastalächeln auf.

Mit einem »Danke, Ihnen auch«, bedankte ich mich und stieg die Treppe hinunter.

Ich setzte den ersten Schritt auf isländischen Boden. Nun konnte mein neues Leben beginnen. Endlich war es so weit.

Kaum aus dem Flugzeug draußen, hielt ich kurz inne. Ich nahm einen tiefen Zug und sog die eisige Luft in meine Lungen hinein. Der Duft der Freiheit. Es roch nach Meer und Moos, nach Hoffnung und Neubeginn. Eine Woge der Erregung durchflutete plötzlich meinen Körper und all meine Härchen richteten sich auf. Gänsehaut am ganzen Körper! Wow, was für eine Begrüßung!

Unwillkürlich fing ich an zu lächeln, ja ich konnte förmlich den Startschuss meiner Selbstheilung spüren. Ein leichter Rausch floss durch meine Adern. Ich konnte kaum glauben, dass ich es geschafft hatte.

Anschließend holte ich den einzigen Koffer, den ich mitgenommen hatte, um bei der „Abreise" – oder besser gesagt Flucht – nicht aufzufallen, am Gepäckband ab und winkte das erstbeste Taxi herbei. Ein Koffer musste erst mal reichen. Winterbekleidung, Unterwäsche, Laufhosen und T-Shirts, zwei Paar Schuhe, Kosmetika, meine *Canon*-Kamera, drei Lieblingsbücher und einige wichtige Dokumente. Kein Handy, kein Tablet, keine Verbindung zur Außenwelt. Das war alles. Das sollte für den Anfang vorerst reichen. Alles andere konnte ich hier besorgen, wenn es unbedingt notwendig sein sollte. Ich wollte auch nicht zu viele Erinnerungen mitnehmen, diese würden mich nur in der Vergangenheit festhalten. Ich konnte es kaum erwarten, mein neues Zuhause zu sehen.

Zuhause … Was für ein wunderschönes Wort, das gleichzeitig so viel bedeutete.

»Guten Morgen! Wohin soll die Fahrt gehen?«, begrüßte mich der Taxifahrer freundlich auf Isländisch, als ich die Autotür öffnete.

»Nordurströnd 17, bitte«, antwortete ich.

Das Taxi setzte sich in Bewegung und rollte fast geräuschlos die verschneite Fahrbahn entlang.

»Aus dem warmen Süden wieder zurück?«, scherzte er.

»Nein«, gab ich schmunzelnd zurück.

»Ich bin das erste Mal in Island.«

Verblüfft sah mich der Taxifahrer mit seinen eisblauen Augen im Rückspiegel an. Er sah leicht irritiert aus.

»Sie scherzen! Sie sprechen ja meine Sprache. Touristen sprechen kein Isländisch, junges Fräulein«, fügte er hinzu.

»Da haben sie wohl recht. Ich bin keine Touristin. Ich werde für immer hierbleiben, das ist mein neues Zuhause«, antwortete ich leicht verträumt, und musste wieder schmunzeln.

Erstaunlich. Ich hätte nie gedacht, dass mein Akzent nicht zu bemerken gewesen wäre. Er hatte mich tatsächlich für eine Isländerin gehalten. Die teuren Sprachkurse mussten sich wohl tatsächlich bezahlt gemacht haben. Der Taxifahrer fing an zu lachen.

»Da haben Sie sich aber ein kühles Plätzchen ausgesucht. Und Sie sind wirklich freiwillig hier?! Haha!«, lachte er laut auf und schüttelte belustigt den Kopf.

»Ja, genauso ist es, ich bin freiwillig hier ...«, antwortete ich. Wenn er nur wüsste, welche Mühe und Gefahren ich auf mich genommen hatte, um hier und jetzt in diesem Taxi zu sitzen. Ich wurde sozusagen freiwillig dazu gezwungen. Was für ein lustiges Wortspiel.

Ich blickte aus dem Fenster. Wir fuhren entlang der Küste Richtung *Seltjarnarnes*, eine wunderschöne Gemeinde direkt an Reykjavik angrenzend. Auf der Suche nach einem neuen Zuhause hatte ich mich nur anhand von Bildern und Onlinerecherchen sofort in diese Halbinsel verliebt. Was Seltjarnarnes wirklich auszeichnete war, dass die Halbinsel fast gänzlich vom Meer umgeben war. Die malerischen Küstenwanderwege und der unendlich weite Panoramablick auf die Berge luden zum Träumen ein.

Das definitive Highlight war der *Grótta*-Leuchtturm, der als einer der besten und schönsten Aussichtspunkte Reykjaviks gilt, sowohl für die Beobachtung der Nordlichter im Winter als auch für die Sommernachtssonne in der wärmeren Jahreszeit; Zudem galt er auch als Oase der Vogelvielfalt, da auf Seltjarnarnes bereits über mehr als 110 unterschiedlichen Vogelarten registriert wurden. Viele Touristen berichteten zudem darüber, dass man von den Pfaden aus die gut genährten Robben an den felsigen Stränden liegen sehen und, manchmal auch Wale beobachten konnte. Für eine Naturliebhaberin, wie ich es war, klang das wie ein Märchen. Ich konnte es einfach nicht erwarten, dieses Naturschauspiel mit eigenen Augen zu beobachten.

Von Beruf war ich Meeresbiologin. Ich hatte nicht nur Meeresbiologie studiert, sondern lebte es auch. Mein Beruf war zu Berufung geworden. Der Schutz der Meere – und besonders der Widerstand gegen das brutale Abschlachten von Delfinen und Walen – war für mich inzwischen zum Lebensmittelpunkt geworden. Mein letzter Job im „Haus des Meeres", inmitten der Großstadt Wien, konnte mir auf Dauer keine Befriedigung verschaffen. Fische gehörten ins Meer, nicht in einen Schaukasten. So viel stand fest. Ein Grund mehr, endlich ans Meer zu ziehen. Die Leidenschaft direkt vor der Nase zu haben und sie jeden Tag aufs Neue erleben zu dürfen.

Wir fuhren weiter. Die weiße, tief verschneite Landschaft zog an uns vorbei. Alles schien so friedlich und verschlafen. Ja, es konnte einfach nur gut werden. Nirgendwo sonst als hier, auf dieser wunderbaren Insel, wäre ein Neubeginn besser denkbar gewesen. Hier würde mich niemand finden, niemand mehr verletzen oder mir mehr wehtun. Hier war ich richtig. Ich würde ganz von vorne anfangen, mich um eine neue Arbeitsstelle kümmern und mein Erspartes wohlüberlegt einteilen. Einen Gang zurückschalten und die Dinge in meinem Kopf neu ordnen, mir mehr Raum zum Atmen geben, um dieses Mal die richtigen Entscheidungen zu treffen. Ich war jetzt auf mich alleine gestellt, stand seit Langem erst mal wieder auf eigenen Beinen. Es fühlte sich verdammt gut an!

»So, wir sind da. Das macht dann 289 Kronen«, riss mich der Taxifahrer aus meinen Tagträumen.

»300, stimmt schon.« Ich reichte ihm das Geld und stieg aus dem Taxi. Mann, oh Mann, ein ganz stolzer Preis. Kein Wunder, dass ich nicht allzu viele Taxis auf dem Weg hierher gesehen hatte. Der Bus wäre sicherlich um einiges günstiger gewesen.

Mit einem »Viel Glück und herzlich willkommen! Auch wenn es sehr kalt und rau aussehen mag, wir Isländer tragen das Feuer immer im Herzen«, verabschiedete er sich.

Das Taxi setzte sich in Bewegung und fuhr langsam davon.

Ich blieb alleine am Gehsteig stehen und sah ihm nach. Es fing an zu schneien. Ich blickte hinauf zum Himmel und schloss entspannt meine Augen. Ich spürte, wie die Schneeflocken mein Gesicht berührten und auf meiner warmen Haut dahinschmolzen. Da ich keine große Eile hatte, genoss ich dieses Gefühl eine Zeit lang. Ich war da. Ich hatte es geschafft. Die gesamte Vorarbeit hatte sich letztendlich gelohnt. Ich schlug ein neues Kapitel auf, die erste Seite eines neuen Buches. Meines Buches.

Tessas Buches.

2   *Tessa*

Ich hatte mir erst mal für ein ganzes Jahr ein kleines, idyllisches Häuschen direkt an der Nordküste von Seltjarnarnes gemietet. Ich weiß, ganz schön mutig, so nah am Wasser zu leben, wo das Klima hier derart wild und erbarmungslos war, aber für mich war es die einzig richtige Option. Erstens konnte ich so meinem geliebten atlantischen Ozean möglichst nahe sein, zweitens, war ich nicht weit von der Hauptstadt entfernt, wo ich auch Arbeit finden konnte, und drittens hatte ich genug Abstand zu den übrigen Menschen.

Ich musste erst mal alleine sein und zu mir selbst finden. Mich wieder erinnern, wer ich eigentlich war, und wohin mein Weg gehen sollte. Viel zu lange hatte ich mich in der Vergangenheit herumkommandieren und beeinflussen lassen. Mich „besitzen" lassen. Damit war jetzt Schluss!

Nun konnte ich seit Langem wieder meine eigenen Entscheidungen treffen.

Ich schaute auf die Stadtkarte und versuchte mich zu orientieren. Ohne Google Maps war das eine richtige Herausforderung. Ich blickte in die Richtung, wo sich das Haus hätte befinden sollen.

Üppige, mit Schnee behangene Bäume, die hörbar unter der eisigen Belastung ächzten, versperrten mir den Blick. Ich sah einen schmalen Trampelpfad, der sich zwischen den Bäumen hindurch schlängelte und ging diesen vorsichtig hinab. Ich machte kleine Schritte, versuchte nicht auszurutschen und plötzlich sah ich es.

MEIN kleines Haus!

Ich war endlich an meinem Ziel angekommen. Es war einfach wunderschön. Von der Situation übermannt, blieb ich einfach kurz stehen und genoss den Ausblick.

Ganz einsam und doch so stabil und stolz, stand es einfach nur da. Zirka zweihundert Meter bis zum Wasser und der leicht zum Ozean geneigte Hang, machten den Ausblick auf den Atlantik einfach perfekt. Ich stand mit offenem Mund da und verfiel in eine Art Starre. So schön hatte ich es mir einfach nicht vorgestellt. Klar, ich kannte das Haus von etlichen Fotografien, doch es hier und jetzt mit eigenen Augen zu betrachten, verschlug mir den Atem. Ich wusste, warum ich mich ursprünglich in dieses Haus verliebt hatte. Wenn man am Hang stand und hinuntersah, konnte man die gesamte Schönheit überblicken. Die unendliche Weite bis zum Horizont ließ mich alles vergessen. Die Kraft der Natur überrollte mich mit voller Gewalt und ließ mich sprachlos zurück!

Die Fassade des Hauses war an der dem Hügel zugewandten Seite mit dunkelbraunen, vertikal angebrachten Holzlatten verkleidet, die nordisch angehauchten Fenster waren weiß gestrichen. Die in Richtung des Ozeans ausgerichtete Seite war komplett mit rustikalen Natursteinen bis zum Dach hin zugemauert. Nur in der Mitte dieser Steinmauer befand sich eine Tür, wahrscheinlich konnte man durch diese Tür auf die Terrasse gelangen. Zwischen den Steinen, die aussahen, als hätte man sie einzeln in der freien Natur gesammelt und mit viel Liebe an der Hausmauer angebracht, wuchs dichtes Moos, das teilweise unter dem Schnee hervorblitzte. Das Dach war mit einer dicken Schneedecke bedeckt, was dem Ganzen eine gemütliche Note verlieh. Zum Wasser hin konnte ich eine kleine Steinterrasse erkennen, die weiße Pracht ließ meiner Fantasie noch viel Raum übrig.

Ich konnte es kaum erwarten, das Haus zu betreten. Wie ein Überraschungsei stand es da und wartete darauf ausgepackt zu werden. Rasch ging ich hinunter und suchte den Haustürschlüssel. Wie mit der Vermieterin vereinbart, lag er unter einem großen Stein neben der Eingangstür. Da die Einbruchsrate in Island sehr gering war, wollte die Hausbesitzerin die Tür überhaupt unversperrt lassen, aber ich bestand darauf, trotzdem den Schlüssel zu verstecken.

Als ob ein Einbrecher unser tolles Versteck nicht ohnehin nach einer fünf minütigen Suche gefunden hätte. Ich lachte kurz in mich hinein. Typisch österreichische Mentalität. Ich musste mich langsam davon lösen und freier, wilder werden. Öfter Risiken eingehen … Ja, ich musste unbedingt an mir arbeiten!

Ich schloss die Tür auf und öffnete die aus massivem Holz bestehende, mit Metallbeschlägen und isländischen Ornamenten versehene Eingangstür. In der Mitte war ein schwerer Messingtürklopfer in Form eines Pferdekopfes, dem Nationaltier Islands, angebracht. Mit einem leisen Knarren ging sie auf. Mein Herz machte einen freudigen Satz als ich hineinging. Ich konnte meinen Augen nicht trauen.

Der Innenbereich war riesig! Ich blickte auf einen offenen loftähnlichen Wohnbereich und stand plötzlich in einem riesigen Raum, der schöner nicht hätte sein können. Die Wände waren in einem ruhigen, graublauen Ton gestrichen, der untere Wandabschnitt mit marineblauen, vertikalen Holzlatten verziert. Es hatte einen maritimen, skandinavischen Touch. Eine riesige, dunkelbraune Vintage Ledercouch, die auch als ausziehbare Schlafcouch diente, ein massiver Holztisch, ein gemütlicher Schaukelstuhl in der Ecke, ein paar Sitzpölster, geschmackvolle Wandlampen und ein weißes Bücherregal – das war die gesamte Inneneinrichtung. Der Kochbereich bestand aus einer Kochnische mit den nötigsten Geräten, einem stabilen, quadratischen Holzesstisch mit zwei Stühlen und einer dunkelblauen Glasvitrine. Flauschige Tierfelle waren über den graubraunen Parkettboden verteilt. In die Nordwand, die dem Meer zugewandt war, hatte man ein drei mal vier Meter großes Panoramafenster eingebaut, mit einer endlos langen, mit Pölstern verzierten Fensterbank davor. Ich wusste jetzt schon, dass ich an diesem Platz viele Stunden mit Lesen verbringen würde. Die vielen Fenster ließen so viel Licht hinein, dass die Sonnenstrahlen das Haus durchfluteten und den Wohnbereich in einen magischen Ort verwandelten. Ich war überwältigt.

So einfach und doch so hübsch! Das war mein neues Zuhause und ich fühlte mich sofort wohl. Ich war angekommen. Geistig und vor allem körperlich. Ich konnte mir das Grinsen einfach nicht verkneifen, nahm Anlauf und ließ mich quietschend auf die große Couch plumpsen.

Ich schloss die Augen und atmete den neuen Duft der Freiheit ein. Es roch nach Zedernholz mit einem Hauch von Mut und Selbstbewusstsein. Ich wusste, dass alles gut werden würde. Den schwersten Abschnitt hatte ich bereits hinter mir gelassen. Jetzt konnte mein neues Leben beginnen, mit allem, was dazugehört.

An den nächsten Tagen machte ich mir eine Liste mit den nötigsten Sachen, die ich besorgen musste. Essen und Trinken, Gläser und Besteck, Körperpflegeartikel und einige Dekoartikel, um dem neuen Zuhause meine eigene Handschrift zu verleihen. Ja, ich hätte mir nichts Schlimmeres vorstellen können, als im verschneiten Island ohne Tampons festzusitzen. Da ich mein gesamtes Hab und Gut zurücklassen musste, empfand ich es nun als eine riesengroße Erleichterung, mich komplett neu einzurichten und neue Sachen zu kaufen.

In den darauffolgenden Tagen hatte mich schon so gut eingelebt, dass ich beschloss, es endlich mit der Stadt aufzunehmen. Ich war wieder bereit, Menschen um mich zu haben, und mich mit dem einen oder anderen auszutauschen. Isolation funktionierte nur bedingt, es war wieder an der Zeit, meine kleine, schützende Blase zu verlassen. Ich packte mich im Inuit-Style gut ein, streifte mir meine pinken Moonboots über und schon konnte es losgehen!

Dieses Mal nahm ich mutig den Bus. Die Taxifahrten würden meine Ersparnisse auf Dauer deutlich minimieren. Ich kam besser als erwartet zurecht. Kaum im Zentrum Reykjaviks angekommen, führte mich mein allererster Weg zum größten Autohändler, den ich finden konnte. Ich betrat den Laden und kam mir vor wie im Land der Riesen, denn anscheinend fuhren hier alle nur SUVs und riesige Geländewagen, deren Reifen fast so groß waren wie ich selbst. Hier herrschte die Devise »bigger is better«.

»Guten Tag! Kann ich Ihnen behilflich sein?«, begrüßte mich der freundliche Autoverkäufer mit einem gekonnten Perlweißlächeln. In seinem dunkelblauen Anzug sah er eigentlich eher aus wie ein Politiker. Ich mochte keine Politiker. Sein Aftershave machte die Situation nicht besser, denn er roch, als hätte er darin gebadet. Ich versuchte durch den Mund zu atmen.

»Guten Tag, wenn sie mich schon so fragen, ich bin auf der Suche nach einem Auto«, antwortete ich leicht irritiert. Man konnte es mir nur allzu gut ansehen, dass ich mit dem Fahrzeugangebot deutlich überfordert war. Autos zählten für mich zu den Gebrauchsgegenständen, die mich von A nach B beförderten, mehr nicht.

»Zum Kauf oder als Leasing?«, fragte er mich.

Aha, der Kunde wurde anscheinend bereits bei der ersten Frage klassifiziert und in Schubladen gesteckt. Hätte er mich gleich fragen sollen, wie viel Geld ich auf dem Konto hatte?! Irgendwie amüsierte mich die Situation.

»Ich würde gerne ein praktisches, kleines Auto kaufen, wenn geht, gebraucht, nicht älter als drei Jahre. Allerdings bin ich nicht gleich davon ausgegangen, mit einem Truck nach Hause zu fahren«

Der Verkäufer leckte sich kurz die Lippen, als er das Wort „kaufen" hörte und ich könnte schwören, winzig kleine Dollarscheine in seinen Pupillen erkannt zu haben.

»Ich bin eher auf der Suche nach einem kleineren Wagen, einen VW Polo, oder so?« Ich war mir aber ziemlich sicher, dass ich mit solch einem Auto nicht nach Hause fahren würde.

»Wenn Sie mir eines glauben können, ist es die Tatsache, dass Sie in ganz Island keinen VW Polo finden werden. Bitte vertrauen Sie mir, wenn Sie den Winter hier überleben möchten, dann würde ich Ihnen dazu raten, sich die großen Jungs hier anzusehen«, sagte er stolz und zeigte auf die Ausstellfahrzeuge. Von Jeep, Nissan, Kia, Opel bis BMW, VW und Audi, alles was einen Namen hatte, war hier bunt vertreten und stehts in XXL-Ausführung.

»Na ja, einen Blick kann ich ja mal darauf werfen«, sagte ich verunsichert, wusste aber insgeheim, dass der Verkäufer recht hatte. Die Winter hierzulande waren sehr lang und rau. Ich lebte hier quasi am Nordpol und wollte mich im Straßenverkehr sicher bewegen.

Tja, das waren auch schon meine letzten Worte, bevor ich eine halbe Stunde später in meinem nigelnagelneuen, moosgrünen Jeep das Autohaus verließ. Hoch über dem Boden schwebend und mit einem süffisanten Grinsen im Gesicht, der mich selbst überraschte, düste ich die Straße hinunter Richtung Mall. Der Autoverkäufer hatte nicht nur einen guten, sondern einen ausgezeichneten Job gemacht. Seine Monatsprovision war ihm jetzt schon sicher. Doch alles in allem hatte ich mich vollkommen richtig entschieden. Der isländische Winter ließ mir keine andere Wahl.

»Carpe diem, Tessa! Carpe diem!«, sagte ich leise zu mir.

»Das hast du dir so was von verdient!«

Das Fahren in diesem Monstrum bereitete mir solch eine Freude, dass ich deutlich spürte, wie meine Wangen zu glühen begannen. Rechte Kurve, linke Kurve, in den Außenspiegeln konnte ich den Pulverschnee in allen Richtungen davonspritzen sehen. Ich fühlte mich wie ein kleines Kind, das ins Bällebad hüpfen durfte.

Plötzlich huschte vor meinen Augen ein schwarzes Etwas vorbei! Direkt vor mein Auto!

VOLLBREMSUNG!!!

Ich schrie erschrocken auf, der Jeep geriet ins Wanken, Spurhaltung ade! Wie in Zeitlupe konnte ich erkennen, wie ich mich im Uhrzeigersinn zu drehen begann. Die Umgebung drehte sich im Kreis, weiße Landschaft, Bäume, weiße Landschaft, Bäume … Ich hielt das Lenkrad so fest, dass sich sogar meine kurz geschnittenen Fingernägel ins Leder zu bohren begannen. Das war's dann wohl mit meinem neuen Wagen, wie gewonnen, so zerronnen. Im Radio lief „At last" von Etta James. Das Auto drehte sich rhythmisch im Takt zur Musik. Das hatte beinahe schon etwas von einer gefühlvollen Tanzeinlage auf dem Eis, wie im Eiskunstlauf. Was für eine absurde Situation! Ich kam von der Straße ab und landete mit einem lauten Knall im nächstgelegenen Schneehaufen!

Stille.

Ich wagte es nicht mal, mich zu bewegen. War ich verletzt? Gelähmt oder etwa tot?!

»Tessa, jetzt mal tief durchatmen!«, ermahnte ich mich mit einem leicht panischen Unterton. Ich öffnete die Augen, bewegte vorsichtig meine Finger, meine Arme, meine Beine und hob schließlich ganz langsam den Kopf. O. k., soweit ich das beurteilen konnte, war ich o. k. Meine Hände zitterten, ich spürte wie das Adrenalin durch meine Adern zischte.

»Oh, mein Gott, Miss, alles o. k?!«, hörte ich draußen jemanden rufen. Eine männliche Stimme. Warum nannten mich alle nur »Miss«?. Das war auf so vielen Ebenen falsch, aber eigentlich sollte es mir schmeicheln. Er hämmerte gegen meine Fensterscheibe und versuchte den Schnee wegzuwischen.

»Hallo?!! Ja, ich bin hier drinnen!«, rief ich instinktiv zurück.

»Ich hole Sie hier raus! Nur keine Panik!«, antwortete der Fremde.

»Ist gut! Ich warte dann so lange.«

Herrgott, wie peinlich, Tessa! Sehr intelligente Antwort. Na klar, wo sollte ich denn sonst hin? Ich war ja regelrecht im Auto gefangen. Schamesröte stieg mir ins Gesicht.

Der nette Helfer schaffte es irgendwie mit viel Mühe und Not, die Fahrertür mit den Händen vom Schnee freizuschaufeln und öffnete sie mit einem kräftigen Ruck. Da ich mich dagegenstemmte, um ihm zu helfen, plumpste ich im gleichen Moment hinaus und fiel hochkant auf ihn drauf! Gemeinsam fielen wir wie ein Fleischklops in den Pulverschnee.

Er landete rückwärts im Schnee und ich klatschte recht tollpatschig auf ihn drauf.

»Ähm, hallo. Ich meine, danke!«, stammelte ich vor mich hin.

Mit einem breiten und gleichzeitig unwiderstehlichen Lächeln sah er mich an. Unsere Gesichter waren nur fünf Zentimeter voneinander entfernt, ich konnte seinen warmen Atem spüren.

»Gern geschehen«, antwortete er.

Oh, mein Gott! So nah war ich einem männlichen Wesen sage und schreibe seit Jahren nicht mehr gewesen! Er lag einfach nur da und machte keine Anstalten, sich von mir wegzubewegen. Er fand unsere verzwickte Lage sehr amüsant und lächelte mich unentwegt an. Dumpfe, stampfende Geräusche lenkten mich plötzlich ab und mit einem Mal sprang mich wie aus dem Nichts ein schwarzes, nasses Fellknäuel an.

»Schleck!«

Seine feuchte Zunge schlabberte alles ab, was sie erwischen konnte und landete auf meinem Gesicht. Das kitzelte überall und ich konnte nicht anders, als mich zur Seite zu rollen und kichernd den Überfall über mich ergehen zu lassen.

»Magnus, runter! Komm her!«, befahl er dem schwarzen Riesen mit einem leicht amüsierten Unterton.

Der Hund sprang auf und befolgte brav die Befehle. Hechelnd, mit seiner heraushängenden rosaroten Zunge, die fast bis zum Boden reichte, saß er neben seinem Herrchen und beide sahen mich an. Was für ein zuckersüßes Duo, da kriegte man fast Diabetes!

»Danke! Vielen Dank, dass Sie so schnell zur Stelle waren und mir geholfen haben«, bedankte ich mich und wischte mir dabei den warmen Hundesabber aus dem Gesicht. Glitschig!

»Na ja, zur Stelle ist gutgesagt«, gab er zurück.

»Magnus ist Ihnen vors Auto gelaufen. Ich weiß nicht, wie er sich von seiner Leine befreien konnte. Das ist so untypisch für ihn! Das hat er bisher noch nie gemacht«, sagte er und kraulte seinem Hund neckisch die Ohren.

Mamma Mia! Was für ein Mann! Ich stand einfach nur da und konnte nicht aufhören, ihn anzustarren. Er war groß! Sehr groß. Er hatte breite Schultern, große Hände und mit Sicherheit eine Schuhgröße von mindestens 50. Ich schämte mich fast dafür, wohin meine Gedanken plötzlich abschweiften, als ich die Relation der Körperteile berücksichtigte! Dunkelblondes Haar, zu einem *Man Bun* zusammengebunden, dichter, aber gepflegter Bart und stahlblaue Augen machten ihn auf jeden Fall zu einem richtigen Hingucker. Ein gepflegtes Äußeres und ein warmherziges Inneres. Wenn man ihn so ansah, konnte man ihm mit Leichtigkeit zutrauen, mein Auto mit nur einem Arm hochheben zu können! Ein richtiger Wikinger wie aus meiner Lieblingsserie *Vikings*. Ragnar Lothbrock war ein Winzling dagegen, kein Wunder, dass er allein die Schneemassen mit seinen bloßen Händen wegschaufeln konnte. Durchatmen, Tessa, tief durchatmen.

»Hi, ich heiße Raik. Magnus haben Sie ja bereits kennengelernt«, stellte er sich vor und reichte mir die Hand. Ich nahm seine Hand und schüttelte sie so lange, dass es uns fast schon peinlich wurde. Leicht irritiert ließen wir voneinander los.

»Hallo, bitte duzen wir uns. Tessa. Mein Name ist Tessa. Vielen Dank noch mal. Du hast mir das Leben gerettet«, gab ich zurück und lachte ihn an.

»Bist du verletzt? Geht es dir gut?«, fragte er besorgt nach.

»Danke, aber soweit ich es beurteilen kann, geht es mir gut. Mein Herzschlag hat sich Gott sei Dank auch schon normalisiert. Gut, dass Magnus nichts geschehen ist. Das ist das Allerwichtigste«, antwortete ich.

»Ich bin Tierarzt, kein Humanmediziner, aber wenn du möchtest, kann ich dich gerne ins nächstgelegene Krankenhaus für einen schnellen Check-up hinfahren, nur um sicherzugehen«, bot er mir an.

»Nein, danke! Alles in bester Ordnung. Ich muss den Schreck mal verdauen, es geht mir wirklich gut. Ich denke, ich werde ganz vorsichtig nach Hause fahren und mir einen heißen Tee kochen«, antwortete ich und lächelte ihn an.

»Ein sicheres Fahrzeug hast du ja schon mal«, sagte er und betrachtete interessiert den Jeep. Er umrundete mein Fahrzeug und stellte erleichtert fest, dass das Auto nichts abbekommen hatte.

»Danke, das Auto habe ich mir vor nicht länger als dreißig Minuten gekauft«

»Da hast du einen ausgezeichneten Kauf getätigt! Kaum auszudenken, was sonst alles hätte passieren können«, antwortete er und fuhr sich mit den Händen durchs Haar.

»Ja, das stimmt«, pflichtete ich ihm bei.

»Na dann, komm gut nach Hause. Vielleicht läuft man sich ja wieder über den Weg«, verabschiedete er sich freundlich.

Ich hätte schwören können, er wollte noch etwas sagen. Etwas Eigenartiges lag in der Luft … Das konnte ich definitiv spüren.

»Ja, vielleicht. Auf Wiedersehen und danke noch mal«, verabschiedete ich mich ebenfalls und stieg in meinem Jeep. Ich fuhr langsam los und blickte in meinen Rückspiegel. Er stand noch immer wie angewurzelt da und schaute mir nach. Magnus auch. Ich beobachtete die beiden so lange, bis ich bei der nächsten Kreuzung abbog.

Ich fuhr schnurstracks nach Hause. Keine Umwege mehr, die Einkäufe mussten ein anderes Mal getätigt werden. Der Zwischenfall hatte mir einen richtigen Schrecken eingejagt. Trotzdem musste ich schmunzelnd zugeben, dass der Vorfall auch eine angenehme und unerwartete Wendung genommen hatte. Der wilde Mann und sein Hund. Was für eine Begegnung! Meine Hände wurden bei dem Gedanken immer noch feucht.

Am liebsten wäre ich nochmal zurückgefahren und hätte ihn gefragt, ob er auch gerne Tee trinke. Aber nein, das wäre vollkommen ausgeschlossen, denn Männer kamen für mich in meiner jetzigen Situation definitiv nicht in Frage. Noch nicht. Instinktiv schüttelte ich den Kopf, um mich wieder zu besinnen, und konzentrierte mich auf die Straße.

Ich betrachtete mich im Spiegel. Graugrüne, traurige Augen sahen mich an. Wo ist das Feuer geblieben? Ich war zu jung, um mit diesem Thema abzuschließen. So unverbraucht noch, so wenig erlebt und doch so übersättigt von Geschehenem. Mein Herz wurde bereits einmal gebrochen, ein zweites Mal durfte so etwas nicht wieder passieren.

Ich musste meine Lebensfreude wiederfinden. Ich spürte, dass das Feuer tief in mir drinnen noch nicht ganz erloschen war. Es loderte es immer noch, ich musste es nur vor dem Erlöschen retten.

Zuhause angekommen, machte ich mir einen heißen Tee, nahm mir die kuscheligste Decke, die ich im Haus finden konnte, und ging raus ins Freie.

Die kleine steinerne Terrasse mit zwei Stühlen und einem runden, kleinen Steintisch war das i-Tüpfelchen. Der Ausblick? UNBEZAHLBAR!

Vor mir erstreckte sich der gesamte Nordatlantik in seiner vollen Pracht. Nicht einmal der eiskalte Winter konnte seine Schönheit schmälern. Der Nordwind frischte auf und begann die Wellen aufzuwühlen. Sie peitschten mit unerbittlicher Kraft gegen den Küstenhang, der sich rechtsseitig kilometerlang vor meinen Augen erstreckte. Alles begann zu schäumen, der Wind spielte mit meinen offenen Haaren und wirbelte sie in alle Richtungen. Ich schloss meine Augen und genoss die Laune der Natur. Was für ein einziges Naturschauspiel! Ich dachte nur, wie schön mussten der Sommer und der Herbst erst sein, wenn mir bereits der Winter vor lauter Schönheit die Luft zum Atmen nahm?!

3 Raik

Da es wieder zu schneien begann, machten Magnus und ich uns hastig auf den Weg nach Hause. So einen unvorhergesehenen Zwischenfall konnten wir uns nicht noch einmal leisten. Magnus' Adrenalinspiegel ließ ihn wortwörtlich fünf Zentimeter über dem Boden schweben und ich spürte meine Finger vor lauter Kälte fast nicht mehr. Hätte ich doch meine Fäustlinge mitgenommen. Wer konnte schon ahnen, dass ich heute noch in den Genuss kommen würde, einen riesigen Berg Schnee mit meinen bloßen Händen wegzuschaufeln? Der kurze Spaziergang mit Magnus entpuppte sich definitiv als Highlight der Woche, der mir noch lange im Gedächtnis bleiben würde.

Ich war noch richtig benommen. Als ich den Zwischenfall gedanklich nochmal durchging, war ich einfach nur erleichtert, dass niemandem etwas zugestoßen war. Weder Magnus noch … Wie hieß sie noch mal?

»Tessa«, flüsterte ich leise vor mich hin.

Was für eine Naturgewalt! Sie fiel aus dem Auto direkt auf mich drauf. Wie ein wild gewordener Feuerball flammten Ihr Haare auf, fielen auf mein Gesicht und liebkosten mich. Ich hatte ihren Duft immer noch in meiner Nase. Ihre kühlen, graublauen Augen hatten sich in Sekundenschnelle in mein Innerstes gebohrt. Was für ein heftiges Erlebnis, das ich schon seit Langem nicht mehr erleben durfte.

Was war passiert? Wie konnte diese zarte Schönheit mir in die Arme fallen, um sich dann doch wieder in Luft auflösen? Ich hätte mir wortwörtlich in den Hintern beißen können, dass ich nicht daran gedacht hatte, sie auf einen Kaffee einzuladen. Tee war nicht so meins.

Die letzten vier Jahre Singledasein hatten mich nicht wirklich zum Casanova gemacht. Klar, mir fehlte es an nichts, und ich hatte in der letzten Zeit auch einige kurze Bekanntschaften gemacht, doch irgendwann hatte ich enttäuscht feststellen müssen, dass ich genau „die eine Frau", die ich vergeblich suchte, noch immer nicht getroffen hatte. Die Tierarztpraxis lief mehr als zufriedenstellend, die Patienten gingen ein und aus, doch die Zweisamkeit fehlte mir allmählich. Nicht nur das Körperliche, mehr das miteinander Lachen, Fernsehabende auf der Couch mit einer Tüte Chips, das gemeinsam Einschlafen und wieder Aufwachen. Ich vermisste die menschliche Wärme.

Ich hätte Tessa noch ein wenig aufhalten sollen, sie um ihre Nummer fragen. Stattdessen stand ich nur da und schaute zu, wie sie davonfuhr. Ich stand einfach nur da und ließ sie davonfahren. Tschüss, und auf Wiedersehen! Ich hätte mich dafür ohrfeigen können! Der irre Gedanke, sie eventuell doch noch von Magnus aufspüren zu lassen, ließ mich plötzlich auflachen. Es war zwar ein guter Schnüffler, doch das klang schon ein wenig krankhaft. Ich wollte doch nicht als Stalker abgestempelt werden.

»Magnus, dein Herrchen dreht jetzt völlig durch. Komm, gehen wir rein, es wird richtig ungemütlich hier draußen«, sagte ich zu Magnus und sperrte die Ordinationstür auf.

Magnus lief sofort hinein, schüttelte sich kräftig durch, machte sich über die Stufen auf zum oberen Wohnbereich. Es war sehr praktisch, die Tierarztpraxis und meine Wohnung in einem Haus zu haben, das ersparte mir schließlich den täglichen Arbeitsweg.

Im Wohnzimmer angekommen, schenkte ich mir einen Schluck Brennivin ein, um mich ein wenig aufzuwärmen. Genau das brauchte ich jetzt. Magnus machte es sich vor dem Kamin gemütlich und fing sofort an zu schnarchen. Harter Tag für ihn. Hund müsste man sein!

Ich ging nachdenklich zur Fensterfront, die mir einen unglaublichen und atemberaubenden Blick auf den gesamten Horizont freigab. Genau deswegen wollte ich an dieser Stelle keine Wand, die mir die Sicht nach draußen verdeckte. Nur Glas. Riesiges, dreifachverglastes Sicherheitsglas, das einem Schaufenster ähnelte. Meine Seele brauchte Raum, musste sich frei entfalten können. Ich blickte nach draußen und ließ meine Gedanken schweifen. Unendliche Weite.

Da war er, der unbändige und gleichzeitig wunderschöne Ozean, der schon damals meinen Vorfahren das Zittern beibrachte und Respekt einflößte. Trotzdem lernten sie schnell, die Natur zu ihrer Verbündeten zu machen. Sehr oft fühlte ich diese Verbundenheit zu meinen Ahnen. Ich liebte es sehr hier zu sein und fühlte mich gesegnet, in diesem wunderschönen Land leben zu dürfen. Ja, ich war ein stolzer Isländer, der tief verwurzelt war. Manche Menschen hatten eine derartige Verbundenheit nicht, bei mir war es anders und dafür war ich dankbar.

Ein Sturm kam auf. Die tiefschwarzen Wolken verschmolzen mit den tosenden Wellen. Der Horizont war fast nicht mehr zu erkennen und die klaren Linien schienen miteinander zu verschmelzen. Alles schäumte und wütete, wie ein wildgewordener Dämon, der seiner Laune freien Lauf ließ. Manchmal spiegelte das Meer mein Innerstes wider. Ich erkannte mich oft darin, und auch wenn es lächerlich klang, das Wasser zu beobachten war meine Medizin. Auf diese Art und Weise konnte ich am besten abschalten und meine Gedanken neu ordnen. Nichts war für mich beruhigender als das. Die Natur war von Anfang an ein heiler Ort gewesen, so rein und aufrichtig. So rein.

Ich nahm noch einen kräftigen Schluck und spürte, wie der Schnaps eine warme Spur beim Schlucken hinterließ.

Was für ein Tag!

4 *Tessa*

Die darauffolgenden Tage verliefen Gott sei Dank komplikationslos. Keine Unfälle, keine Stürze, keine Hormone. Ich hatte es endlich geschafft, meinem neuen Zuhause eine eigene Handschrift zu verpassen. Einige Dekorationselemente, neue Vorhänge, Zimmerpflanzen und vor allem viele, gute Bücher. Ich fühlte mich mittlerweile so wohl, dass ich das Haus nur mehr für die notwendigsten Besorgungen verließ. Ich genoss meine neu gewonnene Freiheit und vor allem die Ruhe.

Mein Alltag bestand hauptsächlich darin, es mir jeden Tag mit zwei, drei Büchern auf der Fensterbank gemütlich zu machen, mich in meine Kuscheldecke einzumummeln und literweise grünen Tee zu trinken. Ich las viel über die Geschichte Islands, den rauen Norden. Über den Lebensraum in der ewigen Kälte und die Kompromisse, die die Menschen hier Tag für Tag mit der Natur eingehen mussten, um zu überleben. Ich kam aus dem Staunen gar nicht mehr heraus, wie vielfältig und beeindruckend Flora und Fauna hier waren. Alles war neu für mich und so hatte ich viel zu entdecken.

Diese Ruhe hatte mir sehr gefehlt. Für Außenstehende musste ich wie eine Schmetterlingspuppe in einem Kokon aussehen, bereit für die Metamorphose. Meine Verwandlung hatte bereits begonnen, war aber noch lange nicht vollbracht. Solch eine Entwicklung brauchte viel Zeit und Geduld, genau wie meine geschundene Seele.

Ich dachte manchmal auch über Haustiere nach, vielleicht eine Katze oder ein Frettchen, doch solange ich noch keine Arbeit hatte, konnte ich diese Entscheidung noch ein wenig aufschieben. So weit war ich noch nicht. Ich wollte mich nicht schon wieder binden. Weder emotional noch vertraglich. Meine Wunden mussten erstmal heilen, die Narben waren noch viel zu frisch.

Nichtsdestoweniger durchforstete ich gelegentlich die Stellenausschreibungen in der Lokalzeitung. Ich sollte wirklich mal in Erwägung ziehen, mir ein Tablet zu kaufen und online zu gehen. Das würde mir einiges erleichtern. Die Digitalisierung war ein Segen, doch gleichzeitig auch ein Fluch. Sollte ich meinen Namen ändern lassen? War das wirklich notwendig?! Es war unbeschreiblich schwer, das Geschehene zu vergessen und gefühlsmäßig neu anzufangen. Doch wie hieß es so schön? Die Zeit würde alle Wunden heilen, sogar meine …

Es wurde schon spät! Ich ging langsam zu Bett und wusste, dass es nicht besonders lange brauchen würde, bis ich eigeschlafen war. Das tat es nämlich nie. Die tiefe Müdigkeit ließ mich jede Nacht augenblicklich abdriften.

[Mit seiner flachen Hand verpasste er mir eine. Die Ohrfeige traf mich mit so einer Wucht, dass mein Kopf hin- und herwackelte.
»Baaaam!«
Ich sah bunte Sterne vor meinen Augen flimmern. Weiße Punkte tanzten in meinem Kopf. Ein stechender Schmerz durchzog meine linke Wange und hinterließ ein brennendes Gefühl auf meiner Haut. Ich hielt inne und sah ihn einfach ausdruckslos an. Ich spürte, wie das Blut aus meinen Wangen wich.
Instinktiv trat ich einen Schritt zurück.
»Tessa«, hauchte er.
»Das tut mir leid. Oh, mein Gott, das tut mir leid …«
Ich stand nur da und war wie versteinert. Meine Beine fühlten sich wie Blei an. Ich konnte mich nicht bewegen, obwohl meine innere Stimme mich anschrie: »Lauf! Lauf weit weg!«
»Bitte entschuldige! Mir ist vor lauter Zorn die Hand ausgerutscht«
Er kam auf mich zu, umarmte mich fester, als es mir lieb war, und presste wortwörtlich die Luft aus meinen Lungen. Mir wurde schlecht. Übelkeit kam in mir hoch.

»Hannes, was hast du getan?«, hauchte ich ihm so leise ins Ohr, dass es kaum hörbar war. Instinktiv griff ich zu der pochenden Stelle in meinem Gesicht. Schmerz, lass nach!

»Ich weiß nicht. Ich wollte dir nicht wehtun. Bitte glaub mir. Ich weiß nicht, was in mich gefahren ist!?«

Seine panische Stimme überschlug sich fast.

Er sah mich mit weit aufgerissenen Augen an, packte meine Schultern und hielt mich eine Armlänge von ihm entfernt fest, sodass ich ihn ansehen musste. Eigenartig, wie sich seine Mimik ständig veränderte, fast im Sekundentakt.

Mein Mann hatte mich gerade geschlagen. Es hatte mir eine verpasst. Hannes war zum ersten Mal gewalttätig geworden. Ich stand einfach nur da und brachte kein Wort heraus. Eine Träne kullerte die rechte Wange hinunter, ansonsten blieb mein Gesicht ausdruckslos. Ich wusste auch nicht, warum ich weinte … Ich war einfach nur schockiert, dass ich momentan gar nicht wusste, wie mir geschah. Ich konnte keine Emotion, keine einzige Regung zeigen. Ich kam mir vor wie im falschen Film. So etwas hört oder sieht man nur im Fernsehen, aber einem selbst kann so was einfach nicht passieren. Nein, so was konnte MIR doch nicht passieren!

Er atmete tief aus, nahm mich erneut in Arm und begann mich langsam wie ein kleines Kind hin und her zu wiegen, das von der Mutter in den Schlaf geschaukelt wird …

Ich drehte meinen Kopf zur Seite und übergab mich auf dem Fußboden.]

Ich fuhr hoch! Ich keuchte wie nach einem Tausendmeterlauf. Schweißperlen standen mir auf der Stirn. Ich saß kerzengerade in meinem Bett und griff mir an die Brust.

Einatmen, ausatmen.

Ich versuchte mich zu beruhigen und meinen Puls zu entschleunigen. Ich hatte nur geträumt. Ich wusste, dass mich meine Dämonen wieder heimsuchen würden. Sie fanden mich immer, egal, wohin ich floh. Schade, ich dachte, es würde länger dauern, bis sie mich hier finden würden.

»Ruhig, Tessa, beruhige dich wieder. Du hast nur schlecht geträumt«, flüsterte ich mir leise zu. Ich hatte gehofft, dass ich die Albträume loswerden würde. Ich dachte, dass es endlich vorbei wäre, doch da hatte ich mich offensichtlich getäuscht.

Ich musste anscheinend mit meiner Vergangenheit leben, musste immer noch mit *ihm* leben, obwohl ich ihn aus meinem Leben bereits verbannt hatte. Verlassen hatte. Verabscheut und gehasst hatte.

Ich stieg aus dem Bett, ging in die Küche und trank ein Glas Wasser. Ich fasste mir hinters Ohr und berührte die zarten Narben, die zum Glück von meinen langen Haaren verdeckt wurden. Ich ließ meine Finger langsam entlanggleiten und schloss die Augen. Ich ging in die Knie, sank auf dem Fußboden zusammen, und fing an zu weinen. Ich weinte bitterlich, meine Tränen tropften auf dem Fußboden. Sanft umfasste ich meine Knie, kauerte mich in der Embryonalstellung zusammen und blieb einfach so liegen. Irgendwann schlief ich wieder ein.

Stunden später wachte ich in der gleichen ungemütlichen Position auf. Es war bereits früh am Morgen. Ich versuchte, mich auf dem Boden auszustrecken und hörte meine Knochen knacken. Jeder einzelne Knochen tat mir weh. Das war doch keine so gute Idee, meine Schlafstätte auf den Fußboden zu verlagern.

Die letzte Nacht steckte mir noch wortwörtlich in den Knochen. Ich beschloss, aus dem angebrochenen Tag das Beste zu machen. Ich nahm mir vor, entlang der Küste spazieren zu gehen, um mir den Kopf vom Wind mal richtig durchpusten zu lassen. Auf anderen Gedanken zu kommen und versuchen, mal nicht an die Vergangenheit zu denken. Was geschehen war, konnte ich nicht mehr ändern.

Ich packte mich warm ein, nahm meinen Parka vom Hacken, zog meine gefütterten Boots an und machte mich auf den Weg nach draußen.

In den letzten Wochen konnte ich den Wetterumschwung deutlich spüren. Der Frühling ließ nicht mehr lange auf sich warten, der Wind wurde schon deutlich wärmer. Die letzten Wochen waren so schnell vergangen. Ich war so sehr mit der Renovierung und Hausverschönerung beschäftigt, dass ich es kaum mitbekommen hatte, wie schnell die Zeit bereits vergangen war.

Ich folgte dem Trampelpfad, der sich die gesamte Küste entlangschlängelte. Der unglaubliche Weitblick und diese Nähe zum Ozean raubten mir jedes Mal den Atem. Nirgendwo sonst hätte ich lieber sein wollen, das stand fest. Ich nahm mir fest vor, auch mal zum Leuchtturm hinauszugehen, doch heute musste ich mich mit der Küste begnügen.

Mittlerweile konnte ich deutlich spüren, wie mich dieser bezaubernde Ort zu heilen begann. Ich wurde stärker und bald hatte ich meine ursprüngliche Form wiedererlangt. Die Gedanken waren neu sortiert und tief in mir keimten bereits einige Ideen auf. Ich hatte vor, mir einen Laptop oder ein Tablet zu besorgen, wollte wieder regelmäßig zum Joggen anfangen und mich möglichst bald nach einem Job umsehen. Meine Ersparnisse hatte ich, bis auf den letzten Autokauf und die Monatsmieten, die so gesehen recht niedrig ausfielen, nicht wirklich strapaziert, doch langsam sehnte ich mich nach einem sozialen Umfeld. Ich wollte mir neue und aufregende Ziele setzen, vielleicht blieben dann auch meine Albträume aus. Irgendwann könnte ich eventuell auch wieder ein wenig Nähe zulassen.

Gedankenverloren setzte ich einen Fuß vor den anderen. Ich steckte meine Hände in die Taschen und wärmte sie ein wenig auf. Der Wind hatte zugelegt und verwehte meine langen Haare in alle Himmelsrichtungen. Ich genoss diese Freiheit und angenehme Ruhe.

»Wuff! Wuff!«

Ein lautes Hundegebell entriss mich meiner Gedankenwelt. Ich schaute mich um und sah einen schwarzen Labrador, der am Strand quietschvergnügt die Wellen anbellte. Er spielte mit ihnen, lief ihnen nach, um dann plötzlich doch wieder davonzulaufen.

»Was, zum?!«

Ich eilte hinunter zum Strand. Ich sah weit und breit keine einzige Menschenseele. Ich kniete mich nieder und redete auf den Hund ein.

»Hey, Großer. Was machst du hier draußen ganz alleine? Warte mal, kennen wir uns nicht?«

»Wuff!«, bellte er zurück, setzte sich brav vor mich hin und schaute mich an. Er neigte seinen Kopf zur Seite und seine schwarzen Knopfaugen fixierten mich, als wollte er mich hypnotisieren.

Ich kraulte seinem Kopf und sah an seinem Halsband ein goldenes Medaillon baumeln. Ich konnte deutlich den Namen lesen.

– MAGNUS –

»Magnus! Was machst du denn hier?«, fragte ich ihn verdutzt. Ich war so erfreut ihn wiederzusehen, dass die gesamte Situation schon ein wenig seltsam schien. Schwanzwedelnd schleckte er mir wieder das ganze Gesicht ab.

»Haha, hör auf, ich habe heute schon geduscht«

Kichernd versuchte ich mich zu wehren, jedoch mit mäßigem Erfolg. Seine Freude, mich wiederzusehen, war nicht zu bremsen. Ich stand wieder auf und sah mich gründlich um. Weit und breit keine Menschenseele.

»Hallo?! Halloooo?! Ist da jemand? Raik?!«, rief ich, so laut ich konnte. Keine Antwort. Ich ging mit Magnus den halben Strand entlang und hielt nach seinem Herrchen Ausschau. Oder nach seinem Frauchen? Gab es überhaupt ein „Frauchen“? Oder ein zweites „Herrchen“? Warum hoffte ich insgeheim, dass es weder das eine noch das andere gab? Magnus folgte mir auf Schritt und Tritt, eine Leine brauchte ich nicht. Man konnte deutlich erkennen, wie gut dieser Hund folgte.

»Süßer, so kommen wir heute einfach nicht weiter. Entweder bist du ausgebüxt, oder dich hat dein Herrchen einfach ausgesetzt«, sagte ich liebevoll zu ihm, wobei die zweite Theorie nicht wirklich ernst gemeint war. Magnus sah mich an und legte seinen Kopf schief zur Seite. Meine Güte, dieser Hund war erstaunlich, als könnte er mich verstehen.

»Komm, wir gehen erst mal zu mir und wärmen uns ein wenig auf. Hier draußen kannst du nicht bleiben«, schlug ich ihm vor.

Wir machten uns wieder auf den Weg zurück nach Hause. Langsam fing es zu nieseln an und es wurde ein wenig ungemütlich. Der feine Regen verwandelte sich in kürzester Zeit zum Schneeregen und ich merkte, wie ich allmählich zu frieren begann. Magnus tapste freudig neben mir her, seine Ohren wippten im Takt.

Zuhause angekommen, ließ ich ihn rein, trocknete sein feuchtes Fell mit einem Handtuch ab und ließ ihn mal schnuppern, um die neue Umgebung zu erkunden.

»Ich nehme an, du bist stubenrein?!«, scherzte ich, hoffte allerdings inständig, dass es so war. Magnus fing an seine Erkundungsrunde zu drehen, schnüffelte an einigen Möbelstücken, und hops, war er schon auf der Couch.

»Aha, so einer bist du«, sagte ich lachend ihm zu.

Dieser Hund wusste anscheinend ganz genau was er wollte. Ich ging in die Küche und holte ihm eine Schüssel frisches Wasser. Als ich zurückkam, sah ich, wie er schon tief und fest auf dem Sofa eingeschlafen war. Der Ärmste, die Erschöpfung war ihm schon auf dem Nachhauseweg deutlich anzusehen, wer weiß, wie lange er schon alleine unterwegs gewesen war? Ich stellte die Wasserschüssel leise auf dem Boden ab und gönnte ihm etwas Ruhe.

Nun stellte sich die Frage, wie ich Raik ausfindig machen sollte? Ich kannte keine Adresse, keine Telefonnummer, nichts, wie ich ihn erreichen konnte. Das Einzige, woran ich mich noch erinnern konnte, war, dass er Tierarzt von Beruf war, in Reykjavik gab es allerdings mit Sicherheit viele Tierärzte.

Nach langem Überlegen fiel mir dennoch ein, was zu tun war.

5 Raik

»Magnus! Maaaaaagnus!«, rief ich aus voller Kehle.

»Magnus, komm her mein Junge!«

Ich lief schweißgebadet durch Reykjaviks Straßen. Wie konnte er nur davonlaufen? Das hatte er bisher noch nie gemacht! Was war denn nur in ihn gefahren?

Ich hatte ihn bereits gleich nach dem ersten Vorfall mit der hübschen Rothaarigen, der er vors Auto gelaufen war, kastriert. Das war einfach das Beste für ihn. Ich konnte es nicht zulassen, dass ihm was zustoßen würde. Weniger Hormone, weniger Freiheitsdrang. Dachte ich jedenfalls …

Es fing an zu nieseln und wurde deutlich kühler. Der Wind peitschte mir ins Gesicht. Die vereisten Regentropfen fühlten sich wie tausend Nadelstiche auf der Haut an. Auch das noch! Ich konnte ihn unmöglich hier draußen alleine lassen, nicht bei diesem Wetter. Was, wenn ihm was zugestoßen war? Daran durfte ich gar nicht denken. Ich ließ diesen grausamen Gedanken los und suchte weiter.

»Magnus! Magnus!«

Einige Passanten schauten mich im Vorbeigehen an, als wäre ich ein Alien. Hatten sie denn noch nie einen verzweifelten Mann gesehen?!

»Entschuldigen Sie, haben Sie vielleicht einen großen, schwarzen Labrador gesehen? Er ist von zu Hause weggelaufen?!«, fragte ich schließlich zwei Damen aufgeregt, die gerade die Straße überquerten.

»Nein, haben wir leider nicht«, sagte die jüngere.

»Haben Sie es schon im Tierheim versucht? Sie wissen ja, da werden viele Ausreißer abgegeben«, sprach sie mir ermutigend zu.

»Ja, das ist eine gute Idee, vielen Dank!«, antwortete ich und machte mich sofort auf dem Weg ins Tierheim. Dass ich darauf noch nicht gekommen war! Ich hatte vor lauter Aufregung gar nicht ans Tierheim gedacht.

Ich fuhr natürlich viel zu schnell, doch das war mir zu diesem Zeitpunkt völlig egal. Ich wollte nur noch meinen Hund wiederfinden und ihn sicher nach Hause bringen.

Im Tierheim angekommen riss ich die Türe regelrecht auf und lief zum Empfang. Eine kleine, unscheinbare ältere Dame mit einer viel zu großen Hornbrille schaute in Zeitlupentempo zu mir auf. Sie legte ihren Kopf leicht schief und hielt einen Moment inne, bevor sie sprach.

»Guten Tag, der Herr, was kann ich für Sie tun?«, begrüßte sie mich äußerst freundlich und ruhig, für meinen Geschmack zu ruhig. Ich war auf 180 und konnte meine innere Unruhe kaum noch zurückhalten. Anscheinend hatte sie mit solch verzweifelten Tierbesitzern schon öfter zu tun gehabt und wollte die heikle Angelegenheit so schnell wie möglich abmildern. Ich ging darauf ein, denn ich spürte, wie mir bereits der Schweiß den Rücken hinunterrannte. Ich musste mich wieder beruhigen, nur so würde ich Magnus wieder zurückbekommen. Ich atmete ein paar mal tief durch.

»Hallo, mein Name ist Dr. Sigurdsson! Ich bin auf der Suche nach meinem eineinhalbjährigen, schwarzen Labrador. Er ist heute um die Mittagszeit von Zuhause weggelaufen. Das ist so überhaupt nicht seine Art … Hier sind die Registrierungs- und die Chipnummer, er ist auf meinen Namen gemeldet«, sagte ich und händigte ihr die Dokumente aus.

»Ok, einen kleinen Moment bitte, ich muss die heutigen Neuzugänge von heute durchsehen«, gab sie zurück und tippte gekonnt auf ihrer Tastatur herum.

Sie lehnte sich ein wenig nach vorne, kniff ihre Augen zu kleinen Schlitzen zusammen und fing konzentriert an, die Datenbank durchzuforsten. Ich wollte ihr empfehlen, ihre Augen mal richtig durchchecken zu lassen, denn anscheinend erfüllte ihre Brille nicht den Sinn und Zweck, doch das wäre in dieser Situation mehr als absurd. Nach einigen Minuten, die mir wie Stunden vorkamen, blickte sie schließlich wieder hoch.

»Es tut mir sehr leid, Dr. Sigurdsson, Ihnen das mitteilen zu müssen, doch Ihr Hund wurde heute nicht bei uns abgegeben. Wenn Sie möchten, kann ich mich gerne mit den anderen Tierheimen in der näheren Umgebung kurzschließen und Sie informieren, sobald ich etwas Neues in Erfahrung bringen sollte«, sagte sie.

Ich merkte, wie meine Beine plötzlich weich wurden, und ich mich kurz am Tresen festhalten musste, um nicht dem Wusch nachzugeben, mich einfach auf den Boden zu zusetzen. Mir gingen tausende Gedanken durch den Kopf und ich malte mir die schrecklichsten Szenarien darüber aus, was passiert sein könnte. Diese Ungewissheit brachte mich in den Wahnsinn. Ich musste raus!

»Ja, bitte! Das wäre sehr nett von Ihnen! Vielen Dank«, bedankte ich mich trotzdem höflichst bei Ihr, ließ meine Kontaktdaten und ein großzügiges Trinkgeld zurück und verließ blitzartig das Gebäude.

Ich ging wieder zurück zu meinem Auto und fuhr los, schließlich konnte ich nichts anderes tun, als selbst durch die Gegend zu fahren und nach ihm Ausschau zu halten. Ich fuhr die gesamte Gegend ab, nahm mir als Allererstes seine Lieblingsplätze und Spazierrouten vor. Auch seine heiß geliebte Küstengegend, wo wir fast jedes Wochenende spazieren gingen, um die Wellen anzubellen, blieben erfolglos.

Total entkräftet, heiser und resigniert fuhr ich bei Einbruch der Dämmerung wieder nach Hause. Ich kontrollierte zum hundertsten Mal meine Sprachbox. Keine einzige Nachricht vom Tierheim.

Ich ließ mich auf die Couch fallen. Nicht einmal meine Schuhe zog ich mehr aus. Ich lag einfach nur da und starrte auf die kahle Decke. Inständig hoffte ich, ihn wohlauf wieder in meinen Armen halten zu können. Er war mein Kumpel, er war meine Familie. Einige Minuten später fielen mir vor Erschöpfung schließlich die Augen zu.

6 *Tessa*

Nachdem ich am nächsten Morgen aus dem Einkaufszentrum wieder Zuhause angekommen war, bekam ich an der Haustür die herzlichste und feuchteste Begrüßung, die man sich nur vorstellen kann. Magnus sprang mich förmlich an und seine Zunge ließ keinen Quadratzentimeter meines Gesichtes unerforscht. Ich kniete mich zu ihm und ließ mich nach Lust und Laune abschmusen. Das tat so gut! Ich kicherte drauflos und meine Ermutigung ließ Magnus so richtig durchdrehen. Es spornte ihn richtig an, weiterzumachen. Wir kugelten am Boden herum, bis ich schließlich atemlos die weiße Fahne schwenken musste.

Nachdem ich ihn zum Erleichtern rausgelassen hatte, kochte ich mir noch einen heißen Tee und nahm mit meiner neuen Errungenschaft auf meiner Couch Platz. Magnus legte sich unaufgefordert zu meinen Füßen dazu und machte es sich gemütlich.

»So, mein Großer, jetzt werden wir mal deinen Herrchen suchen«, sagte ich leise vor mich hin.

Als hätte der Hund mich verstanden, hob Magnus plötzlich seinen Kopf und stoß einen leichten Seufzer hervor.

»Keine Angst, wir kriegen das schon hin«, beruhigte ich ihn.

Ich nahm das nigelnagelneue, schneeweiße Sony-Tablet aus der Verpackung heraus, richtete es kurz ein, und schon konnte die Suche losgehen. Ich war mir bewusst, dass dieser Schritt ein großes Risiko mit sich brachte, denn jede unnötige Verbindung nach draußen stellte eine enorme Gefahr für mich dar. Aber diesen Gedanken schob ich schnell beiseite, denn nun hatte ich Wichtigeres zu tun. Ich musste diesen armen Kerl, den ich eigentlich gar nicht mehr so richtig hergeben wollte, seinem Herrchen wieder zurückbringen …

Warum wurde mir bei diesem Gedanken nur plötzlich so heiß? Wer freute sich nun mehr, Herrn Doktor wiederzusehen? Magnus oder ich?

»Meine Güte Tessa, werd doch bitte endlich erwachsen…«, sprach ich mit mir selbst.

Mit einem breiten Grinser durchsuchte ich eifrig die Homepages aller Veterinärmediziner in der näheren Umgebung.

»Volltreffer! «

Da war er. Dr. Raik Sigurdsson.

Ich sah mir das Profilfoto ganz genau an und zoomte bis auf 300 % ran. Jetzt durfte ich ihn endlich hemmungslos anstarren, ohne dabei rot zu werden oder in Versuchung zu geraten, mich nochmals mit vollem Körpereinsatz auf ihn zu werfen. Meine Wangen erröteten trotzdem bei so viel Männlichkeit und ich klickte schnell wieder weg.

»Haha, also Magnus, eines haben wir auf jeden Fall gemeinsam! Wir scheinen denselben Typ Mann zu mögen«, scherzte ich und kraulte ihm genüsslich die Ohren.

Jetzt, wo ich das Bild vor mir hatte, ließ ich den Vorfall vor einigen Wochen nochmals Revue passieren. Meine Unbeholfenheit oder besser gesagt meine Tollpatschigkeit im Vergleich zu seiner unglaublichen Tapferkeit spielten definitiv nicht in der gleichen Liga. Er war so anders als die anderen. Obwohl wir uns nur flüchtig kannten, gab er mir ein Gefühl der Sicherheit, der Geborgenheit. Ich war süchtig danach.

Da ich noch kein Handy besaß, tippte ich das E-Mail-Symbol an und begann zu schreiben. Ich wählte meine Worte sehr sorgfältig aus, denn dieses Mal wollte ich einen guten Eindruck hinterlassen.

Einen wunderschönen guten Morgen, Dr. Sigurdsson. Ich bin mir nicht ganz sicher, ob du dich noch an mich erinnern kannst. Hier ist Tessa, wir hatten vor einigen Wochen eine turbulente Schneebekanntschaft, nachdem dein Hund meinen Weg gekreuzt hat …

Der Grund, warum ich dir schreibe, ist, dass ich hier auf meiner Couch jemandem die Ohren kraule, der eigentlich zu dir gehört. Schwarz, un-

gefähr 35 Kilogramm schwer und einen endlos großen Appetit … Magnus ist mir gestern am Strand (erneut!) in die Arme gelaufen! Ich denke, du wirst dich über meine Nachricht freuen, denn du vermisst ihn sicherlich schon schrecklich …

Ich schrieb die E-Mail fertig, fügte noch die Adresse meiner schmucken Unterkunft an und schickte die Nachricht ab. Keine fünf Minuten später erklang bereits die Benachrichtigung, dass ich eine neue E-Mail erhalten hatte.

Raik hatte sich bereits auf den Weg gemacht.

Kurze Zeit später klopfte es an der Tür. Bereits am Klopfen konnte ich intuitiv erkennen, dass er es war.

»Hallo Tessa, schön dich wiederzusehen!«, strahlte er mich aufgeregt an. Er sah fantastisch aus! Nicht nur, dass sein Äußeres bei mir punktete, nein, auch seine Art und sein Charakter waren so erfrischend und angenehm, dass ich mich erst mal kurz sammeln musste, bevor ich ihn eintreten ließ.

»Hi, komm doch rein. Du wirst schon sehnsüchtig erwartet«, antwortete ich und ließ ihn herein.

Wie ein plötzlicher Wirbelsturm kam Magnus schon um die Ecke gelaufen und sprang sein Herrchen an. Dieses herzzerreißende Wiedersehen ließ mir eine minutenlange Gänsehaut zurück. Raik kniete am Boden und hielt ihn einfach nur fest im Arm, während sich Magnus vor lauter Winseln und Zittern gar nicht mehr einkriegen konnte. Dieses Bild würde ich mir womöglich für immer einprägen. Erstaunlich, welch große Gefühle zwischen Tieren und Menschen entstehen konnten. Nur die Menschen waren anscheinend nicht in der Lage, sich immer gegenseitigen Respekt und bedingungslose Liebe entgegenzubringen.

»Danke! Wie kann ich dir nur danken, Tessa? Ich war krank vor Sorge und habe letzte Nacht kein Auge zugemacht«, sprudelte es nur so aus ihm heraus.

»Weißt du, er ist meine Familie …«, fügte er hinzu. Ich nickte verständnisvoll.

Ich konnte deutlich erkennen, dass seine Augen stark gerötet waren, konnte aber es nicht genau sagen, ob es durch den Schlafentzug oder die Wiedersehensfreude bedingt war.

»Gern geschehen, ich bin einfach nur froh, dass ich ihn gefunden habe und ihm nichts passiert ist. Magnus hat anscheinend gute Stalker-Qualitäten! Schön langsam fühle ich mich allerdings von ihm verfolgt«, scherzte ich und wir fingen beide an zu lachen.

»Ja, erstaunlich! Anscheinend kann er dich gut riechen!«, gab er amüsiert zurück.

Seine strahlend weißen Zähne machten dieses ohnehin schon umwerfende Lachen einfach perfekt. Er strahlte eine unheimliche Ruhe und Sicherheit auf mich aus, ein Gefühl, dass ich schon lange nicht mehr gespürt hatte. Bitte lieber Gott, lass ihn einfach nie wieder aus meiner Tür hinausgehen …

»Ich würde mich wirklich gerne bei dir revanchieren, und dieses Mal akzeptiere ich keine Widerrede«, sagte er schließlich.

»Ich würde dich sehr gerne zum Essen einladen. Ich hoffe du nimmst meine Einladung an. Du kannst dir auch gerne das Lokal aussuchen«

Er sah mich mit seinen stahlblauen Augen an und wartete gespannt auf meine Antwort. Ich hätte schwören können, dass er auch ein wenig nervös war.

Oh Mann! Wie hätte ich einer derart charmanten Einladung nur widerstehen können? Lieber hätte ich mir die rechte Hand abgehackt, als ihn noch mal gehen zu lassen.

»Sehr gerne würde ich deine Einladung annehmen Raik, allerdings bin ich erst seit einigen Wochen hier in Island. Ich bin vor Kurzem hierhergezogen. Ich könnte dir kein einziges Restaurant in Reykjavik empfehlen«, gab ich schließlich zu und war selbst über plötzliche Ehrlichkeit erstaunt.

»Wirklich? Ich dachte mir schon, einen sympathischen Akzent rausgehört zu haben. Ich denke, für genügend Gesprächsstoff ist somit gesorgt«, antwortete er schmunzelnd.

»Also gut, wenn das so ist, habe ich eine bessere Idee. Ich würde dich fürs erste Treffen dann kurz entführen und dir „meine kleine Insel" zeigen. Ich möchte dich sehr gerne überraschen. Vertraust du mir?«, sagte er. Seine Augen fingen an zu leuchten.

Er hatte die Ausstrahlung eines Jungen, der gerade die Geschenke unterm Weihnachtsbaum entdeckte. Ich wusste, dass ich mir selbst einen kleinen Ruck geben musste. Wenn ich mich der Welt wieder öffnen wollte, dann war das jetzt die beste Gelegenheit dazu.

»Also gut. Ich lasse mich überraschen«, sagte ich schließlich.

»Spitze! Ich hole dich morgen pünktlich um 13 Uhr ab. Freizeitbekleidung und gemütliche Schuhe anziehen, das Abendkleid wirst du definitiv nicht brauchen«, gab er zurück.

»Dann bis morgen! Und danke Tessa, dass du ihn mir zurückgebracht hast. Er ist mein bester Freund, weißt du?«

Er umarmte mich kurz zum Abschied und ging dann.

Zurück im Wohnzimmer wunderte ich mich über meine neu gewonnene Spontanität. Ich wollte doch untertauchen, keinen Kontakt zu der Außenwelt pflegen, doch plötzlich fühlte es sich doch so was von richtig an. Ich spürte einen Hauch von Aufregung, gepaart mit Vorfreude und Neugierde in mir aufkeimen. Der Heilungsprozess hatte schon einiges bewirkt. Ich hatte noch einen langen Weg vor mir, das war mir bewusst, doch manche Wunden begannen schon langsam zu heilen. Ein paar kleinere Narben waren bereits verblasst, physisch sowie auch psychisch.

Ich ging zum Kleiderschrank, legte mir einige Anziehsachen für den nächsten Tag heraus und konnte ehrlich gesagt den kommenden Tag kaum erwarten. Ja, ich freute mich. Ich hatte dieses Gefühl sehr vermisst. Einfach den Tag mit einem netten und sympathischen Menschen verbringen.

Ich mochte ihn. Ich mochte Raik sehr, allerdings erst mal als einen Freund. Ich hoffte, dass er das genauso sah. Was, wenn nicht?! Was, wenn er sich von diesem Treffen mehr erhoffte? Wenn er glaubte, dass ich mehr von ihm wollte?

Langsam bekam ich Zweifel. War das der richtige Zeitpunkt, um neue Freundschaften zu schließen? Überstürzte ich gerade etwas?

Am Abend ging ich im Geiste die letzten Stunden unserer Begegnung nochmal durch. Ich hoffte inständig, dass er das morgige Treffen genauso locker sah, wie ich es tat.

Ich schlief sehr unruhig ein, wälzte mich im Bett hin und her. Ich fand keinen Frieden in jener Nacht.

&

[Die Tür fiel leise ins Schloss. Im Haus war es dunkel, anscheinend schlief Hannes schon. Ich hätte ihm eine SMS schicken sollen, dass es bei mir ein wenig länger dauern würde, hatte mich aber dagegen entschieden, da ich ihn nicht beunruhigen wollte. Ich zog im Vorraum meine High Heels aus und ging leise ins Wohnzimmer. Da ich ihn nicht aufwecken wollte, beschloss ich spontan, es mir auf der Couch gemütlich zu machen.

Plötzlich ging die Tischlampe an. Ich schreckte kurz auf, sah aber, dass es Hannes war. Er saß in der Ecke in seinem Lieblingsohrensessel aus dunkelbraunem Vintageleder, hatte die Beine übereinandergeschlagen und schwenkte genüsslich seinen Whiskeyglas.

»Hannes, du bist noch auf? Du hast mich erschreckt!«, sagte ich leicht irritiert. Oh Mann, bitte keine endlos lange Diskussion wieder, dafür war ich schon zu müde.

»Schön, dass du endlich wieder Zuhause bist«, erwiderte er in einem ruhigen, monotonen Tonfall.

Diese skurrile Szene wirkte auf mich irgendwie bedrohlich. Spannung lag in der Luft. Ich fühlte mich unwohl.

»Ja, tut mir wirklich leid. Ich wollte dir noch Bescheid geben, dass es bei uns ein wenig länger dauern würde. Mel hatte heute Geburtstag und hat uns Mädels nach der Arbeit auf einen Drink eingeladen«, antwortete ich so freundlich ich konnte, um die Situation ein wenig zu deeskalieren.

Ich versuchte es wenigstens.

»Ja, das hättest du definitiv tun sollen«, antwortete er.

Er sah mich ausdruckslos an, blinzelte nicht einmal. Mir lief ein kalter Schauer den Rücken hinunter, musste mich plötzlich kurz schütteln. Was passierte hier? Instinktiv blickte ich weg und machte einen kleinen Schritt zurück. Der Selbstschutz setzte ein. Warum fühlte ich mich plötzlich so schlecht? So schuldig? Die Situation schien zu eskalieren, jedenfalls fühlte es ich so an.

Im selben Moment stand er auf, packte mich am Pferdeschwanz und riss meinen Kopf ruckartig zurück, sodass ich ihm in die Augen blicken musste! Ich atmete scharf ein. Der Schmerz durchflutete meine Kopfhaut.

»Tessa, Tessa … Wie oft soll ich es dir noch erklären, wie du dich zu benehmen hast? Und komm schon, sieh dich nur an? Wie siehst du nur aus?«

Sein zorniger Blick durchbohrte meinen. Er drang in meine verletzliche Seele ein, immer tiefer und drängte sie in die Ecke. Ich fühlte mich geistig vergewaltigt, fing innerlich an zu schreien. Schreie, die niemand hören konnte, nur ich! Ich versuchte mich nicht zu bewegen oder irgendeine Reaktion zu zeigen, um ihn noch wütender zu machen.

»Hannes, bitte nicht … Du tust mir weh«, flehte ich ihn an.

»Anscheinend kapierst du es nicht anders!«, schrie er mich an und verstärkte seinen eisernen Griff.

»Du wagst es, mich warten zu lassen, kommst irgendwann nach Hause und siehst aus wie eine Hure?!«, brüllte er mich an.

Ich spürte winzig kleine Spucketropfen, die auf meine Haut niederprasselten.

»Hannes, bitte …«, hauchte ich.

»Was?! Was, Tessa? Du glaubst mir etwa nicht?«

Im selben Moment packte er mich bei den Schultern, stieß mich vor zum großen Wandspiegel und hielt meinen Kopf fest, sodass ich mein Spiegelbild ansehen musste.

»Schau dich doch an! Geschminkt wie eine Hure! Gekleidet wie eine Nutte!«

Er schüttelte so heftig meinen Kopf hin und her, dass mir schwindelig wurde. Plötzlich fasste er mir mit der gesamten Hand ins Gesicht und fing an, meinen roten Lippenstift quer über die gesamte Wange zu verschmieren. Ich schloss meine Augen und hielt die Luft an. Ich konnte mich nicht bewegen, besser gesagt, durfte mich nicht bewegen.

»So sieht nicht die Frau eines erfolgreichen Landespolizeidirektors aus! Nein, nicht so! Und wenn ich sage, du sollst nach der Arbeit sofort nach Hause kommen, dann ist das keine Bitte, sondern eine Aufforderung! Hast du das verstanden?!«, schrie er mich von der Seite an, sodass mein linkes Ohr schrill zu pfeifen begann.

Instinktiv antwortete ich schnell.

»Ja, Hannes. Ich habe verstanden. Es tut mir leid.«

Ich spürte, wie meine Knie ganz langsam zu zittern begannen. Das Adrenalin schoss durch meinen Körper. Ich konnte nicht dagegen ankämpfen, das war mein natürlicher Schutzmechanismus.

Er kam von hinten ganz nah an mich heran und schmiegte sich mit seinem Kopf zärtlich an meinen Hals an.

»Das würde ich dir für die Zukunft auf jeden Fall raten. Nun sei eine artige Ehefrau und kehr die Scherben auf. Schließlich ist das dein Werk.«

Welche Scherben, dachte ich?

…

Mit einem kräftigen Stoß prallte mein zierlicher Körper gegen den Spiegel.

»Wham!«

Mein Kopf knallte mit voller Wucht dagegen. Der Spiegel zersprang in tausend Scherben. Meine Knie ließen im Schock aus und ich ging zu Boden. Ich spürte, wie sich die einzelnen Scherben in meine Haut bohrten. Mein Gehirn begann gegen meine Schädeldecke zu hämmern, als wollte es ausbrechen. Der Überlebensinstinkt setzte wieder ein und ermahnte mich nicht zu bewegen, ihn nicht unnötig zu reizen.

Er drehte sich weg und ging Richtung Bad.

»Melde dich ab morgen krank! Solange der blaue Fleck von deiner Stirn nicht verblasst ist, bleibst du zu Hause! Und schmink dich endlich ab, du siehst aus wie Joker!«, rief er mir noch hinterher und knallte die Tür hinter sich zu.

Ich blieb noch eine Weile ruhig sitzen. Ich wagte nicht einmal zu weinen, sondern verweilte in der gleichen Position einige Minuten lang. Der Kopf pulsierte im Rhythmus meines Herzschlages. Das Rauschen des Blutes in meinen Ohren ließ die Umgebungsgeräusche der Stadt verstummen. Ich nahm eine Scherbe in die Hand und sah hin-

ein. Wie recht er nur hatte, das Hämatom an der rechten Stirn war be-
reits deutlich zu erkennen und die Schwellung war vor allem gut zu
spüren.

Er hatte es wieder getan.
Mein Mann hatte mich wieder verletzt.]

Ich stieß einen kurzen Schrei aus und wachte schweißgebadet
auf. Dann richtete ich mich kerzengerade im Bett auf und blickte starr vor mich hin. Meine Atmung ging schnell. Ich griff mir
an meine pochende Brust und konzentrierte mich darauf, mich
wieder zu beruhigen. Eine Panikattacke war das Letzte, was ich
jetzt brauchte.

Die Albträume hatten wieder begonnen.

7 *Tessa*

Nach der anstrengenden und schlaflosen Nacht wurde ich am nächsten Tag von den ersten Sonnenstrahlen geweckt. Warm und zärtlich streichelten sie meine Haut, das war definitiv die schönste Art aufzuwachen. Ich setzte mich noch in meinem Bett auf, streckte mich kurz und ließ meinen Kopf kreisen, um den verspannten Nacken zu lockern. Mein Körper fühlte sich an, als hätte ich tagelang durchgemacht. Ich fühlte mich wie gerädert.

Nach langem Zögern hüpfte ich schließlich aus dem Bett, machte mir einen frisch gemahlenen Kaffee und setze mich an die Fensterbank, um die Aussicht zu genießen.

Der Ausblick aufs offene Meer ließ mich den Kampf der vergangenen Nacht allmählich vergessen. Das Wasser war ruhig, keine einzige Welle war zu sehen. Die endlose Weite glich einer unberührten, spiegelglatten Oberfläche. Ich fragte mich, wie lange es noch dauern, bis der wiederkehrende Albtraum wieder verblassen würde. Das Absurde daran war, dass es keine eigentlichen Träume in dem Sinne waren, sondern einzelne Erinnerungen. Wahre Begebenheiten und Erlebnisse, die mich noch immer heimsuchten … Nacht für Nacht.

Mir ging es mittlerweile doch besser!? Viel besser, als ich es erwartet hatte. Meine geschundene Seele hatte wieder Frieden mit der Vergangenheit geschlossen, die meisten Wunden waren bereits verheilt. Trotzdem suchte mich mein Mann immer noch wie ein wildgewordener Dämon in meinen Träumen heim. Ich konnte es mir einfach nicht erklären. Wahrscheinlich hatte mein Gehirn immer noch einiges zu verarbeiten.

Um kurz vor 13 Uhr war ich startklar. Ich hatte mich wie abgesprochen sportlich und gemütlich angezogen.

Ich trug meine graue Skinny-Jeans und einen dicken Pullover, befolgte jedoch brav die Zwiebeltechnik. Wenn ich was in Island bereits gelernt hatte, war, dass es hier kein schlechtes Wetter gab, nur schlechte Bekleidung.

Ich zwirbelte meine langen Haare zu einem lockeren Knoten zusammen, legte mir ein leichtes Make-up auf und streifte mir schließlich noch die Lederboots über. Der Frühling war bereits deutlich zu spüren, allerdings durfte man hier das Wetter nicht allzu sehr unterschätzen. Perfekt! Ich fühlte mich einfach nur wohl und freute mich sehr auf den Tag, den ich mit meinem Lebensretter verbringen durfte. Das war auch der erste Tag, den ich mit einem anderen, menschlichen Wesen verbringen durfte, seitdem ich in Island angekommen war. Endlich wieder kommunizieren, über Gott und die Welt reden, sich einfach austauschen.

Pünktlich, auf die Minute genau, klopfte es an der Tür. Ich machte auf und strahlte ihn an.

»Hi! Na, da freut sich aber wer, mich zu sehen. Du strahlst ja mit der Sonne um die Wette!«

Raik begrüßte mich herzlich und wir umarmten uns.

»Bist du fertig, können wir los?«, fragte er.

»Ja, fertig und ready for take off!«, scherzte ich.

»Na, komm schon, los geht's! Wir haben heute viel vor«, sagte er und wir gingen gemeinsam zum Auto.

Wir stiegen ein und fuhren in seinem Jeep Wrangler die Küste entlang, mit dem niemals endenden Ozean immer an unserer Seite.

»Sag's mir, wo fahren wir denn überhaupt hin?«, fragte ich aufgeregt nach. Ich hielt es vor lauter Neugierde keine fünf Minuten mehr aus.

»Kann ich dir nicht sagen, sonst wäre es ja keine Überraschung mehr, oder?«, neckte er mich liebevoll und schenkte mir sein schönstes Lächeln.

»Ich kann dir nur eines verraten. Wenn du den Ozean genauso liebst wie ich, dann wird es dir auf jeden Fall gefallen«, antwortete er.

»Ja, das tue ich. Mehr, als du es dir vorstellen kannst!«, antwortete ich und blickte Richtung Horizont.

»Als kleines Mädchen wollte ich immer eine Meerjungfrau sein. Ich legte mich damals still und heimlich stundenlang in die volle Badewanne und wartete geduldig ab, bis sich meine Beine zu einer Sirenenflosse verwandeln würden«, beichtete ich schmunzelnd.

»Das ging so lange gut, bis meine Mutter die monatliche Wasserrechnung zu Gesicht bekam. Ruhig erklärte sie mir, in einem sehr langen Mutter-Tochter-Gespräch, dass ich zwar nicht Arielle, aber so perfekt sei, wie ich tatsächlich war … und ich solle das tägliche Baden gefälligst sein lassen, ansonsten würden uns die Wasserkosten auffressen!«

Wir fingen gleichzeitig zu lachen an, dass mir die Tränen kamen.

»Na ja, die wunderschönen, roten Haare von Arielle hättest du schon mal!«, sagte er schließlich.

Sein Kompliment ließ mich kurz erröten, ich hatte schon lange keines mehr bekommen. Gut, dass er sich aufs Autofahren konzentrieren musste und meine knallroten Bäckchen nicht sehen konnte.

Kurze Zeit später bogen wir Richtung Hafen ein und ich konnte keine Sekunde länger ruhig sitzenbleiben. Ich rutschte ungeduldig auf dem Sitz hin und her, das entging auch Raik nicht. Er parkte ein und sah mich ebenso aufgeregt an.

»Komm, wir sind da!«, sagte er.

Wir stiegen aus dem Auto aus. Erst mal konnte ich nichts erkennen. Raik lotste mich gezielt zu den zahlreichen Booten, die im Hafen angelegt hatten und kaum erwarten konnten, wieder in die Freiheit entlassen zu werden. Ruhig schaukelten sie im Takt der Wellen hin und her, als würden sie miteinander tanzen.

Dann endlich sah ich es!

Das riesige, blaue Boot mit dem Namen „Hvalur" blitzte in voller Pracht unter den anderen Booten heraus! Hvalur war isländisch und hieß übersetzt „der Wal". Die weiße, auf dem marineblauen Hintergrund der Aussichtsplattform aufgemalte Walflosse ließ mich vor Begeisterung aufquieken! Ich blickte Raik mit riesengroßen Kinderaugen an. Er lächelte mich an und ich strahlte mit der Sonne um die Wette. Ich hüpfte auf und ab wie ein Flummiball und umarmte ihn stürmisch. Er umarmte mich zärtlich zurück. Es fühlte sich gut an.

»Komm, du kleine Meerjungfrau, lass und die Wale anschauen!«

Er nahm freundschaftlich meine Hand und wir betraten das riesige Boot. Nach einer kurzen, aber informativen Begrüßung durch die Crew, bei der uns sowohl die geplante Ausflugsroute als auch die Benimmregeln an Bord erklärt wurden, bekamen wir unsere windabweisenden Ganzkörperoveralls. Uns wurde wärmstens empfohlen, diese anzuziehen, denn die Witterungsbedingungen konnten draußen ganz schön herausfordernd sein. Dankend zogen alle Passagiere die bequemen Overalls an und gingen anschließend hinauf aufs Oberdeck. Die Motoren wurden gestartet und langsam setzte sich das Boot in Bewegung. Leicht schaukelnd manövrierte uns der Kapitän gekonnt aus der Bucht heraus und wir nahmen Kurs aufs offene Meer.

»Bist du aufgeregt?«, fragte mich Raik.

»Ja, und wie! Wale sind mit Abstand meine absoluten Lieblingstiere! Ich hatte bisher noch die Möglichkeit, diese faszinierenden und sanften Riesen in Freiheit zu beobachten. Wie konntest du das nur wissen?«, antwortete ich.

»Ich wusste es nicht, habe einfach blind ins Schwarze getroffen. Ich hoffe nur inständig, wie sehen heute welche. Sooft es die Tierarztpraxis zulässt, versuche ich rauszufahren und abzuschalten. Ich hatte schon öfter das Glück, einige Prachtexemplare zu bewundern«

Gespannt, was noch alles passieren würde, lehnten wir uns an die Reiling.

Wir tuckerten gemütlich immer weiter hinaus und man konnte deutlich spüren, wie der Wind langsam auffrischte. Ich genoss den Wind, das hatte etwas Befreiendes. Die kühle Brise, der nicht endende Ozean und der türkisblaue Himmel, nirgendwo hätte ich lieber sein wollen. Ich zog mir die warme Kapuze über und war froh, so warm eingepackt gewesen zu sein. Raik und ich standen lange Zeit einfach nur nebeneinander und beobachteten die Wasseroberfläche. Es war sehr angenehm und gleichzeitig so vertraut, einfach mal zu schweigen und nur die Wellen zu beobachten. Die angenehme Stille, die sich sogar auf alle anwesenden Passagiere zu übertragen schien, war keineswegs peinlich. Hin und wieder wurden wir von unserem Guide, der an diesem Tag für unser Boot zuständig war, über die Lautsprecher mit den unterschiedlichen Arten der in Island vorkommenden Meeressäuger vertraut gemacht. Für mich war es natürlich nichts Neues, die Unterwasserwelt war mir mehr als bekannt. Meine zweite Heimat, sozusagen. Hier war ich Zuhause.

»Sieh mal, Raik, siehst du die Vogelschwärme, die sich dort drüben bilden und aufgeregt um diese ein bestimmte Stelle kreisen?«, fragte ich ihn und zeigte mit dem Finger Richtung Norden.

»Ja, genau dort drüben«, antwortete er.

»Das sind die ersten Anzeichen, wo sich Buckelwale befinden könnten. Da Buckelwale bis zu 15 Meter lang werden, sind sie auf filigrane Jagdtechniken angewiesen. Dabei vollführen sie komplexe Schwimmmanöver in aufwärts gerichteten Spiralbahnen und geben dabei Luftblasen von sich. So wird die Beute nicht nur zusammengetrieben, sondern durch das Luftblasennetz zusammengehalten.«

Ich war vollkommen in meinem Element. Raik hörte mir aufmerksam zu, obwohl ich mir ziemlich sicher war, dass er diese Informationen schon öfter gehört hatte. Mein Enthusiasmus konnte mich allerdings nicht stoppen und ich erzählte angeregt weiter.

»Anschließend schwimmen sie von unten mit geöffnetem Maul durch den entstandenen Blasentunnel hindurch und verschlingen somit ihre Beute. Die Vögel profitieren natürlich auch davon und erfreuen sich am reichlich gedeckten Tisch. Das ist so faszinierend, findest du nicht?«, fragte ich ihn.

»Ja, in der Tat«, antwortete er.

Er sah mich an und lächelte.

Im nächsten Moment ertönte wieder eine Information aus den Lautsprechern und unser Guide erklärte den Passagieren genau dasselbe, was ich Raik eben erzählt hatte. Wir schauten uns ganz verdutzt an und prusteten beide gleichzeitig drauflos. Ich hatte schon so lange nicht mehr so herzhaft gelacht.

»Tja, da bist du ihm wohl zuvorgekommen, was?«, sagte er amüsiert.

»Erzähl mir mehr, Tessa …«

Die Art, wie er mich ansah, verriet mir, dass er tatsächlich mehr erfahren wollte.

»Hast du gewusst, dass Buckelwale einen enorm ausgeprägten Familiensinn haben? Eine Buckelwalfamilie bleibt ein Leben lang zusammen, spielt mit ihren Kälbern und sorgt füreinander. Sie folgen einem starken Gruppenanführer und hören niemals auf zu singen. Ihre Gesänge gehören zu den komplexesten Kommunikationsformen im gesamten Tierreich. Sie bestehen aus vielen Strophen, die sie stundenlang immer wieder wiederholen«, erzählte ich gedankenverloren.

Aus mir sprudelte es nur so heraus. Ich liebte es, mein Wissen zu teilen. Aus dem Augenwinkel konnte ich erkennen, dass er noch immer bei mir war. Er fixierte meine Lippen und verzog keine Miene. Ich spürte, wie sich mein Puls schlagartig beschleunigte.

»Woher weißt du das alles? Bist du etwa die Tochter von Jacques Cousteau?«, fragte er belustigt nach.

»Haha! Wäre ich nur allzu gern. Nein, ich bin nur Tessa, eine einfache Meeresbiologin. Das ist beziehungsweise „war“ mein Beruf, besser gesagt, meine Berufung. Studiert und gelebt habe ich in Wien, das ist in Österreich. Ich habe mein altes Leben hinter mir gelassen und lebe nun hier«

Ich lächelte ihn an und sah wieder in die Ferne. Meine Geste machte deutlich, dass dies fürs Erste genug Informationen gewesen sind. Er gab sich auch mit meiner Antwort zufrieden und wir blickten wieder gemeinsam in die Ferne. Seltsam, wie richtig er immer meine Gefühlswelt einschätzen konnte.

»Und das freut mich riesig, ansonsten wären wir uns niemals über den Weg gelaufen«, fügte er nach einer kurzen Pause hinzu.

Erstaunlich, er fand immer die richtigen Worte zum richtigen Zeitpunkt. Eine außergewöhnliche Gabe, die nur wenigen Menschen zuteilwird.

Wir kreisten noch immer mit den Vogelschwärmen um die Wette, doch die Wale hatten keine Absicht, sich blicken zu lassen.

Die Menschen an Bord waren sehr konzentriert und angespannt, es herrschte eine unglaubliche Stille. Jeder war am Beobachten und hoffte, etwas zu entdecken. Zwei, drei Weißschnauzendelfine konnte man in der Ferne springen sehen, doch die Superstars der Meere ließen noch auf sich warten.

Nach einer langen Pause unterbrach ich die Stille.

»Danke, Raik. Danke, dass du mich hierhergebracht hast. Genau das habe ich heute gebraucht. Nirgendwo würde ich lieber sein wollen.«

Ich blickte ihn dankbar an. Unsere Blicke begegneten sich. Alles fühlte sich so seltsam an, keineswegs unangenehm.

»Gern geschehen. Ich danke dir, dass du mir vertraut hast und ohne nachzufragen mitgekommen bist. Du bist heute meine Premiere! Ich war bisher immer nur alleine hier draußen«, fügte er hinzu.

Wow, was für eine Ehre, dachte ich mir. Ich konnte mir gar nicht vorstellen, wie das nur sein konnte, denn vor mir stand ein Mann, der sicherlich keine Schwierigkeiten beim Flirten hatte. Hey, er war ein Wikinger, der wahrgewordene Traum jeder Frau. Ihn danach zu fragen, wäre mehr als taktlos gewesen. Diese Frage hob ich mir für das nächste Mal auf. Ob es überhaupt ein nächstes Mal geben würde?

»Und um deine Frage zu beantworten – nein«, sagte er.

»Nein?«, wiederholte ich verdutzt.

»Nein. Ich habe keine feste Freundin. Weder vergeben noch verheiratet noch geschieden«

Er ließ seine weißen Zähne wieder hervorblitzen und lächelte mich an. Oh Gott, mir wurde plötzlich ganz heiß und ich spürte wie meine Wangen wieder erröteten. Dieser Mann konnte nicht nur charmant und witzig sein, sondern auch noch Gedanken lesen! Ich überlegte mir schnell eine lässige Antwort, doch es war schier unmöglich, einer so schlagfertigen Aussage zu trotzen.

»Ähm, o. k. Gut zu wissen …«, stammelte ich hervor.

Wie peinlich war das denn?! Ich lief rot an und musste seinem Blick, der mich quasi gefangen hielt, schnellstens ausweichen.

Dann endlich geschah es!

Wie pünktlich auf die Minute bestellt und definitiv zum perfektesten Zeitpunkt, den man sich nur vorstellen konnte, tauchte ein Buckelwal aus dem tiefen Blau des Ozeans empor. Er sprang hoch, ragte fast vollständig aus dem Wasser, kippte wie in Zeitlupe zur Seite und klatschte mit einem donnernden Geräusch auf die Wasseroberfläche. So plötzlich, wie er aufgetaucht ist, hob der Wal seine Fluke und tauchte wieder in die Tiefe hinab. Das Boot schwankte wie verrückt hin und her! Die Gischt spritzte uns ins Gesicht, ich konnte das Salz auf meiner Zunge schmecken. Alle Passagiere hielten in diesem Moment die Luft an. Einige Sekunden später fingen die Leute an zu klatschen und die Euphorie war jedem ins Gesicht geschrieben. Was für ein Erlebnis!

»Wow! Raik, hast du das gesehen?«

Ich glühte förmlich vor Freude und strahlte ihn an.

»Ja, das war der pure Wahnsinn! Das nennt man wohl einen Glückstag!«, sagte er.

Er sah mich auf eine Art und Weise an, die ich nicht vollständig deuten konnte. Meinte er dieses atemberaubende Naturschauspiel, das wir zusammen erlebt hatten, oder die Tatsache, dass ich ihn begleiten durfte? Ich hoffte inständig, dass er sich nicht allzu viel erwartete, denn ich war noch nicht so weit. Ich mochte ihn sehr, doch für eine Beziehung war es definitiv zu früh. Ich schob den Gedanken schnell beiseite. Ich wollte mich voll und ganz diesem einzigartigen Glücksmoment hingeben.

Unsere Tour dauerte insgesamt viereinhalb Stunden. Die Zeit war nur so verflogen. Im Laufe des Nachmittags sahen wir noch einige schöne Exemplare. Zahlreiche Minkwale und Weißschnauzendelfine machten diesen Tag einfach unvergesslich. Die Nähe zu diesen majestätischen Giganten und das Gefühl der Freiheit in meinen Haaren ließen mich neue Energie schöpfen. Ich fühlte mich wie neugeboren und war einfach nur froh, endlich einen Freund gefunden zu haben. Es tat irrsinnig gut, wieder soziale Kontakte zu haben und sich austauschen zu können.

Nun konnte ich den nächsten Punkt auf meiner To-do-Liste abhacken.

Wale? Check!

8 *Hannes*

Über der Innenstadt Wiens ging die Sonne unter. Ich sah auf die Uhr. Es war bereits früher Abend. Ich öffnete die Schublade meines Schreibtisches, nahm die halbleere Flasche Bourbon raus und goss mir einen Drink ein. Der Aschenbecher ging vor lauter Zigarrenstummeln über. Ich rauchte wie ein Schornstein. Der Rauchdunst hing in der Luft wie eine schwere Decke, die sich über den gesamten Raum ausgebreitet hatte. Ich rauchte eindeutig zu viel. Schon öfters hatte ich mir vorgenommen, das Rauchen ein wenig zu reduzieren, doch in meiner jetzigen Verfassung erschien mir dieser Gedanke einfach nur unmöglich.

Ich erhob mich von meinem Bürosessel und öffnete das Fenster. Ich brauchte wieder frische Luft, um wieder richtig denken zu können. Wahrscheinlich würde ich erneut eine Nachtschicht einlegen müssen…

Wieder mal.

So wie letzte Nacht oder die Nacht davor. Ich saß an der Quelle und kam trotzdem keinen Schritt voran. Ich spürte, wie allein der Gedanke nicht weiterzukommen und festzustecken, meine Wut aufkochen ließ. Ich spürte, wie sie sich säureartig aus dem Bauch heraus in meine Gedärme fraß. Stück für Stück, schön langsam …

Dafür war nur SIE verantwortlich!

Dieses undankbare Miststück! Wie konnte sie mich nur so derartig bloßstellen und mich einfach mitten in der Nacht verlassen?!! Ich hatte sie zu einer wohlhabenden Ehefrau gemacht, die auf ihren erfolgreichen Mann hätte stolz sein können. Und was tat sie? Mich zum Gespött der gesamten Abteilung machen. Ich weiß, dass sie hinter meinem Rücken reden. Ich sehe es. Ich spüre es. Jeder zerreißt sich das Maul über mich, doch selber sind sie kein Stück besser! Ekliges Pack!

Das würde meine Frau büßen müssen. Wenn ich Tessa wiederfinden würde, würde sie verstehen, was für einen unglaublich großen Fehler sie gemacht hatte.

Diese eigenartige Gefühlsmischung aus Verrat und gleichzeitig grenzenloser Liebe zu dieser Frau machte mich wahnsinnig. Ich fragte mich, wann sie aufgehört hatte, mir nicht mehr zu vertrauen? Ich liebte sie doch abgöttisch. Ja, hin und wieder musste ich ihr zeigen, dass es in meinem Haus bestimmte Regeln gab, die sie befolgen musste, aber es war doch zu ihrem Besten! In meinem Job sah ich tagtäglich brutale Morde an jungen Frauen, die meistens nie aufgeklärt wurden. Frauen, die zum Großteil selber schuld waren, angezogen wie Prostituierte! Kein Wunder, dass sie vergewaltigt und erdrosselt wurden. Nein! Tessa durfte so etwas niemals zustoßen! Ich wollte sie doch nur beschützen! Sie war doch alles, was ich hatte! Sie war meine große Liebe.

Ich ging wieder zu meinem Schreibtisch, setzte mich hin und loggte mich in unser System ein. Der Zugang zu diesen sensiblen und geschützten Daten war ein Segen. Nicht ganz legal, doch als Leiter der Kripo nahm ich mir das Recht einfach heraus. Diese Situation hatte schlichtweg Vorrang, alles andere war nun unwichtig geworden. Ich musste sie wieder zurückholen und ihr zeigen, wie wichtig sie mir doch war. Sie war meine erste Liebe, konnte sie das nicht erkennen?! Wenn sie sich doch nur an meine Vorgaben gehalten hätte, dann wäre unsere Ehe viel entspannter gewesen. Weniger Tränen, weniger blaue Flecken. Das alles wäre uns erspart geblieben!

»Tessa, wo hast du dich nur versteckt?«, sagte ich leise vor mich hin.

»Wo bist du Kleines? Keine Angst, ich hole dich wieder zurück nach Hause … Wo du hingehörst.«

Im Büro war es nun komplett dunkel. Die Nacht brach herein und meine persönliche Nachtschicht begann. Der Bildschirm war die einzige Lichtquelle, die den Raum in ein kaltes, schwaches Licht tauchte. Viele Stunden harter Arbeit lagen nun vor mir. Mir war es egal, wie lange ich brauchen würde, um sie aufzuspüren. Ich wusste, dass Tessa nicht wirklich weggelaufen war. Das musste mit Sicherheit eine Kurzschlusshandlung gewesen sein. Das meinte sie doch nicht ernst, ich kannte schließlich meine Frau! Sie brauchte mich mehr, als sie es sich eingestehen konnte. Sicherlich war sie jetzt irgendwo, wo sie niemand beschützen konnte. Mutterseelenallein und der Außenwelt vollkommen ausgeliefert. Das konnte ich nicht zulassen. Ich musste sie finden.

9   *Tessa*

Ich hatte wie ein Murmeltier geschlafen. Ich erwachte am nächsten Morgen ausgeruht und mit bester Laune, stieg aus dem Bett und machte mir einen heißen, großen Milchkaffee und setzte mich an den Tresen. Gedankenverloren blätterte ich die Tageszeitung durch.

Ich musste oft an den gestrigen Tag denken.

Es war einfach perfekt. Raik war wunderbar zu mir, die Ausfahrt hinaus aufs offene Meer einfach traumhaft und die Wale atemberaubend. Ich war ihm so dankbar, dass er uns ein peinliches Date in einem romantischen Restaurant erspart hatte. Dazu war ich noch nicht bereit. Stattdessen war es ein lockeres, aber beeindruckendes Treffen, das ich sicherlich niemals wieder vergessen würde.

Ob er es genauso sah wie ich?

Ich hoffte inständig, dass er sich vom Treffen nicht mehr erhofft hatte. Den Eindruck hatte ich nämlich nicht. Er war … er war einfach perfekt. Raik hatte mich nicht bedrängt, gab mir nie das Gefühl, etwas Bestimmtes tun oder sagen zu müssen, was ich nicht wollte. Es tat so gut, sich „normal" verhalten zu können, ohne Einschränkungen oder Gefahr zu laufen, etwas Falsches zu sagen oder zu tun.

Da ich ausgeschlafen, voller Energie und Tatendrang war, nahm ich mir für den Rest des Tages vor, einen ausgedehnten Spaziergang am Strand zu machen, um die Gegend ausführlicher zu erkunden. Die vergangenen 24 Stunden hatten mich dazu bewogen, wieder ein bisschen mehr unter Leute zu gehen, Neues zu entdecken. Ich wollte mich nie wieder im eigenen Haus, wie ich es in den vergangenen Jahren getan hatte, verschanzen. Damit war jetzt Schluss! Ich wollte nie wieder eine Gefangene sein!

Die deutlich wärmere Luft kündigte bereits den Frühling an. Wie sehr freute ich mich darauf. Ich konnte mir nur vage vorstellen, wie schön der Frühling in Island sein würde.

Ich hing mir meine Canon-Kamera um den Hals und schlenderte gemütlich Richtung Hafen. Ich wollte unbedingt die wunderschönen alten Holzschiffe fotografieren, die Möwen und das Treiben der Menschen einfangen. Ich ließ mir Zeit und inhalierte förmlich die Schönheit der Natur.

Kaum am Hafen angekommen, bot sich mir ein reges Schaffen sondergleichen. Der Hafen war stets belebt, auf der blau schimmernden Wasseroberfläche konnte man einheimische Fischerboote erkennen, einige kleinere Yachten machten sich zum Ankern bereit. Verschiedenste Waren wurden ein- und ausgeladen, der frische Fischfang offen zum Verkauf angeboten. Weiter hinten konnte man die Aussichtsboote der Walbeobachtungsstation Hvalur erkennen. Wie magisch angezogen machte ich mich auf den Weg dorthin. Das Walskelett eines Minkwals, das oberhalb des Hauptsteges emporragte, ließ mein Herz wieder schneller schlagen. Augenblicklich musste ich an Raik denken und schmunzelte. Ich nahm meinen Fotoapparat in die Hand und knipste darauf los, so etwas sah man nicht jeden Tag.

»Hallo!«, rief mir jemand zu.

Ich sah mich schnell um und sah eine Frau auf dem oberen Deck desselben Bootes stehen, mit dem wir gestern ausgefahren sind.

»Warten Sie kurz, ich komme zu Ihnen runter!«, rief sie mir von oben zu.

Hellblondes, fast wasserstoffblondes gelocktes, schulterlanges Haar, eisblaue Augen und eine Haut, die anscheinend noch nie richtig von der Sonne geküsst worden war. So eine hübsche Erscheinung sah man nicht jeden Tag. Das musste sogar ich als Frau neidlos zugeben.

Wie ich sie auf mich zukommen sah, wusste ich genau, wer sie war. Sie war unser Guide der gestrigen Whale-Watching-Tour.

»Hallo! Danke fürs Warten. Mein Name ist Freja. Ich bin mir nicht mehr sicher, ob Sie sich noch an mich erinnern können, aber Sie waren gestern doch mit an Bord, oder?«, fragte sie mich.

»Ja klar, hallo Freja. Ich bin Tessa, ich nehme an wir können uns ruhig duzen. Natürlich kann ich mich an dich erinnern. Danke noch mal für die wunderschöne Tour, es war wirklich fantastisch«, sagte ich und wunderte mich immer noch, warum sie mich angesprochen hatte.

»Tessa, ich habe dich nicht ohne Hintergedanken angesprochen. Du bist mir gestern sofort aufgefallen. Wie du bemerkt hast, werden unsere Touren sehr gut gebucht, eigentlich immer ausgebucht. Leider ist es nun so, dass wir deutlich unterbesetzt sind und dieses Jahr haben wir zu wenig Personal, um wirklich alle Touren durchführen zu können. Ich habe dich gestern gehört, wie du mit deiner Begleitung dein enormes Wissen über die Meeressäuger geteilt hast. Langer Rede, kurzer Sinn … Tessa, hättest du Lust, für uns, oder besser gesagt, für mich zu arbeiten? Wir suchen dringend Fachpersonal, und ich denke, du würdest genau zu uns passen«, sagte sie schließlich.

»Ich? Wow, das kommt sehr überraschend«, antwortete ich verdutzt. Mit so etwas hätte ich niemals gerechnet.

»Ich weiß, ich falle mit der Tür ins Haus, aber denk darüber nach. Wir sind ein tolles Team und brauchen dringend Verstärkung!«

Sie händigte mir ihre Visitenkarte aus und zeigte auf das Boot.

»Das wäre dein täglicher Arbeitsplatz, jeden Tag frische Luft und das wilde, offene Meer!«, sagte sie stolz und lächelte mich dabei an. Wenn sie nur wüsste, wie sehr ich das Meer doch liebte!

»Ehrlich gesagt, Freja, bin ich derzeit eine arbeitslose Meeresbiologin, die vor einige Wochen hergezogen ist und zufällig auf Jobsuche ist. Das klingt sehr verlockend, dürfte ich nur eine Nacht darüber schlafen? Ich bin zwar spontan, aber …«, antwortete ich.

»Ja, klar! Um Gottes Willen. Bitte, nimm dir jede Zeit, die du brauchst. Das muss natürlich wohlüberlegt sein. Wenn du dich entschieden hast, weißt du ja, wo du mich findest«, gab sie freundlich zurück und reichte mir die Hand.

Wir schüttelten uns die Hände. Wow, hatte sie einen festen Händedruck!

Den gesamten Weg zurück nach Hause kam ich mir vor wie ferngesteuert. Ich befand mich im Tunnel und die Gedanken ratterten wie wild. Wahnsinn, was war da gerade geschehen? Ich war überrascht und gleichzeitig fühlte ich mich sehr geschmeichelt.

»Ich habe dich gestern gehört, wie du mit deiner Begleitung dein enormes Wissen über den Meeressäugern geteilt hast …«, dieser Satz lief in meinem Kopf in Dauerschleife.

Noch nie hatte ich so ein schönes Kompliment bekommen. Einfach, ehrlich und charmant. So viel Glück konnte man ja nicht auf einmal haben, oder? Ich wurde langsam ein wenig nervös, denn es fühlte sich alles zu gut an! Wurde ich jetzt eventuell für meine harten letzten Jahre, die ich psychisch und physisch durchmachen musste, belohnt? War ich für diese Art von Arbeit geschaffen? Konnte ich dem wilden Ozean die Stirn bieten? Für solch einen Beruf musste man ja brennen! So viele Fragen auf einmal …

Am nächsten Morgen stand ich besonders früh auf. Draußen war es noch stockdunkel, die Welt schlief noch. Ich musste aufstehen, denn ich hatte die gesamte letzte Nacht vor lauter Aufregung kein Auge zugemacht. Ich bereitete mir einen großen Milchkaffee zu, machte mich hübsch zurecht und zwickte meine Dokumentenmappe unter den Arm. Da die Temperatur in der Früh noch zu wünschen übrig ließ, stieg ich in meinen Jeep und machte mich auf dem Weg zum Hafen. Der Spaziergang musste heute wohl ausfallen.

Ich fuhr schneller als normalerweise. Ich wollte keine Zeit mehr verlieren, denn meine Zeit war nun gekommen. Jetzt musste ich jede Gelegenheit beim Schopfe packen, um wieder ein normales Leben führen zu können. Jetzt oder nie!

Am Hafen angekommen, machte ich mich auf der Suche nach Freja. Es war noch sehr früh und ich hoffte, dass sie schon da war, aber ich wollte auf keinen Fall noch mehr Zeit verlieren. Ich hatte davor schon zu viele Jahre vergeudet. Damit war jetzt Schluss!

»Freja!«, rief ich ihr aufgeregt zu, als ich sie entdeckte.

Sie schaute in meine Richtung und lächelte mich an. Sie war offensichtlich erfreut und gleichzeitig verblüfft, mich schon so früh hier zu sehen.

»Guten Morgen, Tessa! Ist es das, was ich mir jetzt denke und auch wünsche?«, sagte sie und wartete gespannt auf meine Antwort.

»Ja, ich denke du liegst richtig. Freja, ich mache es kurz. Ich bin dabei!« Ich strahlte über das ganze Gesicht.

»Ja super! Dann freut es mich umso mehr, dich an Board von Hvalur Reykjavik begrüßen zu dürfen! Willkommen in unserer Familie!«

Sie reichte mir die Hand und per Handschlag war unser Deal besiegelt.

»Komm, gehen wir noch kurz in mein Büro und besprechen die Einzelheiten. Wie ich sehe, bist du auch bestens vorbereitet«, sagte sie und zeigte auf meine Mappe.

Drei Stunden später stachen wir bereits in See. Der aufkommende Wind und der leichte Nieselregen konnten meine Laune auf keinen Fall trüben. Der Dienstvertrag war bereits unterschrieben und ich erklärte mich dazu bereit, noch am gleichen Tag die Crew zu unterstützen und mich mit den Vorgehensweisen und dem Tagesablauf vertraut zu machen.

Aufgrund des schlechten Wetters war die Anzahl der Passagiere eher überschaubar. Ich war sehr dankbar dafür, denn so hatte ich nun genug Zeit, um Fragen zu stellen und mir diese auch ausführlich beantworten zu lassen. Nie hätte ich mit einer derart einzigartigen Chance gerechnet. Die Bezahlung war mehr, als ich mir erwartet hatte, die Kollegen ausgesprochen nett und hilfsbereit, der Arbeitsort der pure Wahnsinn! Wenn sich eines bewahrheitet hatte, dann die Tatsache, dass Island sehr gut zu mir war. Ich hatte mein Leben wieder im Griff, einen guten Freund dazugewonnen, ein tolles Zuhause und eine aufregende Arbeit. Ich stand an der Reling und blickte Richtung Ozean. Ich atmete die kühle Morgenluft tief ein. Alles war perfekt. Nichts konnte mir dieses Glück noch zunichtemachen.

Die folgenden Wochen vergingen wie im Flug. Meine neue Arbeit erfüllte mich mit Freude, zwischen Freja und mir entwickelte sich sogar eine sehr ehrliche und unkomplizierte Freundschaft. Es tat so gut, wieder ein soziales und normales Leben zu führen. Raik war mittlerweile zu einem der wichtigsten Menschen in meinem Leben geworden. Ja, es war nicht zu übersehen, dass wir uns auf irgendeine Art und Weise zueinander hingezogen fühlten, aber unsere Zeit war noch nicht gekommen.

Meine Mama sagte immer »Mädchen, gut Ding braucht Weile. Nimm dir doch die Zeit dafür« und genau diesen Rat wollte ich dieses Mal auf jeden Fall befolgen. Mir lief wirklich nichts davon, nun konnte ich mein Leben genauso gestalten, wie ich es wollte. Nicht, wie andere, oder genauer gesagt, Hannes es gerne gehabt hätte. Nein, dieses Mal war es endlich meine Entscheidung!

Am 20. März war der kalendarische Frühlingsanfang. Das Grün der Moose und Gräser, das so typisch zu dieser Jahreszeit war, gewann mehr und mehr die Oberhand und vertrieb das schmuddelige Grauweiß des Winters aus dem Land. Kaum zu glauben, dass Ende April in Island offiziell der Sommer eingeläutet wurde.

Am ersten Donnerstag nach dem 18. April wird hierzulande der Sommer begrüßt. Alle waren aufgeregt, denn die Vorbereitungen für das Straßenfest *Sumardagurinn fyrsti* waren schon im vollen Gange. Da natürlich zahlreiche Besucher und auch Touristen aus aller Welt zum Sommerfest kamen, beschlossen wir, auch einen Hvalur-Reykjavik-Stand aufzumachen.

Freja und ich hatten alles im Griff: Wir planten akribisch vor, denn es musste alles perfekt werden.

Selbstgemachte Erfrischungen und kleine Snacks sollten zusammen mit unseren Flyern neue Besucher anlocken. Nicht, dass wir es so nötig hatten, denn das Geschäft lief mehr als gut, doch nur von Luft und Liebe konnte man auf Dauer auch nicht leben. Die Boote mussten auslaufen, das war die Regel Nummer eins!

Die Freude war groß, wir waren alle aufgeregt. Die größte Vorfreude lag aber daran, dass Raik auch vorhatte zu kommen. In den letzten zwei Wochen hatten wir uns nicht allzu oft gesehen, seine Praxis lief mehr als gut und das ging natürlich vor. Umso mehr freute ich mich nun auf ihn. Ich vermisste ihn irgendwie. Wenn ich nur daran dachte, ihn wieder in den Arm zu nehmen, wurde mir ganz schwummrig vor Aufregung.

10   *Raik*

»Also gut, Frau Jónsdóttir, die nächsten Tage bitte darauf achten, dass die Wunde nicht nass wird, den Kragen bitte Tag und Nacht oben lassen, ja? Und Herkules, wir sehen uns in zwei Wochen wie bereits besprochen zur Nahtentfernung«, sagte ich zu der Tierbesitzerin.

Ich kraulte den Rottweiler noch mal hinter seinem Ohr und verabschiedete den letzten Patienten für diesen Tag. Was konnte man sich Schöneres vorstellen als eine Kastration als Tagesabschluss? Herrlich!

»Vielen Dank, Herr Doktor, was täten wir nur ohne Sie!«

Sein Frauchen schüttelte mir dankbar die Hand und verließ mit ihrem frisch operierten Rüden, der aufgrund der Narkose noch heftig taumelte, den Behandlungsraum.

Endlich Ruhe.

»Pff, was für eine Woche!«, sagte ich leise vor mich hin.

Ein Wunder, dass ich noch die Augen offen halten konnte, denn ich spürte den Stress der letzten Wochen deutlich in meinen Knochen. Ich hatte eine Sechzigstundenwoche hinter mir, die ich anfangs auch noch vollkommen unterschätzt hatte. Unzählige Raufverletzungen, einige Kastrationen, Dutzende Kontrollen und Impfungen. Ja, der Frühling war definitiv im Anmarsch, das konnte man besonders in der Tierwelt deutlich beobachten. Wenn die Hormone verrücktspielen, bleibt auch die Fauna nicht lange verschont.

Ich rechnete schnell die Registrierkasse ab, reinigte und sterilisierte noch das OP-Besteck für die kommende Woche und machte mich mit Magnus auf dem Weg zum Strand. Ich musste ihn dringend ausführen, denn er hatte in den letzten Tagen viel auf mich verzichten müssen.

»Auf Wiedersehen, Helga, bitte versperre die Tür, wenn du gehst, wir werden uns erst wieder am Montag sehen. Danke für deine tolle Mithilfe!«, verabschiedete ich mich noch von meiner Empfangsdame, als ich die Praxis verließ.

»Gern geschehen, Dr. Sigurdsson, schönes Wochenende noch!«, antwortete sie.

Es war schon recht spät und draußen war es bereits finster, doch ich brauchte vor dem Schlafengehen auf jeden Fall eine Überdosis Frischluft und Magnus eine große Runde Auslauf. Wir schlenderten gemütlich durch die Straßen Reykjaviks und bogen Richtung Strand ab.

In der Ferne konnte man deutlich den Leuchtturm Seltjarnarnes erkennen. Wie ein stolzer Wächter stand er da, trotzte das ganze Jahr jedem Wind und Sturm, das wachsame Auge ständig in Bewegung. Ich zog meine Schuhe aus und grub meine Zehen in den kalten, schwarzen Sand. Ich ließ Magnus von der Leine und wir genossen die noch deutlich kühle Abendbrise. Das Meeresrauschen war wie Musik in meinen Ohren, nichts war so heilend und beruhigend wie dieses Geräusch. In solch ruhigen Momenten war ich unglaublich dankbar. Ich schloss meine Augen und genoss die Stimmung, die hier draußen immer wieder eine Wohltat war.

Ich hatte es generell gesehen in meinem Leben bisher nie richtig schwer, von großen Dramen wurde ich zum Großteil verschont. Eigentlich verlief alles so, wie ich es mir vorgestellt hatte, nur eines blieb mir verwehrt. Die wahre Liebe.

Ich hatte schon lange damit aufgehört, darüber nachzudenken. Erzwingen konnte man eine Beziehung sowieso nicht und das ständige Grübeln machte die Situation nur noch schlimmer. Klar, da waren schon einige Liebschaften in der Vergangenheit gewesen, einige Kurzzeitbeziehungen, aber nichts Ernstes. Dafür brauchte es mehr. Viel mehr, als ich bisher erlebt hatte. Das konnte doch nicht alles gewesen sein, oder? War ich etwa zu wählerisch?

Plötzlich sah ich wieder ihr Gesicht vor mir.

Tessa!

Ihre rote Mähne, die jeden Mann magisch in ihren Bann zog, das wilde und pure Leben in ihren Augen. In ihnen konnte man, wenn man lange genug hineinsah, die Tiefen des Ozeans erkennen. Man war wie kurz vor dem Ertrinken, wusste nicht mehr, wo oben und unten war. Was geschah nur mit mir? Ich musste Tag ein Tag aus an sie denken. Sie war wie eine wiederkehrende Fata Morgana. Tessa ging mir nicht mehr aus dem Kopf, obwohl ich mich tagtäglich mit Arbeit und noch mehr Arbeit abzulenken versuchte. Ich konnte nicht mehr dagegen ankämpfen, ich hatte mich Hals über Kopf in sie verliebt. Es war wie ein süßer Fluch, der mich tagtäglich verfolgte.

Ich hatte mich bereits an jenem Tag in sie verliebt, als sie aus ihrem Auto in meine Arme fiel, wollte es jedoch nicht so richtig wahrhaben. Ich hatte Angst um unsere Freundschaft. Sie war nun meine Vertraute, mein Seelenfreund. Wir waren mittlerweile so vertraut und ehrlich miteinander. Ich hätte das niemals aufs Spiel setzen können. Es war wie verhext. Doch das Paradoxe daran war, dass ich ganz genau wusste, dass es mit uns funktionieren würde. Keine war so wie sie. Tessa war einzigartig.

Magnus kam plötzlich mit einem Treibholz angelaufen und legte es mir vor die Füße. Ich war ihm sehr dankbar für die willkommene Ablenkung.

»Na, mein Junge, noch immer nicht genug für heute? Anscheinend brauchst du noch ein bisschen Bewegung«

Magnus sah mich mit seinen schwarzen Knopfaugen an und sprang wie verrückt auf und ab. Er bellte vor Freude kurz auf und verfolgte akribisch jede meiner Bewegungen. Ich nahm das Holz auf, holte richtig aus und warf es, so weit ich konnte. Wie ein Geschoss lief Magnus hinterher und apportierte wie ein Weltmeister. Dieses Spiel ging so lange, bis er nach einer halben Stunde wie verrückt zu schnaufen begann.

»Guter Junge, komm, wir gehen wieder nach Hause. Für heute reicht es. Dein Herrchen muss für morgen gut ausgeschlafen sein«, sagte ich zu ihm, streichelte ihm übers Fell, und leinte ihn wieder an.

Morgen war das Frühlingsfest. Endlich würde ich sie wiedersehen.

11 *Tessa*

[Ich hörte, wie die Tür ins Schloss fiel. Ich lag alleine im riesigen Ehebett und lauschte in die Dunkelheit hinein. Ich hörte, wie er sich die Schuhe auszog und dabei das Gleichgewicht verlor. Dann ein dumpfer, kurzer Knall.

Er war wieder betrunken. Schon wieder.

In den letzten Jahren hatte er sich so sehr verändert, dass ich nur noch Angst und Ekel empfand. Vom Prince Charming hatte er sich in ein Monster verwandelt. Sooft ich konnte, machte ich mich rar. Ich wich ihm aus und suchte nicht nur psychischen, sondern auch physischen Abstand. Ich konnte ihn nicht mehr ertragen, nicht mehr ansehen und nicht mehr riechen. Unsere letzte Zärtlichkeit lag so lange zurück, dass ich mich gar nicht mehr daran erinnern konnte. Diese schönen Zeiten waren schon lange vorbei. Ich wusste insgeheim auch, dass er mittlerweile diverse Amüsement-Einrichtungen besuchte und das Schlimme daran war, dass es mir nichts mehr ausmachte. Ganz im Gegenteil! Ich war froh, von ihm in Ruhe gelassen zu werden.

Er kam ins Schlafzimmer getorkelt und steuerte das Ehebett an. Ich drehte ihm den Rücken zu, lauschte jedoch wachsam. Keine seiner Bewegungen entging mir. Er entkleidete sich, die Hose fiel zu Boden. Er stolperte kurz und legte sich zu mir ins Bett. Ich spürte seine unerträgliche Hitze, die wortwörtlich meine Haut verbrannte. Er kam näher und kuschelte sich an mich. Er legte seinen linken Arm um meinen Bauch und zog mich näher an sich. Ich stellte mich schlafend. Gott, bitte nicht!

»Tessa, meine wunderschöne Frau. Schläfst du?«, lallte er mir ins Ohr. Seine Fahne ließ mich fast erbrechen. Ich spürte, wie meine Magensäure nach oben wanderte. Ich antwortete nicht, sondern rückte von ihm ab.

»Wirst du hierbleiben?!«, fauchte er mich an, drehte mich mit einem Ruck auf den Rücken und legte sich auf mich. Ich sah ihn mit weit aufgerissenen Augen, ohne zu blinzeln, an. Mein Atem stockte. Ich war hellwach.

Panik!

Er sah scheußlich aus. Sein Gesicht war vor lauter Alkohol aufgedunsen, die weit aufgerissenen Augen blutunterlaufen. Ich erkannte meinen Mann, dem ich damals das Ja-Wort gegeben hatte, nicht mehr wieder. Diese Gestalt, die mich nun versuchte, mit aller Kraft festzuhalten, war mir fremd. Wie ein böser Zwilling, der verzweifelt die Oberhand gewinnen wollte.

»Hannes, bitte nicht«, flehte ich ihn an.

Ich sah ihm regungslos in die Augen, wusste allerdings, was ich zu tun hatte. Heute würde er mir nicht wehtun. Nein, ich konnte das nicht länger zulassen.

»Was, Hannes, bitte nicht?«, äffte er mir nach.

»Ich bin dein Mann und ich begehre dich. Komm schon Süße, zeig mir noch mal dein Feuer, so wie früher …«, raunte er mir ins Ohr und öffnete langsam meine Beine mit seinen Knien.

Ich versuchte entgegenzuhalten, versuchte es mit aller Kraft, die ich nur aufbringen konnte. Verdammt, war er stark!

»Herrgott, noch mal, Tessa! Hör auf mit dem Scheiß!«, brüllte er mich an und fixierte meine Arme auf dem Bett. Er beugte sich über mich, hielt meine Handgelenke so fest, dass es mir das Blut abschnürte. Ich kam mir vor wie ein hilfloser Käfer, der auf dem Rücken lag und nicht mehr von alleine aufstehen konnte. Wir starrten uns an. Meine Atmung ging stoßweise. Jetzt oder nie!

»Ich sagte Nein!!!«, schrie ich ihn an und rammte ihm mit voller Kraft mein rechtes Knie in die empfindlichste Stelle.

»Fuck!«, brüllte er und krümmte sich vor Schmerzen.

Ich sprang sofort auf und lief den Korridor in Richtung Badezimmer. Das Bad war schon sehr oft mein Panic-Room gewesen, unzählige Male hatte ich mich darin eingesperrt.

»Scheiße! Tessa, das wirst du bereuen!«, hörte ich ihn im Schlafzimmer brüllen.

Ich schaffte es bis ins Badezimmer, knallte die Tür zu und …

Nein, verdammt! Im Schloss war kein Schlüssel! Der Mistkerl hatte den Schlüssel entwendet!

»Nein! Nein! Nein!«, flüsterte ich leise.

Ich hörte seine wütenden Schritte, hörte, wie er näherkam. Ich fasste meinen ganzen Mut zusammen, richtete mich auf und stand einfach nur da. Ich wollte mich nicht verkriechen, nicht mehr verstecken und keineswegs um Gnade flehen. Dieses Mal stellte ich mich meinem Schicksal. Ich bot ihm die Stirn. Er würde mich nicht mehr brechen!

Obwohl er sehr wohl wusste, dass die Tür nicht versperrt war, trat er sie ein.

Die Tür knallte gegen die Wand.

Er stand da und sah mich an. Sein Körper zitterte förmlich vor Wut, seine Hände hatte er zu Fäusten geballt. Er kam langsam auf mich zu.

»Du Dummerchen, was hast du dir bloß dabei gedacht? Warum wehrst du dich nur dermaßen? Schatz, du weißt doch, dass du es niemals besser haben wirst als bei mir?!«, sagte er in einem bedenklich ruhigen Ton.

»BAM!«

Er rammte mir seine Faust in die Magengrube. Ich ging sofort in die Knie und mir wurde schlecht, hielt meinen Mageninhalt aber demonstrativ zurück. Ich hörte, wie sich seine schweren Schritte wieder aus dem Zimmer entfernten und im Gang widerhallten. Als ich endlich nicht mehr würgen musste, war er weg. Ich blieb am Boden liegen und krümmte mich vor Schmerzen.]

»Nein!«

Schweißgebadet saß ich wieder kerzengerade in meinem Bett. Der kalte Schweiß rann mir den Nacken hinunter. Erleichtert stellte ich fest, dass ich zu Hause war. Ich hatte dem Albtraum wieder mal ein Ende gesetzt.

12 *Tessa*

Endlich Samstag! Ich stand besonders früh auf, denn endlich war es so weit. Das langersehnte Sommerfest fand endlich statt. Schon eigenartig, dass der Frühling hier nur ein kurz gesehener Gast war. Umso mehr freute ich mich auf den heutigen Abend, auf den offiziellen Beginn des Sommers.

Nach dem langen Winter konnte ich es kaum erwarten, endlich meine Übergangsjacken in den Schrank zu hängen. Doch noch mehr als auf das Fest freute ich mich auf Raik. Ich hatte ihn schon so lange nicht mehr gesehen. Unsere abendlichen Spaziergänge, die wir gemeinsam mit Magnus verbrachten, die Kinoabende oder Sushi-Bar-Besuche waren in der letzten Zeit sehr rar geworden. Ja, mir kam es sogar vor, als ob er mir aus dem Weg gehen würde. Ich fragte mich, ob es nur Zufall war, oder ob ich wirklich recht hatte.

Ich duschte mich ausgiebig, machte mich hübsch zurecht und griff zur Feier des Tages sogar zur Schminke. Lange war es her, dass ich mich geschminkt hatte. Hannes sah es nicht besonders gern, da er ständig der Meinung war, ich würde wie eine Hure aussehen. Tja, da nun dieses Kapitel hinter mir lag, tat ich nun genau das, wozu ich Lust hatte. Ich flocht mir die Haare zu einem seitlichen Fischgrätenzopf zusammen, zog meine graue skinny Jeans und ein lockeres altrosafarbenes T-Shirt an. Meine neue schwarze Lederjacke ergänzte das Bild perfekt. Fertig!

Ich stand vor dem großen Spiegel und betrachtete die Frau, die mich mit leuchtenden, großen Augen ansah. Sie sah plötzlich so anders aus! So stark, glücklich und voller Leben. Ich erkannte mich kaum wieder, allerdings gefiel mir, was ich sah. Ich hatte mich in den letzten Monaten sehr verändert und war zu einer starken und selbstständigen Frau geworden. Kaum zu glauben, dass diese nun furchtlose Person vor gar nicht allzu langer Zeit, um ihr Leben kämpfen musste …

Kurze Zeit später machte ich mich auf den Weg zum ausgemachten Treffpunkt in der Innenstadt. Ich drehte das Radio laut auf und sang inbrünstig zu den Tönen von Kaleos *Hot Blood* mit.

»They don't know about who we are, they don't know about you and I …« Gott, wie ich diese Band liebte!

Endlich angekommen suchte ich mir einen Parkplatz. Ich stieg aus dem Auto aus und fing an, die mit diversen Leckereien gefüllten Kartons aus dem Kofferraum aufeinanderzustapeln. Ich wackelte ziemlich blind durch die Gegend, da ich kaum darüber sah. Ich war jedoch nicht wirklich gut darin, denn schon nahm mein Turm eine bedenklich schräge Seitenlage ein.

»Oh nein, nein! Bitte nicht kippen!«, sprach ich den Kartons gut zu. Der erdenklich schiefe Turm kippte weiterhin und ich verlor fast das Gleichgewicht. Im Geiste sah ich das Windgebäck bereits durch die Lüfte fliegen, als plötzlich zwei starke Hände meine umfassten und den Turm wiederaufrichteten. Ich erkannte diese Hände blind, brauchte nicht mal hinzusehen.

»Hey Kleines, wieder mal in Not geraten?«, hörte ich Raiks unverkennbare Stimme.

Obwohl ich ihn nicht einmal sah, konnte ich es deutlich heraushören, wie er sich wieder mal über meine Tollpatschigkeit lustig machte. Die Berührung unserer Hände fühlte sich wie ein kleiner Stromschlag an.

»Raik! Meine Rettung, was täte ich nur ohne dich?«, antwortete ich erleichtert.

Er nahm mir die Kartons ab und wir gingen zusammen zum Stand.

»Komm schon, wir sind gleich da«, sagte er und lächelte mich an.

Die Gasse, in der die Festivität stattfand, war schon ziemlich belebt. Man konnte ein reges, buntes Treiben beobachten. Die Menschen schwirrten herum wie die Bienen um den Bienenstock. Alles brummte und summte. Ich liebte diese Lebendigkeit, sie gab mir ein Gefühl der Zusammengehörigkeit.

»Hallo Tessa, Raik! Schön, dass ihr es geschafft habt!«, begrüßte uns Freja aufgeregt.

Sie strahlte schon wieder mal mit der Sonne um die Wette.

»Für dich, Raik, habe ich eine besondere Aufgabe. Hier!«, lachte sie laut auf und reichte ihm das große Banner, um es am Stand anzubringen.

»Na klar, ich habe es schon geahnt, dass ich heute besonders früh antanzen muss. Aber ich will auch eine entsprechende Belohnung dafür«, schmunzelte er und blickte in meine Richtung. Ich wurde sofort rot.

»Ja klar, du bekommst Gratiskekse, Getränke und unsere bezaubernde Anwesenheit«, gab Freja amüsiert zurück und zwinkerte mir wissend zurück.

»Das ist ja mal ein guter Anfang«, antwortete Raik grinsend. Ok, was lief hier? Hatte ich etwas verpasst?! Warum wurde ich rot? So viele Fragen auf einmal, die ich nicht beantworten konnte.

Wie ein alt eingespieltes Team bauten wir alles auf, dekorierten und verschönerten den Stand. Raik hängte das Banner auf, Freja und ich platzierten die Kekse und die Flyer zur freien Entnahme. Alles ging Hand in Hand und in kürzester Zeit war es geschafft. Als die Arbeit getan war, standen wir wie die drei Musketiere davor und begutachteten stolz das Gesamtwerk. Einige Zeit später stieß schließlich der Rest der Gruppe dazu. Alle hatten diese ansteckende Laune, die sich offensichtlich auf jeden übertrug. Ich fühlte mich pudelwohl im Kreise meiner Arbeitskollegen, die im Laufe der Zeit sogar zu Freunden wurden.

Als die Nacht endlich hereinbrach, war das Straßenfest in vollem Gange. Die Menschen strömten von überall herbei, man freute sich, dass der Winter endlich vorbei war. Am Hauptstand, nicht weit von unserem entfernt, spielte eine einheimische Band. Menschen tanzten und lachten, es wurde angestoßen und fröhlich gefeiert. Auch Freja und ich stürmten die Tanzfläche, wir tanzten und feierten, als gäbe es kein Morgen. Ich fühlte mich so frei wie ein Vogel, dieses Gefühl hatte ich schon seit Ewigkeiten nicht mehr erlebt.

Trotz der Ausgelassenheit spürte ich plötzlich seinen Blick. Dieses unverkennbare Gefühl, das auf so eine intensive Art und Weise meinen Körper wortwörtlich von allen Seiten umhüllte, sodass ich mich sofort umdrehen musste. Ich konnte es fühlen, dass er mich ansah. Ich drehte mich um und unsere Blicke trafen sich durch die gesamte, dicht gedrängte Menschenmenge hindurch. Ich fand ihn sofort. Er mich!

Raik.

Wie von einem unsichtbaren Seil angezogen, verließ ich wortlos die Tanzfläche und ging wie in Slow Motion auf ihn zu. Ich schlängelte mich gekonnt durch die tanzenden Menschen, ohne meinen Blick von ihm abzuwenden. Er stand nur da, breitbeinig, seine Hände in den Hosentaschen. Die Art und Weise, wie er mich ansah, drückte starke Sehnsucht aus. Ich konnte seine Gedanken nicht lesen, aber DAS konnte ich erkennen. Endlich bei ihm angekommen, standen wir uns gegenüber und sahen uns wortlos an. Ich blickte zu ihm auf. Meine Güte, war er groß!

»Komm. Ich muss dir was zeigen«, sagte er so leise, dass nur ich es hören konnte.

Er nahm mich bei der Hand und wir verließen augenblicklich den Trubel. Seine Berührung war warm und ich konnte ein leichtes Kribbeln verspüren, ganz so, als stünden wir unter Strom. Er sprach nicht, sondern lotste mich zielstrebig durch die Straßen Reykjaviks in Richtung Hafen. Wir bogen noch einige Male ab, bis wir die Küste erreichten. Ich blickte in die Ferne und sah es endlich.

Die Insel Grótta. Eine kleine unbewohnte, runde Insel, die bei Ebbe über einen schmalen Damm zu Fuß zu erreichen war und dessen Leuchtturm tapfer jeder Witterung die Stirn bot. Ich hatte schon viel darüber gelesen und auch unzählige fotografische Aufnahmen im Internet bewundern können, doch es mit eigenen Augen in natura erleben zu können, war etwas ganz anderes.

Er ließ meine Hand nicht los. Er hielt mich fest und gab mir ein Gefühl der Stärke und Geborgenheit. Wir gingen den schmalen Damm entlang und konnten in der Ferne bereits den Silberstreifen am Horizont erkennen. Als wir endlich die Insel erreichten, gingen wir zum Leuchtturm.

Außer einem Nebengebäude und dem Aussichtsturm, der etwas Mittelalterliches hatte, war die Insel so, wie die Natur sie geschaffen hatte. Eine runde und kleine, mit hohem Gras, das sich sanft im Wind hin und her wiegte, bewachsene Insel. Der schmale sandige Pfad, der zum Leuchtturm führte, hatte etwas Magisches. Man fühlte sich wieder wie ein neugieriges Kind, das gerade Neues erkundete und nicht aufhören konnte, die Magie zu entdecken.

»Tessa, das musst du unbedingt sehen. Komm schnell, die Zeit läuft uns langsam davon«, sagte er schließlich und sah mich aufgeregt an.

Seine leuchtenden Augen sagten immer die Wahrheit, ich konnte sie jedes Mal darin erkennen. Sie waren wie ein Spiegelbild seiner Gefühlswelt.

Am Fuße des Turmes war ein riesiger Vogel aufgemalt, der gerade seine Flügel ausbreitete und in die Lüfte abzuheben versuchte. Freiheit. Das hatte ich mit diesem Vogel gemeinsam.

Wir öffneten die schmale Holztür, die mit einem leisen Knattern aufging und stiegen die zahlreichen Stufen vorsichtig hinauf. Das kam mir unendlich lange vor. Oben angekommen bestiegen wir die schmale, kreisrunde Aussichtsplattform. Das leuchtende, sich immer drehende Auge sah uns an und begrüßte freundlich die beiden Eindringlinge.

»Schau!«, flüsterte er mir leise ins Ohr und drehte mich sanft Richtung Osten.

»Wahnsinn!«, entkam es mir spontan.

Dieses Naturschauspiel, das sich mir gerade anbot, war schwer in Worte zu beschreiben. Von ganz oben konnte man die kleine, aber bezaubernde Insel in ihrer ganzen Schönheit bewundern. Die unendliche Weite des Ozeans verschmolz wortwörtlich mit der bereits aufgehenden Sonne. Der Himmel und das Wasser brannten förmlich. Wie eine glühende Feuerkugel fing sie an, sich der Welt zu offenbaren, um den Morgen anzukündigen. Langsam, ganz langsam, stieg sie empor und färbte den Horizont in ein derart heftiges Morgenrot, das ich bisher noch nie gesehen hatte. Die sanfte Morgenbrise wehte mir einige Haarsträhnen ins Gesicht. Ich konnte das salzige Meer riechen. Ich stand einfach nur da und war von dieser atemberaubenden Schönheit überwältigt.

Ich spürte plötzlich seine Wärme. Ohne hinzusehen, wusste ich, dass Raik dicht hinter mir stand. Die Luft zwischen uns begann zu knistern, all meine feinen Härchen stellten sich am ganzen Körper auf. Seine alleinige Anwesenheit bereitete mir eine Gänsehaut, mein Körper war elektrostatisch aufgeladen. Ein unglaubliches Gefühl der Sehnsucht machte sich in meiner Brust breit. Ich konnte nicht anders und lehnte mich instinktiv langsam zurück, wissentlich, sicher aufgefangen zu werden. Ohne ein Wort öffnete er seine Arme, umarmte mich von hinten und zog mich noch näher an sich heran. Ich lehnte mich an seine Brust und konnte deutlich spüren, wie er plötzlich seine Muskeln anspannte. Sein Herzschlag beschleunigte sich, seine Atmung ging unregelmäßig. Er versuchte es sich nicht anmerken zu lassen, doch ich war ihm viel zu nah, um es vor mir verbergen zu können. Anscheinend erging es uns beiden gleich.

Ich ließ mich in seine Umarmung fallen und schloss die Augen. Langsam entspannten wir uns beide und genossen den Moment. Kurze Zeit später setzte Raik dem Schweigen ein Ende.

»Ich weiß, wir kennen uns nicht allzu lange. Ich bin mir sicher, deine Vergangenheit ist alles andere als rosig verlaufen, das kann ich spüren. Es ist in Ordnung, wenn du darüber noch nicht sprechen möchtest, ich kann warten. Ich … Ich wollte dir nur sagen, dass ich echt bin. Ich bin da. für dich«, er neigte seinen Kopf nach vorne und lehnte seine Stirn an meinem Hinterkopf.

Ich hörte, wie er langsam meinen Duft einatmete.

»Du riechst nach Meer. Nach Sonnenaufgang. Nach Morgentau«, flüsterte er so leise, dass ich es fast nicht hören konnte.

Das war das absolut Schönste, was jemals ein Mann zu mir gesagt hatte. Ich löste mich aus seiner Umarmung und drehte mich zu ihm. Wir sahen uns an. Ich bekam kein Wort heraus. Ich wusste, jede Silbe, die ich aussprechen würde, hätte diese unglaubliche Stimmung zerstört. Jede Erklärung wäre fehl am Platz gewesen. Es war der perfekte Zeitpunkt, um Raik zu zeigen, wie stark meine Gefühle für ihn geworden waren. Wie sehr ich ihn vermisst hatte, wie unendlich ich mich nach seiner Nähe gesehnt hatte.

Ich stieg auf meine Zehenspitzen, umfasste zärtlich sein Gesicht mit beiden Händen und zog ihn langsam zu mir herunter. Er gab sich augenblicklich meinem Wunsch hin. Ich schloss meine Augen.

Unsere Lippen berührten sich. Im selben Moment blieb die Welt stehen. Es war, als hörte sie auf, sich zu drehen. Nur für uns…

Ich nahm nichts anderes mehr wahr als die sengende Hitze unserer Lippen. Er umschlang meine Taille und zog mich so nah an sich heran, dass kein Molekül mehr zwischen uns passte. Ich spürte seine muskulösen Arme, seine Stärke. Er stand da wie ein Fels in der Brandung, der mich vor dem Ertrinken gerettet hatte. Seine Lippen suchten verzweifelt meine. Der Kuss wurde mutiger, wir verloren uns im selben Rhythmus der Sehnsucht. Wir drängten uns aneinander, er ließ mich alles vergessen. Ich verlor mich in seinen Armen und ließ mich einfach fallen.

13 *Raik*

Trotz des Schlafdefizits war ich am nächsten Tag voller Energie! Ich fühlte mich wie neugeboren. Ganze vier Stunden Schlaf, doch meine Beine wollten einfach nicht stillstehen. Meine Akkus waren aufgeladen und ich brauchte dringend Bewegung. Ich hatte mich schon lange nicht mehr so aufgekratzt und energiegeladen gefühlt. Und für all das hier war sie verantwortlich.

Ich trank meinen selbstgemachten Erdbeer-Chia-Smoothie in einem Zug aus, zog meine Sportklamotten an, streifte mir die Laufschuhe über und griff nach der Laufleine. Magnus war überglücklich. Er liebte unsere Wochenendlaufrunden. Ich musste raus, musste meine überflüssige Energie wieder loswerden, um wieder auf ein normales Level wieder runterzukommen.

Wir joggten los. Da der Wind heute leider ein wenig zugelegt hatte, entschied ich mich gegen die Hafenrunde und für einen entspannten Lauf im nahe gelegenen Fichtenwald. Ich liebte Wälder. Auch wenn es hier in Island nicht viele Wälder gab, war dieser Ort etwas ganz Besonderes. Meine Laufschritte durchbrachen die Stille, die hochgewachsenen Bäume zogen an uns vorbei. Magnus lief voraus, er kannte den Weg in- und auswendig. Ich konzentrierte mich auf meine Atmung, ich liebte es, mich körperlich verausgaben zu können. Der moosbedeckte Boden war so weich, als würde man über einen Flokati-Teppich laufen. Irgendwann musste ich Tessa hierherbringen, das würde ihr sicher gefallen.

Tessa! Der Kuss!

Plötzlich war sie wieder da! Ein heftiger Flashback durchfuhr meinen Körper. Sie hatte mich gestern tatsächlich geküsst. Nicht, dass ich es darauf angelegt hätte, doch sie hatte es wirklich getan. Dieses starke, mutige und doch zerbrechliche Wesen hatte es wirklich gewagt und ist über ihren Schatten gesprungen. Wer hätte das gedacht.

An jenem Moment, als sie von der Tanzfläche auf mich zukam, hatte ich es bereits gespürt. Ich hatte es schon fast vorgeahnt, denn der gestrige Abend startete bereits vielversprechend. Die Stimmung war die gesamte Zeit fast schon elektrisch aufgeladen, die Luft knisterte förmlich. Wir beide konnten es deutlich spüren. Tessa hatte diesen einzigartigen Ausdruck in ihren Augen, sie bewegte sich sexy und anmutig. Sie glich einer Raubkatze. Hellwach und anmutig, sie scheute vor nichts zurück, dennoch wusste sie genau, was sie tat. Sie hatte mich von Anfang an in ihren Bann gezogen.

Auch wenn sie die ganze Zeit über ehrlich und aufrichtig zu mir war, war da trotzdem etwas, das sie verbarg. Etwas, dass sie schwer belastete, etwas Dunkles … etwas Bedrohliches.

Ich wusste, dass es Zeit benötigen würde, sich mir zu öffnen. Viel mehr Zeit, als ich zunächst angenommen hatte. Jedes Mal, wenn ich ihr in die Augen sah, erkannte ich ihre verletzliche Seele. Sie nannte ihren Dämon nicht beim Namen, doch sie ließ ihn ab und zu durch ihre Augen durchblitzen. Er war da, allgegenwärtig. Doch er befand sich in einem Käfig, weit weg von der Gegenwart, dem Hier und Jetzt, weggesperrt. Auch wenn sie sich bemühte, ich wusste, was in ihr vorging. Mir machte sie nichts vor.

Tessa war mir viel zu wichtig und wertvoll, um sie unter Druck zu setzen. Sie würde auf mich zukommen, wenn die Zeit gekommen war. Das wusste ich genau. Bei mir konnte sie immer Schutz finden. In meinen Armen würde sie immer in Sicherheit sein. Mir wurde plötzlich ganz flau, als ich diesem Gedanken mehr Freiraum bot. Mein Magen krampfte sich kurz zusammen. Eigenartig, wie sich mein Körper verhielt, wenn es um sie ging …

Ich erkannte mich sowieso nicht mehr wieder. Selten, dass ich im Leben derart sprachlos war. Oder verlegen. Oder beides! In ihre Gegenwart war ich all das! Sie schaffte es, mich völlig aus dem Konzept zu bringen. Das hatte bisher noch keine andere Frau geschafft. Sie war das Feuer, Luft und Wasser, alle Elemente zusammengeballt.

Tessa war alles, was ich zum Leben benötigte.

Ich war so sehr in Gedanken versunken, dass ich es vollkommen übersehen hatte, wohin Magnus mich hingeführt hatte. In der Ferne erkannte ich Tessas moosbedecktes Dach. Natürlich hatte er mich zu ihr geführt, er liebte sie abgöttisch!

»Magnus, du kannst tatsächlich Gedanken lesen. Guter Junge!«, sagte ich und kraulte ihm den Kopf.

Er machte einen Luftsprung und wartete auf mein Kommando.

»Na geh schon. Lauf!«

Kaum hatte ich ausgesprochen, düste er los und rannte den Hügel hinab in Richtung Tessas Haus.

Ob sie schon wach war?

Ich klopfte an die Tür. Magnus saß kerzengerade davor und konnte seine Aufregung kaum zurückhalten. Die Tür ging auf und mein Herz setzte kurzzeitig aus.

Sie stand da, in einem viel zu großen T-Shirt, dicke Norwegersocken und die Haare leicht zerzaust, zu einem Knoten locker hochgebunden. Ein Anblick für Götter. Warum glaubten alle Frauen, dass sie nur mit Make-up und topgestylt gut aussehen würden?!

Was für ein Irrtum!

»Guten Morgen, Jungs«, begrüßte sie uns mit einem verschlafenen Lächeln.

Magnus begrüßte sie euphorisch, als hätte er sie ein halbes Jahr nicht mehr gesehen. Er stupste sie zärtlich mit seiner Schnauze an und flehte um Zuneigung, die er natürlich auch sofort bekam.

»Wunderschönen guten Morgen! Verzeih bitte den Überfall, doch Magnus hatte anscheinend Sehnsucht nach dir«, sagte ich leicht verlegen und musste selber über meine Worte schmunzeln.

»Aha, Magnus hatte Sehnsucht?«, fragte sie schmunzelnd nach und strahlte mich an.

»Okay, du hast uns durchschaut. Das war eine riesengroße Lüge. Ich musste dich wiedersehen«

Im selben Moment ging ich auf sie zu und zog sie in meine Arme, sodass sie mich ansehen musste. Sie schaute mich mit halbgeschlossenen Augen an, der meine Knie weich werden ließ.

Verdammt Raik, reiß dich zusammen!

Ich neigte meinen Kopf zu ihr runter, sodass sich unsere Münder fast berührten. Unsere Atemzüge vermischten sich miteinander. Wir atmeten uns förmlich gegenseitig ein. Sie öffnete leicht ihre Lippen, ich küsste sie mit einer Leidenschaft, die uns beide überraschte.

Sie war mein Zuhause, mein sicherer Hafen. Tessa erwiderte meinen Kuss, meine Intensität.

Wir verloren uns darin …

14 *Hannes*

Der Frühling hatte auch in Wien Einzug gehalten. Endlich. Ich verabscheute diese eisige Kälte. Ich nahm mir vor, die Mittagspause nach draußen zu verlegen. Ich machte einen kurzen Abstecher und genehmigte mir einen *Coffee to go* in meinem Barista-Stammcafé, den hatte ich mir mehr als verdient.

Gedankenverloren schlenderte ich durch den Park und konnte es kaum glauben, wie schnell die Zeit vergangen war. Alles begann bereits zu blühen, die Luft war angenehm warm, die Natur erwachte zu neuem Leben. Tessa liebte den Frühling. So sehr genoss sie unsere täglichen Spaziergänge. Jetzt ging ich alleine. Einsam, gedemütigt und verletzt.

Ein halbes Jahr war mittlerweile vergangen, seitdem sie weg war. Ich konnte es kaum glauben, dass sie es wirklich gewagt hatte, mich zu verlassen. Schließlich hatte ich ihr mehr als deutlich gezeigt, wo ihr Platz war. Bei mir! Bei ihrem Mann, der sie stets unterstützt und beschützt hatte, vor all dem Bösen da draußen und manchmal vor sich selbst. Jemand musste doch auf sie achtgeben, sie war doch so zerbrechlich. So schwach …

Umso mehr erstaunte mich die Tatsache, dass sie es dennoch zu gehen gewagt hatte. Nicht mal eine Nachricht hatte sie hinterlassen. Sie war einfach spurlos verschwunden. Wie hatte sie gehen können, ohne mich wissen zu lassen, ob es ihr gut ging?! Ich überlegte, wo sie nur sein konnte.

Meine letzten Recherchen blieben leider erfolgslos. Keine Spur von ihr. Ich kam mit meinen Nachforschungen einfach nicht voran, trat stattdessen auf der gleichen Stelle. Ihre Familie machte sich große Sorgen, sogar ihre engsten Freunde hatten seit Monaten nichts von ihr gehört. Sie hatte sich wortwörtlich in Luft aufgelöst. Tessa hatte gute Arbeit geleistet, ihre Spuren waren sorgfältig verwischt worden.

Doch eine Tatsache hatte sie nicht bedacht – meine Wenigkeit. Auch wenn mich das Vorhaben sie wiederzufinden, um den Verstand brachte, mir den Schlaf raubte und den Appetit verdarb …

Ich würde sie finden!

Ich musste sie wieder nach Hause zurückholen! Der einzige Platz auf Erden, wo sie geliebt und beschützt wurde. Der einzige Ort, wo sie sicher war. Bei mir!

Ich nahm auf einer Parkbank Platz und genoss meinen schwarzen Kaffee. Ich nippte daran und spürte, dass mir die heiße Brühe neue Energie verlieh. Mittlerweile war ich definitiv kaffeesüchtig geworden. Ohne ging gar nichts mehr. Ich hatte stark abgenommen, der Hunger war mir mittlerweile ein Fremdwort. Auch wenn ich mich manchmal zum Essen zwang, viel brachte ich nicht runter.

Ich schaute mich um und sah ein Pärchen vorbeispazieren. Er hatte locker den Arm um sie gelegt, sie glühte ihn förmlich an. Sie unterhielten sich, er brachte sie ständig zum Lachen. Sie kicherte und lehnte zärtlich ihren Kopf an seiner Schulter. Ich konnte nicht aufhören, diese zwei verliebten Menschen anzustarren. Diese Szene ließ meinen Puls hochfahren. Ich war mittlerweile auf Glück allergisch. Meine Atmung beschleunigte sich und ich spürte, wie meine Halsschlagadern zu pulsieren begannen. Meine Hände verkrampften sich, ich war kurz davor, die Kontrolle zu verlieren. Derartige Panikattacken bekam ich mittlerweile öfter. Ich vermisste meine Frau so sehr, dass ich innerlich zu explodieren drohte. Ich zerquetschte plötzlich den Pappbecher, der heiße Kaffee lief mir den Arm hinunter.

»Scheiße!«, schrie ich auf.

Das Pärchen schaute mich erschreckt an. Er nahm beschützend ihre Hand und zog sie rasch von mir weg. Ich sprang auf und wischte mir die Hand am Sakko ab. Gott sein Dank hatte mein weißes Hemd nichts abbekommen.

Verdammt, warum hatte ich mich nicht mehr unter Kontrolle?! Warum konnte ich mich nicht mehr zusammenreißen? Sie hatte ein emotionales Wrack aus mir gemacht. Das konnte ich nicht mehr länger hinnehmen. Mir war schon bewusst, dass ich sie in den letzten Jahren nicht immer mit Samthandschuhen angefasst hatte, doch sie hatte es selbst herbeigeschworen. Tessa war ganz alleine daran schuld! Wenn sie auf mich gehört und sie sich so verhalten hätte, wie ich es sich für eine verheiratete Frau gehörte, dann wäre das alles nicht passiert. Tessa hatte sich die Lektionen selbst zuzuschreiben.

Ihr Handeln und das Weglaufen waren sicher eine Kurzschlussreaktion ihrerseits. Sie hatte wohl den Wald vor lauter Bäumen nicht mehr gesehen. Ich wusste, dass sie diesen unüberlegten Schritt jetzt schon bereute. Das taten sie schlussendlich alle.

Schon als Kriminalkommissar konnte ich es in den Augen der Täter sehen, fast alle bereuten ihre Taten. Doch meistens war es dann zu spät. Sie mussten somit für das, was sie getan hatten, büßen.

Ich ging gedankenverloren durch den Park. Meine Stimmung war am Boden, nichts konnte mich noch aufmuntern. Weder die Frühlingsatmosphäre noch der Duft der Frühblüher. Sogar der Alkohol hatte in der letzten Zeit seine Wirkung verloren. Ich brauchte viel mehr Stoff, um auf ein Level zu kommen, bei dem der Verlust meiner Frau erträglicher wurde.

Plötzlich klingelte mein Diensthandy. Ich vernahm die Büronummer meiner Sekretärin.

»Braun?!«, hob ich ab.

Ich hasste es, in meiner Pause gestört zu werden.

»Herr Landespolizeidirektor, entschuldigen Sie bitte die Störung in Ihrer Mittagspause. Ich wollte Sie nur wissen lassen …«, piepste meine Sekretärin auf der anderen Seite.

»Herrgott, was ist denn?! Jetzt spucken Sie es doch aus!«, blaffte ich sie an.

»Herr Braun, ein vertrauenswürdiger Informant vom Flughafen Wien-Schwechat hat Ihre Frau mithilfe einer Überwachungskamera identifizieren können«, antwortete sie kleinlaut.

Eine lange Pause entstand.

»Herr Braun? Sind Sie noch dran?«, fragte sie nach.

»Ja, ja. Ich bin da. Ich mache mich sofort auf dem Weg ins Büro. Veranlassen Sie gleich ein Treffen mit dem Informanten.

So schnell es geht! Kein Wort zu niemandem, haben Sie mich verstanden?!«, antwortete ich.

»Natürlich. Bleibt alles vertraulich« Sie legte auf.

Kurzzeitig stand ich wie versteinert mit dem Handy in der Hand. Ich konnte keinen klaren Gedanken fassen. Mein Herz raste. Sie war also am Flughafen gewesen. Tessa hatte anscheinend das Land verlassen. Warum tat sie mir das an? Wie konnte sie mich nur so hintergehen? Unendliche Wut stieg wieder in mir hoch. Mein Magen verkrampfte sich, zog sich schmerzhaft zusammen. Ich spürte, dass ich nicht weit weg von einem Magengeschwür war.

Um keine Zeit zu verlieren, machte ich mich sofort auf den Rückweg ins Büro. Ich durfte die einzige Spur, die ich seit Monaten hatte ausfindig machen können, nicht verlieren. Wenn ich das tat, wäre die Wahrscheinlichkeit sie wiederzufinden gleich null. Eines musste ich ihr lassen, sie war gut. Sie hatte es so gut geplant, dass sie mir fast entkommen konnte.

Schlaues Mädchen.

Doch ich war schlauer!

15 Tessa

Die folgenden Wochen vergingen wie im Flug. Raik und ich hatten die Zeit unseres Lebens. Wir verliebten uns so sehr ineinander, dass mir zeitweise das Alleinsein unheimlich schwerfiel.

Ich hatte nicht mehr daran geglaubt, mich so schnell wieder verlieben zu können. Die vergangene Beziehung hatte mir jeglichen Mut und Hoffnung auf eine neue, gesunde und ehrliche Liebe genommen. Raik war aber aufrichtig. Ehrlich. Zärtlich – und er respektierte mich mehr als alles andere. Wie sehr hatte ich das vermisst. Eigenartig, wie schnell sich das Leben ändern konnte, wenn man es wollte. Es einfach selbst in die Hand zu nehmen. Fast wäre mein Glück zum Scheitern verurteilt worden, doch ich hatte es geschafft. Ich hatte Mut bewiesen. Wie eine Löwin erkämpfte ich mir meine Freiheit zurück.

Seit dem Sommerfest hatten wir uns fast jeden Tag getroffen. Wir wollten es langsam angehen lassen, nichts überstürzen. Raik hielt sich an unsere Abmachung. Ich konnte es manchmal in seinen Augen sehen, dass er mehr von mir und meiner Vergangenheit erfahren wollte, doch ich war noch nicht so weit. Ich konnte noch nicht darüber sprechen, das Risiko und die Angst zurückgestoßen zu werden, waren mir einfach zu groß. Ich hatte auch wahnsinnige Angst, ihn zu verschrecken, ja ich schämte mich förmlich dafür, die grausamen Details preiszugeben. Die brutale Wahrheit musste sich noch ein wenig gedulden.

Unser Zusammensein heilte mich hingegen. Vollkommen. Die Wunden waren verheilt, die Narben waren geblieben. Aber das war in Ordnung, solange wir uns hatten. Raik tat mir unheimlich gut. Er brachte mich jeden Tag zum Lachen, gab mir Liebe und Geborgenheit. Er war mein Fels in der Brandung, an ihm konnte ich mich bedingungslos festhalten.

Wir unternahmen so gut wie jeden Tag etwas zusammen. Er führte mich zum Essen aus und brachte mir die isländische Kultur näher. Wir besuchten Museen, ergötzten uns an Theaterbesuchen, Konzerten und genossen gemütliche Kinoabende miteinander. Wir gingen jeden Tag mit Magnus entlang der Küste spazieren, Raik zeigte mir die atemberaubendsten Strände, die Island zu bieten hatte. Eines meiner persönlichen Highlights war der berüchtigte Diamantstrand, ein schwarzer Vulkanstrand, wo die Eisberge aus der Lagune an Land treiben und einen magischen Ort erschaffen. Die zerbrochenen Eisberge lagen über den gesamten Strand verstreut, wie einzelne Diamanten lagen sie da und glitzerten mit der Sonne um die Wette. Wir spazierten am Strand entlang, manche Eisbrocken waren so groß wie Raik. Man konnte sogar hindurchsehen, so klar waren sie, wie richtige Edelsteine. Ja, Island verzauberte mich jeden Tag aufs Neue.

Wir waren uns sowohl geistig als auch körperlich so nah, dass kein einziges Blatt Papier mehr zwischen uns passte. Ich genoss seine Zärtlichkeiten, die mir in den letzten Jahren so selten zuteilwurden. Wir küssten uns, liebkosten einander und verloren uns in unseren Zärtlichkeiten. Unsere Intimitäten gingen aber nur so weit, wie ich es zulassen konnte. Miteinander zu schlafen war bisher noch kein Thema. Es wurde schon einige Male so richtig heiß, dennoch war der richtige Zeitpunkt noch nicht gekommen. Raik hatte es gespürt und mich nicht bedrängt. Er war der perfekte Gentleman. Ich wundere mich heute immer noch, wie ich diesem hinreißenden und unwiderstehlichen Mann nur so lange standhalten konnte. Eines war klar, allzu lange konnte ich meine Schutzschilder nicht mehr hochhalten. War es eigentlich überhaupt noch notwendig, mich selbst zu beschützen? …

Die Zeit verging schnell, es wurde Mai. Am elften Mai hatte ich meinen 34. Geburtstag und Raik hatte natürlich eine Überraschung für mich. Ich konnte es kaum erwarten, ihn nach ganzen drei Tagen endlich wiederzusehen.

Er hatte mich um ein wenig Zeit gebeten, da er noch einige Kleinigkeiten für meinen großen Tag organisieren wollte, wobei ich ihm natürlich nicht im Wege stehen wollte.

Ich war so aufgeregt!

Meine Neugierde wuchs ins Unermessliche! Das Einzige, worum er mich gebeten hatte, war, mich zu gedulden, was mir natürlich unheimlich schwerfiel, und meinen Weekender zu packen. Es würde ein Wochenendtrip werden, so viel verriet er mir.

Ich liebte Kurztrips. Nichts war schöner, als für ein paar Tage ins Grüne oder in die Berge zu fahren. Dieses Mal war es aber anders. Raik und ich würden zum ersten Mal auswärts eine Nacht zusammen verbringen. Wenn ich nur daran dachte, fing meine Haut an zu kribbeln.

Ich ging ins Schlafzimmer, holte meine kleine Reisetasche aus dem obersten Fach heraus und fing an zu packen. Ich entschied mich für zwei, drei Skinny-Jeans, die mir so gut standen, und meine schlanken Beine perfekt in Szene setzten, einige Tops, meine Lederjacke und meinen braunen Filzhut. Ich liebte Kopfbedeckungen, sie standen mir auch besonders gut. Sexy Unterwäsche und mein kurzes, schwarzes Negligé durften natürlich auch nicht fehlen. Ich wollte auf jede erdenkliche Eventualität vorbreitet sein, nichts überließ ich dem Zufall. Ich sah momentan verdammt gut aus und befand mich in den besten Jahren, warum sollte ich es denn nicht genießen?

Um 14 Uhr hupte es draußen. Ich sprang auf, nahm meine Tasche und ging bei der Tür raus. Raik saß im Auto und wartete auf mich.

»Hallo, schöne Frau. Sie haben ein Taxi bestellt?«, begrüßte er mich mit einem hinreißenden Lächeln, das jede Frau zum Schmelzen gebracht hätte.

»Guten Tag, werter Herr. Sehr richtig, ich wäre nun für alle Schandtaten bereit!«, glühte ich ihn an.

»Na dann, spring rein Süße! Schön festhalten!«

Er fuhr los und wir machten uns auf dem Weg Richtung Norden. Ich war so aufgeregt!

»Wo ist Magnus?«, fragte ich ihn.

»Bei seinem Hundesitter. Das Wochenende gehört nur uns alleine. Ihm geht es gut, keine Angst«, antwortete er.

Aus dem Augenwinkel sah ich ihn mir genauer an. Er sah hinreißend aus. Lässige Jeans, ein lockeres T-Shirt, sein Bart bis zur Perfektion getrimmt und die Haare messy zu einem Man Bun hochgebunden. Sein unverkennbarer Duft nach Sandelholz und frischem Moos erfüllte den Innenraum. Ich liebte es. Er sah konzentriert nach vorne und nickte dezent zu unserer Lieblingsband Kaleo, *Down We Go*. Oh Gott, was für ein Anblick. Kaum zu glauben, dass sich dieses Abbild von einem nordischen Gott gerade in mich verliebt hatte. Ich musste gestehen, zusammen waren wir ein heißes Paar. Er war sicherlich noch einige Grad heißer als ich, doch wir gaben ein gutes Bild gemeinsam ab. Thor und Arielle, gemeinsam in Nordisland auf Entdeckungstour. Herrlich! Ich schmunzelte in mich hinein und sah beim Fenster raus.

Wir fuhren quer durchs Land, eine Landschaft schöner als die andere. Island blühte, die bunten Farben und das saftige Moosgrün buhlten förmlich um meine Aufmerksamkeit. Die Bäume ließen ihre Knospen aufbrechen und ganze Landstriche verwandelten sich in ein wahres Blütenmeer. Was für ein Anblick. Zwei Stunden später waren wir endlich da.

Ich sah mich um, konnte allerdings außer der gewohnten Umgebung nichts ausmachen. Raik erkannte meinen verdutzten Gesichtsausdruck und schmunzelte in sich hinein.

»Tessa, vertraust du mir?«, fragte er mich.

»Klar, immer, das weißt du ja«, sagte ich wie aus der Pistole geschossen, was mich eigentlich sehr wunderte. Er hatte sich mein vollstes Vertrauen verdient, das stand außer Frage.

»Komm, das wird dir gefallen«, sagte er und wir stiegen beide aus dem Auto aus.

Raik schmiss unsere beiden Taschen locker aus dem Handgelenk über die Schulter, was bei seiner Statur natürlich kein Problem darstellte, während seine andere Hand die meine suchte. So gingen wir händchenhaltend einen schmalen, doch sehr gepflegten, geschotterten Pfad entlang, durch ein kleines Wäldchen hindurch und mündeten schließlich auf einer bezaubernden Waldlichtung. Die Sonne ging langsam unter und ich wunderte mich noch, was wir an diesem Ort zu suchen hatten, doch dann sah ich es.

Auf der gesamten Waldlichtung verstreut, jedoch weit genug auseinander entfernt, um die Privatsphäre des Einzelnen zu wahren, erkannte ich sieben wunderschöne Glasiglus, die ich eigentlich nur aus diversen Reiseblogs kannte. Die Glaskuppeln glitzerten in der untergehenden Sonne wie kleine Diamanten, es war ein zauberhafter Anblick. Nur ein einziger Iglu, der rechts und etwas weiter abseitsstand, war dezent beleuchtet.

Ich sah Raik an und brachte vor lauter Aufregung kein Wort heraus, doch meine Augen sprachen Bände!

»Willkommen im Igloo & Hotel Village! Wir schlafen in einem Glasiglu und können, sofern das Wetter mitspielt, aus nächster Nähe die Polarlichter beobachten. Komm, der da drüben ist unserer. Wir sind sogar die einzigen Gäste hier dieses Wochenende«, sagte er.

Er packte entschlossen meine Hand und führte mich zu unserer Glasbubble. Durch eine kleine Lucke gelangten wir hinein. Im Inneren war es noch schöner! Ich kam aus dem Staunen nicht mehr heraus.

Der Iglu war groß genug, um aufrecht stehen zu können, in der Mitte des Raumes stand ein riesiges, rundes Bett, beschmückt mit vielen Pölstern. Von den Seiten aus konnte man, um neugierigen Blicken von außen zu entgehen, die Vorhänge zuziehen. Von Innen hatte man einen 360° Ausblick, so etwas hatte ich mit meinen eigenen Augen noch nie gesehen. Neben dem Eingang stand ein kleiner Kamin, der bereits angemacht worden war, um uns willkommen zu heißen. Eine wohlige Wärme und der Duft von Zirbenholz erfüllten den Raum.

»Wahnsinn! Raik, das ist einfach zauberhaft …«, sagte ich.

Ich blickte ihn an und umarmte ihn so fest ich konnte.

»Ein zauberhafter Ort für eine zauberhafte Frau. Happy Birthday, Kleines! Ich hoffe, es gefällt dir«, flüsterte er mir leise ins Ohr.

»Nein, ich liebe es!«, antwortete ich.

Um meiner Aussage noch mehr Ausdruck zu verleihen, öffnete ich meine Arme, drehte mich ein paarmal im Kreis und ließ mich rückwärts aufs Bett fallen. Ich quiekte vergnügt, Raik sprang mit einem Satz zu mir ins Bett und wir blödelten wie zwei frisch verliebte Teenager …

Die Nacht war hereingebrochen. Raik hockte vor dem Kamin und legte noch ein, zwei Holzscheite nach. Er hatte nur eine weite Pyjamahose an, der Oberkörper war frei. Herr im Himmel, was für ein Anblick! Er hatte gut trainierte, muskulöse Arme, nicht zu viel und nicht zu wenig, genau richtig. Sein breiter, gut definierter Oberkörper und sein Sixpack schimmerten im goldenen Kaminfeuer. Wenn ich diese Szene in jenem Moment mit einem Wort beschreiben hätte müssen, dann wäre es einfach nur HOT gewesen, in jeglicher Hinsicht. Ich fragte mich, wann dieser Supermann bei seinem gedrängten Terminplan auch noch die Zeit fand zu trainieren, um so auszusehen?!

Obwohl es bereits kalendarischer Sommer war, waren die Nächte hier jedoch immer noch frisch und kühl. Ich hatte die Kerzen, die im Zimmer auf jedem Nachtkästchen für die Gäste bereitstanden, bereits angezündet und mich im kleinsten Badezimmer der Welt hübsch zurechtgemacht. Ich hatte das kurze, schwarze Satinnachthemd mit zarten Spaghettiträgern angezogen, meine langen Haare fielen mir in großen Locken wie Feuerwellen über die Schultern. Es gefiel mir sehr, als ich mich im Spiegel betrachtete. So verführerisch hatte ich schon lange nicht mehr ausgesehen. Ich hatte so hart dafür gearbeitet und so viel für meine zweite Chance riskiert, dass ich mir nun ganz sicher war. Ich war bereit dafür. Ich war bereit für ihn, bereit für uns! Ich liebte diesen Mann so sehr, dass ich überhaupt keine Zweifel mehr hatte. Raik war der Richtige, mein Anker, meine große Liebe! Ich hatte den Jackpot geknackt und durfte es in vollen Zügen genießen.

Ich ging wieder in den Iglu zurück, Raik blickte kurz über seine Schulter. Als er mich sah, fiel ihm der Holzscheitel prompt aus der Hand. Ich kicherte kurz, er stand blitzschnell auf, um die Aktion charmant zu vertuschen und kam langsam auf mich zu.

Im schwachen Kerzenschein sah er aus wie ein Löwe in der untergehenden Sonne der Prärie, wohl wissend seiner Stärke und

Überlegenheit, der sich jede beliebige Zeit herausnahm, die er für den nächsten Zug benötigte. Er war auf der Jagd nach Leidenschaft und ich war seine Auserwählte. Ich erschauderte und meine Atmung beschleunigte sich kurzerhand, obwohl wir uns noch gar nicht angefasst hatten. Schließlich blieb er vor mir stehen und sah mich mit einem Blick an, den ich bisher noch nie gesehen hatte. Seine Augen verdunkelten sich kurzerhand vor lauter Begierde. Er blickte mich an und ich erkannte, wie viel Zärtlichkeit in seinem Blick war. Ich spürte ein unglaubliches Kribbeln, das meinen ganzen Körper erfasste.

»Tessa, du siehst wunderschön aus!«, sagte er.

Seine Stimme klang belegt, spiegelte jedoch seine Begierde wider. Er war mir so nahe, dass ich seinen Atem an meinen Wangen spürte, die vor Erregung glühten. Die gesamte Luft um uns herum war elektrisch aufgeladen, das konnte man deutlich spüren. Nur ein einziger Funke hätte gereicht, um den Iglu in die Luft zu jagen.

»Küss mich, Raik«, flehte ich ihn an, als ich es kaum noch aushielt.

Ich schloss verführerisch meine Augen und öffnete ein wenig meine Lippen. Meine Einladung stand …

Als seine Lippen endlich meine berührten, war es wie ein Funke, der zwischen uns entsprang. Zuerst ein gefühlvoller Kuss, der langsam, aber doch wilder, fordernder wurde. Er schob seine Zunge langsam in meinen Mund hinein, gerade so viel, dass es mir den Verstand raubte. Der Kuss wurde wild, unsere Zungen lieferten sich einen schmerzlich sehnsüchtigen Zweikampf um die Lust. Er hatte seine großen Hände fest in meinen Haaren vergraben, ich gehörte ihm.

»Du schmeckst so gut«, raunte er in meinem Mund hinein.

Er küsste mich immer leidenschaftlicher, hielt mich fest in seinen Armen. Es gab kein Entkommen mehr! Er hob mich hoch und ich schlang meine schlanken Beine um seine Hüfte. Er trug mich zum Bett, ohne unsere Blicke voneinander zu trennen und legte mich behutsam hin. Auf dem Rücken liegend streckte ich meine Arme nach ihm aus. Ich brauchte ihn nun mehr denn je, jede einzelne Faser meines Körpers verzehrte sich nach ihm. Ich hatte so lange auf diesen Moment gewartet.

»Komm zu mir. Liebe mich«, hauchte ich.

Mein Herz schlug mir bis zum Halse vor lauter Aufregung und Begierde. So stark, dass ich es kaum noch aushielt. Diese neuartige Erfahrung war so anders, ganz anders, als ich es bisher kannte. Die Chemie zwischen uns war einzigartig und in Worten kaum zu beschreiben.

Raik legte sich schließlich behutsam auf mich drauf, stützte sich auf seinen Ellenbogen ab und begann mich mit einer Leidenschaft zu küssen, die mir fast den Atem raubte. Er wurde fordernder, sein Atem ging schnell und gepresst. Nun gab es kein Zurück mehr. Wir küssten uns und ich wünschte, dieser Kuss würde niemals enden, nicht jetzt, nicht in hundert Jahren.

»Heb deine Arme hoch«, bat er mich.

Ich tat, wie gewünscht, und er streifte mein Negligé ab, der zarte Stoff streichelte meine Haut, sodass sich meine Brustwarzen sofort aufrichteten. Wir zogen uns gegenseitig aus, berührten und erforschten neugierig unsere nackten Körper, Zentimeter für Zentimeter. Er hob mich auf seinen Schoß und wir blickten uns an. Er bewunderte meinen Körper, seine Blicke hinterließen eine brennende Spur auf meine Haut.

»So schön ...«, flüsterte er.

Raik umfasste mit seinen riesigen Händen meine vollen Brüste, zog zart mit den Fingern an meinen Warzen und belohnte sogleich den süßen Schmerz mit seiner Zunge. Er leckte, saugte daran und verbarg sein Gesicht zwischen meinen Brüsten. Das machte mich so an, dass ich es spüren konnte, wie bereit ich zwischen meinen Beinen für ihn war. Ohne mich aus den Augen zu verlieren, zog er mich mit einem Ruck näher zu sich und in gleichem Moment drang er langsam, aber bestimmt, in mich ein. Ich stöhnte leise auf. All seine Muskeln spannten sich an, sie waren hart wie Stahl. Ich stöhnte leise, schloss meine Augen und warf voller Lust meinen Kopf zurück. Er füllte jeden einzelnen Millimeter in mir aus. Er war perfekt. Wir begannen uns im Gleichtakt zu bewegen, anfangs noch langsam, danach immer schneller werdend. Meine Brüste hüpften auf und ab, er hielt meine Hüfte fest umschlossen, bestimmte gekonnt unseren Rhythmus. Er dominierte subtil den Liebesakt, ich ließ mich fallen und verlor mich in der Lust. Unser Schweiß vermischte sich miteinander, wir keuchten und bewegten uns gemeinsam dem Höhepunkt entgegen. Wir atmeten im gleichen Rhythmus. Unsere Herzen schlugen im selben Takt. Schließlich wurde die Lust einfach nur noch unerträglich. Unsere Körper brannten förmlich, als sich die Hitze endlich mit einem letzten Stoß, begleitet von einem Lustschrei, in einem Feuerwerk der Gefühle entlud. Ich grub meine Fingernägel in seinem Rücken, wir stöhnten beide auf …

Ich rollte vor Erschöpfung von ihm runter, breitete meine Arme aus und versuchte die Wellen der Lust, die langsam abebbten bis zuletzt auszukosten.

Schließlich blickte ich zu Raik. Er hatte seine Augen noch geschlossen und rang nach Atmen. Als er mich ebenfalls ansah, sagte er leise

»Ich liebe dich«

»Ich liebe dich auch …«, flüsterte ich atemlos.

Aneinander gekuschelt lagen wir noch stundenlang da, die Blicke zum Himmel gerichtet. Die Glaskuppel malte für uns an jener Nacht die schönsten Sternenbilder. Am Himmel war kaum eine Wolke zu erkennen. Als gegen Mitternacht die grünbläulichen Wolkenschleier zu pulsieren und über unseren Köpfen zu tanzen anfingen, wurde ich von der Schönheit übermannt.

Endlich!

Die Nordlichter schwebten wie ein farbiger Nebel über uns. Grün, rot und blau leuchtende Schwaden zogen geisterhaft an uns vorbei. Ich kam mir vor wie in einem Fantasyfilm, in einer Zauberwelt, ganz weit weg von der Wirklichkeit. Dieses Naturschauspiel zu beobachten, war ein erneutes Highlight an Raiks Seite. Er überraschte mich immer aufs Neue!

Wir genossen schweigend das zauberhafte Naturschauspiel, bis ich dankbar und erschöpft in seinen Armen friedlich einschlief.

16 *Raik*

Ich schlief wie ein Baby, als ich kurzerhand wieder aufwachte. Ich hatte gar nicht mitbekommen, wann ich schließlich eingeschlafen war, so wohl fühlte ich mich in ihrer Nähe. Dieses Gefühl hatte ich schon lange nicht mehr gehabt. Es tat so gut, sie hier in meinen Armen zu halten. Keine Frage, es war ein langer und steiniger Weg, doch schlussendlich hatte es sich mehr als gelohnt. Wenn ich nur daran dachte, wie ich sie einige Stunden zuvor geliebt hatte, spürte ich, wie sich die Lust wieder neu in meinen Lenden anbahnte.

Tessa war eine Bombe! Sie hatte mir förmlich den Verstand geraubt. Sie war die Frau, nach der ich mich mein ganzes Leben lang gesehnt hatte. Sie hatte alles, was ich mir nur wünschen konnte und noch viel mehr! Sie war klug, charmant, sexy, witzig, konnte aber auch ernst und nachdenklich sein, so vielseitig und doch so faszinierend. Sie hatte diesen Zauber, diese bestimmte Ausstrahlung, die nur die wenigsten Frauen besaßen. Ihre Spontanität und ihr Humor waren so erfrischend, die makellose Schönheit kaum zu übertreffen. Ich hatte die perfekte Frau gefunden, wo war nur der Hacken? Meistens war da immer ein Hacken, oder nicht? …

»Nein …«, hörte ich jemand leise wimmern.

Ich drehte meinen Kopf und sah zu ihr rüber. Sie lag auf der Seite, ihr Gesicht zu mir gewandt und träumte. Sogar wenn sie schlief, sah sie atemberaubend aus.

»Nein, nein«, murmelte sie vor sich hin, diesmal lauter.

Sie schüttelte ihren Kopf hin und her als wollte sie etwas verneinen. Ich streichelte ihr übers Gesicht, sie drehte instinktiv hastig ihren Kopf ruckartig weg. Sie schwitzte stark. Sie musste anscheinend einen schlimmen Albtraum haben.

»Kleines, alles gut … du träumst nur«, redete ich beruhigend auf sie ein.

Sie fing an ihren Kopf heftig hin und her zu drehen, sie schwitzte. Ihr Puls raste. Die Situation spitzte such zu.

»Nein! Nein!!! Bitte nicht!«, flehte sie lautstark.

O. k. Das war nicht gut. Mein Instinkt sagte mir, das sich da
etwas mehr dahinter verbarg. Ich bekam plötzlich eine Gänsehaut.

Ich musste sie wieder wach kriegen, denn ich wollte ihr diesen schrecklichen Traum, den sie gerade alleine bekämpfen musste, nicht länger antun.

»Tessa, wach auf … Ich bin's.«

Dieses Mal rüttelte ich vorsichtig an ihren Schultern.

»Lass mich los! Nein, fass mich nicht an!!!!«, schrie sie plötzlich.

Ihre Augen waren fest geschlossen, sie war immer noch im
Traumland gefangen. Sie fing an, mit den Händen um sich zu
schlagen, hörte nicht auf zu schreien.

Sie flippte völlig aus. Ich fing an sie fester zu rütteln.

»Tessa, wach auf!«, sagte ich so bestimmend und laut, dass sie
mich dieses Mal einfach hören musste.

Mit einem markerschütternden Schrei wachte sie auf und riss
plötzlich ihre Augen auf! Sie blickte mich panisch an und keuchte wie nach einem dreistündigen Marathon.

»Hey, alles gut. Du hast nur schlecht geträumt«

Ich nahm sie beruhigend in meine Arme und hielt sie so lange
fest, bis ich merkte, dass sich ihre Atmung wieder einigermaßen nor-
malisierte. Tessa zitterte am gesamten Körper und sie klammerte sich
so fest an mich wie sie konnte. Doch da war es wieder, dieses Gefühl, das mir sagte, dass etwas nicht stimmte. Ihre zarten Arme hielten mich wie versteinert fest, ihren Kopf an meiner Brust angelehnt.

»Bitte geh nicht weg«, flüsterte sie leise.

»Warum sollte ich… Ich gehe nirgendwohin. Alles ist gut,
hier bei mir bist du in Sicherheit«, redete ich beruhigend auf sie
ein und drückte sie noch fester an mich.

Wir verharrten lange Zeit in derselben Position. Tessa wollte sich nicht von mir lösen und das verlangte ich auch nicht von
ihr. Ich war schließlich da, um ihr Halt zu bieten, um sie auf-
zufangen. Ich spürte, dass es dieses Mal nicht nur um den Albtraum, sondern um viel mehr ging, als sie mir verraten wollte.

Ihre Dämonen waren wieder da. Ich hatte eine zu gute Beobachtungsgabe und Menschenkenntnis, um nicht zu realisieren, dass sie irgendetwas vor mir verheimlichte. Ich wusste nicht, was es war und womit ich es tatsächlich zu tun hatte, doch ich würde es noch rausfinden. Sie würde sich mir eines Tages öffnen, mir alles erzählen, doch bis dahin musste ich mich gedulden, ihr einfach mehr Zeit gewähren. Ich konnte nichts anderes tun, als stark für sie zu sein, ihr das Gefühl zu geben, dass sie auf mich zählen konnte. Obwohl meine Neugierde ins Unermessliche wuchs, musste ich mich trotzdem gedulden.

Nach und nach entspannte sie sich wieder und ich spürte, wie sie langsam, aber doch, in meinen Armen erneut einschlief. Ich legte sie sanft auf die Seite und deckte sie zu. Ich bettete mich neben sie und sah sie an. Dann streifte ich ihr eine Haarsträhne zurück und lauschte ihrer rhythmischen Atmung. Sie war wieder eingeschlafen und atmete entspannt, ihre Lippen leicht geöffnet. Ihr wunderschönes Gesicht, umrandet von den langen, roten Haaren, das einem Gemälde ähnelte. Ein atemberaubender Anblick, den ich mir für immer einprägen wollte. Tessa war nun mein Zuhause geworden, mein heiler Ort. Ich wünschte, ich wäre es auch für sie.

Was war geschehen?

Warum plagten sie so viele Albträume?

Mittlerweile machte ich mir schon große Sorgen, denn das war nicht das einzige Mal, dass die Situation so außer Kontrolle geraten war. Sogar das Gegenteil war geschehen. Die dunklen Schatten in ihren Träumen gewannen mehr und mehr die Oberhand. Es wurde immer schlimmer, das wusste Tessa auch, nur wollte sie es nicht wahrhaben. Sie überspielte immer die Situation, sobald ich das Thema vorsichtig ansprach. Doch ich musste ihr noch mehr Zeit geben. Sie zu bedrängen, wäre sicherlich der falsche Weg. Sie würde schon auf mich zukommen, wenn die Zeit reif dafür wäre …

17 Tessa

Am nächsten Morgen wachte ich in Raiks Armen auf. Er roch so gut nach Holz und Wald, ihn an meiner Seite zu haben, gab mir das Gefühl, unbesiegbar zu sein. Ja, er war mein Wikinger, ich war seine Seelenverwandte und zusammen konnten wir Berge versetzen.

Eigenartig, wie stark ich mich nach solch einer Nacht fühlte, und ich meinte nicht die Art und Weise, wie wir uns letzte Nacht geliebt hatten, denn das war der pure Wahnsinn gewesen. Nein, ich meinte die Albträume, die mich in den letzten Tagen wieder vermehrt heimgesucht hatten.

Es war nicht die Tatsache, dass ich schlecht träumte, sondern die brutale Wahrheit, die mir immer wieder vor Augen geführt wurde, dass es keine Träume, sondern die Realität war. Alles, was geschehen war, der Schmerz, die Schläge, das Bloßstellen und die Misshandlungen, das waren keine Träume. Alles, was er mir angetan hatte, spulte mein Gehirn wieder und immer wieder ab, wie ein niemals endender Horrorfilm. Hannes suchte mich immer noch heim, er ließ mich einfach nicht gehen. Er ließ mich nicht los … Als wenn er das mutwillig geplant hätte!

Ich fragte mich, wie lange ich meine Vergangenheit vor Raik geheim halten konnte. Nur wenn ich schon daran dachte, eines Tages die Beichte ablegen zu müssen, wurde mir schlecht. Doch ich wusste, dass ich ihm irgendwann reinen Wein einschenken musste. Das war ich ihm, besser gesagt, *uns* schuldig.

Geheimnisse waren nie eine gute Lösung gewesen, das waren sie nie. Ich fragte mich, wie ich es ihm nur beibringen sollte, ohne ihn zu erschrecken, nein, noch schlimmer, ihn durch dieses dunkle Kapitel aus meinem Leben zu verlieren. Ich wusste, dass nur Hannes ganz alleine schuld daran war, obwohl er mir immer weismachen wollte, dass ich ihn dazu gebracht hätte und für diese Katastrophe verantwortlich gewesen wäre, doch ich wusste es besser. Ich war nicht dumm, keine Frau auf dieser Welt hat Schuld daran, geschlagen und verprügelt zu werden. Das hat sich der Täter immer alleine zuzuschreiben.

»Hey, schon wach? Sehe ich da bereits Sorgenfalten am frühen Morgen?«, fragte mich Raik noch ein wenig verschlafen.

»Guten Morgen. Nein, das sind keine Sorgenfalten. Hast du gut geschlafen?«, strahlte ich ihn an und schon waren die Sorgen vergessen. Er ließ mich immer alles Schlechte vergessen.

»Mit dir an meiner Seite immer«, antwortete er und gab mir einen liebevollen Kuss auf die Stirn.

»Was wollen wir heute anstellen? Hast du irgendwas für uns geplant?«, fragte ich ihn und setzte mich im Schneidersitz neben ihm auf.

»Hm, eigentlich würde ich den ganzen Tag im Bett verbringen und lauter unanständige Sachen mit dir anstellen, aber ich denke, ein wenig frische Luft würde uns auch guttun«, gab er neckisch zurück und setzte sein schelmischstes Lächeln auf.

Er sah aus wie ein isländischer Gott. Sein perfekt getrimmter Bart, seine offenen, schulterlangen Haare, die er sonst immer zu einem Man Bun zusammengebunden hatte, diese stahlblauen Augen … Wie konnte man sich in diesen Mann nicht verlieben?

Das war einfach unmöglich!

Meine Wangen liefen rot an. Mit solchen Sprüchen brachte er mich innerlich immer zum Glühen. Ich lächelte verlegen zurück, beugte mich langsam nach vorne und gab ihm einen leidenschaftlichen Kuss. Kaum dass sich unsere Lippen berührten, hatte er mich schon auf den Rücken gedreht und erwiderte meinen Kuss mit solch einer Leidenschaft, die die Erinnerung an letzte Nacht wiederaufleben ließ.

Unsere Zungen umspielten einander, neckten sich zärtlich, kamen einfach nicht mehr voneinander los. Schließlich löste er sich widerwillig von mir und rang nach Atem.

»Wenn wir jetzt nicht sofort aufhören, dann musst du damit rechnen, dieses Bett nie wieder verlassen zu können!«, presste er mühsam hervor und ich konnte in seinen Augen erkennen, dass er kurz davor war, die verführerische Drohung wahrwerden zu lassen.

Oh Gott, er machte mich so an! Ich hob meinen Kopf, bis sich unsere Nasen berührten, hielt kurz inne und biss ihm frech in die Unterlippe.

»Dann tu's doch«, antwortete ich und verzog keine Miene.

Wir blickten uns, ohne zu blinzeln an, die sexuelle Spannung brachte fast den Iglu zum Schmelzen.

»Hm«, raunte er.

»Du hast es so gewollt …«

Kaum ausgesprochen, verloren wir uns ineinander. Wir liebten uns den gesamten Morgen, wieder und immer wieder, machten kleine Pausen, nur um etwas Wasser zu trinken oder das stille Örtchen aufzusuchen. Wir waren einander verfallen, waren wie im Rausch der Gefühle und fühlten uns wie frischverliebte Teenager. Raik gab mir das Gefühl, die einzige Frau auf Erden zu sein, das war komplettes Neuland für mich. Ich fühlte mich begehrt, geliebt und gleichzeitig unschlagbar. Er brachte mich zum Höhepunkt wie kaum ein anderer. Ich war angekommen.

»Gnade, ich flehe um Gnade!«, scherzte ich und verließ das Bett.

Ich stellte mich provokativ vor das Bett, stemmte meine Arme in die Hüften, um möglichst selbstbewusst auszusehen und setzte mein strengstes Gesicht auf.

»Hahaha! So streng heute?«, lachte mich Raik aus.

Es war bereits Mittag geworden, die Sonne strahlte hell am Himmelszelt und versuchte uns rauszulocken.

»Jawohl! Schluss mit den Verführungskünsten«, schmunzelte ich und versuchte nicht wieder schwach zu werden.

Raik stand ebenfalls auf, nahm mich an der Hand und führte mich Richtung Badezimmer.

»Komm, lass uns duschen. Das wird uns frische Energie verleihen«, sagte er und gab mir einen flüchtigen Kuss auf die Nasenspitze.

Wir gingen ins Badezimmer und Raik drehte den Wasserhahn auf. Sehr bald verwandelte sich das kleine Badezimmer in ein wohlig warmes Dampfbad. Wir begaben uns in die begehbare Duschkabine, seiften uns ein und wuschen uns gegenseitig die Haare. All unsere Berührungen waren so vertraut, als ob wir uns schon ewig kennen würden. Ja, anscheinend musste ich erst um die halbe Weltkugel fliegen, um meinen Seelenverwandten zu finden. Alles war so einfach und unkompliziert mit ihm, wir verstanden uns auch ohne Worte. Oft reichte nur ein Blick und der andere wusste, woran er war.

Nachdem wir uns frisch gemacht hatten, nahmen wir uns vor, die Gegend zu erkunden. Es war zwar sehr verlockend, wieder ins Bett zu hüpfen, doch irgendwann mussten wir schließlich unser Liebesnest ja auch mal verlassen. Raik und ich zogen uns die Wanderbekleidung an und streiften uns die Trekkingschuhe über, denn heute wollten wir den nächstgelegenen Vulkan besteigen.

Wir fuhren mit dem Auto Richtung Süden, bis schließlich der asphaltierte Teil der Straße endete. Der Vulkan „Hekla", von den Isländern liebevoll auch „Königin von Island" genannt, befand sich in einer malerischen Gegend um den Berg Fjallabak. Wir wussten, dass wir ungefähr 1400 Höhenmeter bezwingen mussten, doch wir waren voller Energie und Tatendrang.

»Die Wanderung auf Hekla ist technisch leicht, das schaffen wir mit links. Wir müssen nur gut auf die Wetterumschwünge aufpassen und gut ausgerüstet sein, das ist alles«, versicherte mir Raik.

»Ist gut. Na dann, los geht's!« antwortete ich voll motiviert.

Ich vertraute ihm und wusste, dass ich in guten Händen war und er immer auf mich beziehungsweise auf uns aufpassen würde.

Wir folgten dem markierten Steig über die Lavaebene zum eigentlichen Gipfelanstieg auf dem Bergrücken, immer weiter hinauf über große Steine und tiefe Löcher. Den letzten Abschnitt, den Spuren folgend, gingen wir durch eine steile Rinne, vorbei an bodenlosen Spalten und tiefen Kratern. Wir waren sehr vorsichtig, stützten und halfen uns gegenseitig. Überall spürte man die Naturgewalt und die Dynamik, die diesen Berg nach so vielen Jahren noch immer formte.

Es war sehr eigenartig, doch genau diese Tatsache gab uns noch mehr Kraft und Ansporn, das letzte Drittel der Strecke zu bezwingen. Es glich einem Prozess, der stufenweise absolviert werden musste. Es tat einfach unheimlich gut, mich wieder zu bewegen und die frische Luft in meinen Lungen aufzunehmen.

Endlich oben angekommen! Überall am Gipfel stieg leichter Dampf auf. Ich konnte schwören, dass an bestimmten Stellen deutliche warme Ausläufer zu spüren waren. Wir setzten uns auf einen großen Felsen und entledigten uns unserer Rucksäcke. Ich ließ meinen Blick schweifen und war bei dem Anblick, der sich uns bot, fast sprachlos.

»Wahnsinn! War für eine Aussicht!«, sagte ich.

»Ich weiß, es ist wunderschön hier oben, nicht wahr?«, antwortete er.

»Ja, einfach nur atemberaubend. Es ist, als wären wir hier nicht auf der Erde, sondern auf dem Mars. Ich habe nirgendwo solch eine Landschaft gesehen«

Ich staunte so vor mich hin und spürte, wie mir die Schweißtropfen den Rücken hinunter rannen.

»Es ist wirklich seltsam«, fuhr ich weiter fort »doch jedesmal, wenn ich denke, alles hier gesehen zu haben, überrascht mich dieses Land immer wieder aufs Neue!«

»Ja, Island steckt voller Überraschungen. Ein starkes und stolzes Stückchen Land, doch irgendwie mystisch und geheimnisvoll … Genau wie du«, sagte er leise und blickte mich an.

Ich wusste, worauf er hinauswollte, doch ich konnte es ihm noch nicht beichten. Das war definitiv der falsche Ort und noch dazu der falsche Zeitpunkt, dieses wunderbare Erlebnis hier, mit meinen Gruselgeschichten zu zerstören. Ich ließ meinen Blick in die Ferne schweifen und lehnte mich wortlos an seiner Schulter an. Als hätte er mich verstanden, ohne es aussprechen zu müssen, bohrte er nicht mehr nach, sondern legte seinen Arm um mich und wir genossen die Aussicht.

Dieses Land faszinierte mich jeden Tag aufs Neue. Island war ein Land der Gegensätze. Es war ein Kampf der Elemente – Wasser, Feuer, Luft und Erde. Wir blickten beide gedankenverloren in die Ferne. Vor unseren Füßen erstreckte sich eine Landschaft, als hätte sie der liebe Gott auf eine Leinwand gemalt. Unzählige moosbewachsene Hügel in Rostfarben, Grün und Ocker, durchzogen von kleinen Bächen und Flussläufen. Hier und da konnte man anthrazitfarbige, kleinere inaktive Vulkane aus dem Erdboden herausragen sehen, der stahlblaue Himmel ergänzte das Naturschauspiel perfekt. Ich konnte mich nicht erinnern, so etwas Schönes jemals gesehen zu haben.

»Danke. Vielen Dank, für dieses unvergessliche Wochenende«, sagte ich schließlich und kuschelte mich liebevoll an seine Schulter.

»Du brauchst dich nicht zu bedanken. Die Tatsache, dass du mitgekommen bist und mir blind vertraut hast, ist mehr, als ich mir erhoffen konnte«, antwortete er.

Er zog mich noch näher an sich heran und gab mir einen Kuss auf die Stirn. Ich konnte nicht sagen, wie lange wir dort saßen, die Zeit schien zu verschwimmen. Es könnten dreißig Minuten gewesen sein, aber auch zwei Stunden, ganz genau konnte ich es nicht sagen. Die Zeit an sich wurde hier oben überbewertet und definitiv relativiert.

Unsere Liebe konnte sogar die Zeit anhalten …

18 *Hannes*

»Noch mal zurück. Spielen sie das Video zehn Sekunden zurück«, forderte ich ihn auf.

Mein verdeckter Informant und ich saßen nach Feierabend in seinem verrauchten, kleinen Überwachungsbüro am Flughafen und glotzten gemeinsam auf den flimmernden Bildschirm. Die Hauptwand war übersät mit unzähligen Schwarz-Weiß-Monitoren, die rund um die Uhr den gesamten Flughafen aus den verschiedensten Blickwinkeln überwachten. Ich fragte mich, warum Tessa nicht daran gedacht hatte. Doch, ich denke, sie wusste es ganz genau. Sie war eine intelligente Frau, sie hatte es sich schon denken können, dass sie mittels Überwachungsvideo überführt werden würde, doch anscheinend blieb ihr keine andere Wahl.

»Anhalten!«, fuhr es aus mir raus.

Er stoppte das Band.

»Vergrößern! Zoomen sie das Gesicht heran!«, blaffte ihn richtig an.

Ich konnte meine Emotionen kaum zurückhalten. Ich spürte, wie sich meine Herzschläge verdreifachten, das Blut rauschte mir in den Ohren.

»Groß genug? Oder noch näher?«, fragte mein Informant sichtlich eingeschüchtert.

»Nein, so ist es gut …«, antwortete ich, dieses Mal sichtlich entspannter, denn ich hatte, wonach ich monatelang gesucht hatte.

Tessa! Da war sie! Meine verzweifelte Suche war endlich zu Ende. Ich ging näher ran, so nah ich konnte. Ihr Gesicht schaute zu Boden, ihre langen Haare fielen ihr leicht ins Gesicht, doch sie konnte sich nicht verstecken. Dieses Gesicht, auch wenn es nicht deutlich zu erkennen war, würde ich persönlich sofort ausmachen. Unter all den Menschen auf diesem Planeten würde ich meine Frau wiedererkennen. Dieses wunderschöne Gesicht, die feine Stupsnase und die zarte Wangenpartie, ihre Schönheit war kaum zu übertreffen.

Die Art, wie sie sich bewegte, wie sie ging, die gesamte Körpersprache, nur sie konnte das. Keine andere Frau besaß ihre Anmut und Grazie, nur den Sturkopf hätte sie sich sparen können. Ich hatte es oft genug versucht, sie zur Vernunft zu bringen, doch meine Mühe war umsonst gewesen. Sie hatte mich abgelehnt, mich wie einen räudigen Hund zurückgelassen. Sie wollte sich anscheinend nicht helfen lassen, das war mir jetzt klar. Doch vor vielen Jahren hatten wir uns das Versprechen vor Gott und unseren Familien gegeben. Wir hatte uns geschworen, füreinander da zu sein, uns zu lieben …. So lange, bis dass der Tod uns scheidet! Verdammt Tessa, du hast dein Versprechen gebrochen!

»Dann sehen wir uns mal an, in welches Flugzeug du eingestiegen bist. Liebes, wo wolltest du hin? …«, redete ich mit mir selbst und schaute mir das Überwachungsvideo aufmerksam an.

Ich sah, wie sie versuchte, möglichst nicht aufzufallen. Sie hielt sich eher verdeckt, mit allen Mitteln versuchte sie, keine Aufmerksamkeit auf sich zu ziehen. Mich wunderte auch, dass sie nur ihren Weekender mitgenommen hatte, keinen sperrigen Koffer, keine extra Taschen. Sie wollte also möglichst mobil bleiben, sich nicht zu lange mit dem Einchecken des Gepäcks aufhalten. Schlaues Mädchen!

Ich ging in Ruhe alle Aufnahmen durch, die mich schlussendlich zum Ziel führten.

G04 nach KEF.

»Was zum …«, ich traute meinen Augen nicht!

Gate 04 nach Reykjavik Keflavik International. Nach Island?! Was wollte sie denn in Island? Ich starrte ungläubig auf den Bildschirm – und tatsächlich.

Sie war nach Island geflogen.

Anscheinend meinte sie es ernst mit dem Untertauchen, denn in Island hatte sie niemanden. Keine Familie, keine Freunde. Ich hatte angenommen, dass sie irgendwo bei entfernten Bekanntschaften oder Verwandten Unterschlupf suchen würde, aber Island? Ein Neuanfang im Land der Kälte, ohne die Sprache zu kennen, ohne Hilfe und Geld? Wie wollte sie das nur anstellen? Ich war mir sicher, dass sie nur scheitern konnte. Sie bereute es sicherlich schon, mich verlassen zu haben. Und wenn nicht, dann würde ich ihr das schon begreiflich machen!

Ich stand auf und bedankte mich bei meinem verdeckten Ermittler.

»Vielen Dank. Sie haben mir sehr geholfen. Hier, das ist für Sie«, sagte ich und übergab dem Mann ein Bündel Hunderter.

»Gern geschehen. Immer wieder gern, Herr Braun«, bedankte er sich mit einem selbstgefälligen Lächeln.

»Und nicht vergessen. Wir haben uns nie getroffen, ich war niemals hier, ist das klar?«, erinnerte ich ihn nochmals mit einem leicht bedrohlichen Unterton.

»Selbstverständlich, Diskretion wird bei mir ganz großgeschrieben«, antwortete er und nickte leicht, um seiner Glaubwürdigkeit noch mehr Ausdruck zu verleihen. Er nahm das Schmiergeld und steckte es in seine Hosentasche.

Ich verließ das Büro und schlenderte gedankenverloren durch den Flughafen Richtung Ausgang. Ich war wie in Trance. Die Suche nach meiner Frau zeigte endlich erste Erfolge. Endlich, nach so langer Zeit. Das Spiel nahm jetzt eine vollkommen neue Wendung und ich musste mir nun genau überlegen, wie ich vorzugehen hatte. Sollte ich nun den aggressiveren Weg einschlagen und wie eine Bombe einschlagen, oder sollte ich es eher subtiler machen, mich langsam annähern? ... Wie ein Fuchs, der sich langsam und bedacht aus seinem Hinterhalt der Beute annähert.

Ich ging hinaus, setzte mich auf eine Parkbank und zündete eine Zigarette an. Ich zog langsam und genüsslich den heißen Rauch ein, hielte ihn so lange, es ging, in meiner Lunge und atmete befriedigt den wohltuenden Dunst wieder aus. Ich fühle mich zehn Tonnen leichter.

Nein, ich würde die zweite Variante auswählen, obwohl die aggressivere Ausführung zugegebenermaßen doch auch sehr verlockend klang.

Ich wusste zwar, wo sie sich aufhielt, doch sie tatsächlich ausfindig zu machen, würde eine noch größere Herausforderung darstellen. Island hatte zwar nicht mehr als 300.000 Einwohner, doch dort hatte ich keine Informanten. Keine dreckigen Ratten, die sich für ein lächerliches Trinkgeld verführen ließen. Die Spiele konnten nun beginnen. Ich war mehr als bereit und ich spürte, wie meine Kopfhaut zu kribbeln begann, wenn ich nur daran dachte. Lange genug hatte ich mich zurückgehalten, nun konnte ich endlich zuschlagen. Ich würde Tessa schon begreiflich machen, was sie angestellt hatte, welchen Kummer sie mir in den letzten Monaten bereitet hatte. Womöglich würde sie ohnehin in meine Arme fallen und mich um Vergebung bitten. Natürlich würde ich ihr verzeihen. Nachdem ich sie dafür bestraft hatte. Ohne Bestrafung würde sie natürlich nicht davonkommen.

Dieses Mal nicht.

19 *Tessa*

Der Alltag hatte uns wieder. Zuhause angekommen, war ich voller Energie und Tatendrang. Das vergangene Wochenende hatte meine Akkus voll aufgeladen, ich fühlte mich wie ein Duracell-Häschen, dass ruhelos im Haus herumschwirrte. Raik war wieder in seiner Praxis, versprach mir allerdings, die Arbeit in Zukunft ein wenig runterzuschrauben. Der Stress der vergangenen Wochen hatte auch bei ihm deutliche Spuren hinterlassen. Nun wollten wir unsere Zweisamkeit mehr genießen, jede Minute und jede Sekunde miteinander verbringen. Wir waren uns so nah wie niemals zuvor und wollten dieses Gefühl voll und ganz in uns aufsaugen.

Wenn ich nur daran dachte, wie intensiv und leidenschaftlich unsere Beziehung geworden war, begann mein ganzer Körper zu kribbeln an. Ja, ich hatte Schmetterlinge im Bauch. Nicht nur zwei oder drei. Nein, ein ganzer Schwarm! Mein Körper reagierte auf ihn, auch wenn er nicht anwesend war. Ein einziger Gedanke reichte aus und all meine feinen Härchen richteten sich auf, mein Bauch begann zu rebellieren. Ich war richtig high, seine Liebe war mein Rauschmittel.

Ich nutzte meinen freien Tag und putzte das Haus von oben bis unten gründlich durch, wusch die Vorhänge, wischte Staub. Das Bett wurde frisch überzogen, die Blumen gegossen und als die Arbeit getan war, gönnte ich mir einen Café Latte auf meiner bezaubernden Terrasse. Der Mai hatte sie in eine kleine Oase voller Frühlingsblumen und frischem Moos verwandelt, alles wurde wieder zum Leben erweckt und es roch verführerisch nach Frühling. Da diese Jahreszeit in Island nur von kurzer Dauer war, schien die Natur buchstäblich zu explodieren. Alles grünte, blühte und wuchs, nichts mehr erinnerte an den kalten und harten Winter.

Ich nahm auf einem Stuhl Platz, lehnte mich genüsslich zurück und reckte mein Gesicht Richtung Sonne, tat es einer Sonnenblume gleich.

Ich schloss meine Augen und spürte, wie meine Haut in der Sonne zu prickeln begann. Die angenehme Wärme durchflutete meinen Körper und ließ meine Gedanken schweifen.

Noch immer war es für mich sehr seltsam, mich so zu sehen. Manchmal konnte ich es kaum glauben, wie gut es das Schicksal mit mir meinte. Das Leben steckte voller Überraschungen, das war mir auf jeden Fall klar. Nicht mal im Traum hätte ich geahnt, je so ein Leben führen zu dürfen.

Ich war glücklich.

Endlich wieder glücklich und zufrieden. Ich hatte meine Furcht abgelegt, mir wurde kein Schmerz mehr zugefügt. Nur eine einzige Sache bereitete mir noch Kopfschmerzen … und das war unausweichlich. Irgendwann musste ich Raik reinen Wein einschenken. Die Wahrheit kam mit Riesenschritten auf uns zu und ließ sich nicht länger aufhalten. Letztendlich musste ich ihm von meiner schrecklichen Vergangenheit erzählen, vom Schmerz, von der Flucht. Von Hannes. Schon nur wenn ich an meinem Noch-Ehemann dachte, wurde mir bereits übel. Ich verspürte das Gefühl, mich übergeben zu müssen.

Ich schob den Gedanken vorerst schnell beiseite und beschloss eine Runde zu joggen. Das Laufen tat mir immer gut. Die Bewegung und die frische Luft bewirkten stets wahre Wunder, sie pusteten meinen Kopf frei. Genau das brauchte ich jetzt.

Ich zog schnell die Sportsachen an, streifte meine Nikes über und lief los. Ich liebte meine Laufrunde. Erstens konnte ich über alles noch mal in Ruhe nachdenken und zweitens die Natur genießen. Ich lief immer die gleiche Route. Zuerst den Hügel hinterm Haus durch ein kleines Wäldchen hindurch, danach wieder runter Richtung Wasser und anschließend am schmalen Weg entlang der Küste entlang und wieder zurück zum Haus. Meine Beine fühlten sich heute so leicht an, also erhöhte ich mein Tempo und gab richtig Gas. Es erstaunte mich selber, wie gut ich mittlerweile in Form war. Meine Atmung ging stoßweise, aber ruhig und gleichmäßig.

Ich spürte, wie mir der Schweiß den Hals hinunter rann, es fühlte sich großartig an.

Ich lief den schmalen Pfad wieder runter zum Ozean, um auf den letzten hundert Metern noch mal richtig Gas geben zu können. Ich konzentrierte mich stark auf meine Schritte, denn der dunkle Vulkansand machte es mir nicht besonders leicht. Ich war so in meinem Rhythmus drinnen, dass ich alles andere ausblendete. Fast alles.

»Pffuuuhhhh!«

Ein lautes und kraftvolles Schnaufen ließ mich erstarren. Ich wusste genau, was es war. Ich kannte dieses Geräusch, denn ich hatte es schon über tausend Mal gehört. Augenblicklich richteten sich all meine Haare auf, Gänsehaut am ganzen Körper. Ich blieb stehen und drehte mich in Zeitlupe langsam nach rechts.

Da lag es.

Ich stand wie angewurzelt da und konnte meinen Augen nicht trauen. Ich konnte nicht fassen, was ich da sah. Das war schier unmöglich! Nein, einfach unmöglich!!! In meinem Lauftunnelmodus hätte ich beinahe dieses monströse Tier fast übersehen. Ich stand noch immer da, meine Augen fingen an zu brennen, da ich unter Schock völlig auf das Blinzeln vergessen hatte.

Ich konnte mich nicht bewegen. Ich war starr wie eine Schaufensterpuppe.

Vor mir lag ein gestrandeter Buckelwal. Ich war fassungslos. Wie war das möglich, wie konnte das nur geschehen?! Der Wal hatte eine Länge von fast 15 Metern, wog mit Sicherheit mindestens 30 Tonnen. Der Kopf war mir zugewandt. Die Haut war nass, das Blasloch Gott sei Dank frei und keineswegs durch Sand oder Meeresalgen blockiert.

Wir blickten uns an.

Stille.

Wir sahen uns an und ich konnte schwören, dass dieses wunderbare Wesen mir in die Seele geblickt hatte. Es sah mein Innerstes, berührte meine Seele, traf mich mitten ins Herz. Ich konnte nicht genau sagen, wie lange dieser Moment andauerte, denn meine Fassungslosigkeit ließ die Zeit verschwimmen. Es war, als würde die Erde aufhören sich zu drehen. Diese Situation war einfach surreal, wie in einem schlechten Film. Es konnten Sekunden gewesen sein, aber auch Minuten …

Irgendwann begann sich der Wal mit seiner Flosse auf und ab zu bewegen, seine Fluke knallte wieder auf den Boden. Es wollte zurück ins Meer, allerdings blieben seine Versuche ohne jeglichen Erfolg. Ein ohrenbetäubendes Knattern ließ mich hochfahren und riss mich aus meiner Starrheit. Die Vibrationen, die der Buckelwal von sich gab, ließen den Boden erzittern. Alles vibrierte. Ich spürte es in meinem ganzen Körper, bis ins Knochenmark hinein.

Plötzlich kam ich wieder zu mir, mein Verstand setzte wieder ein. Mein Körper fing an, Adrenalin auszuschütten und mein Herz klopfte plötzlich so schnell, dass es mir fast die Brust zu zersprengen drohte. Meine Güte, er musste wieder ins Wasser! Ich musste etwas unternehmen! Ich musste Hilfe holen!

»Hilfe! Hilfe!!! Hört mich jemand?!«, ich fing an fast panisch zu schreien. Ich brüllte so laut, dass sich meine Stimme beinahe überschlug. Ich sah mich um, doch es war niemand zu sehen. Keine Menschenseele. Ein Wal am menschenleeren Strand. Hervorragend! Das waren ja die besten Voraussetzungen, um ein überdimensionales, tonnenschweres Tier zu retten!

»Tessa, beruhige dich. Komm schon, denk nach. Denk nach!«, sagte ich mir immer und immer wieder und versuchte einen klaren Gedanken zu fassen.

Da ich noch immer kein Handy besaß und nicht einmal die Arbeit, Polizei oder Feuerwehr rufen konnte, gab es nur noch eine Möglichkeit.

»Ich bin gleich wieder da! Versprochen!«, rief ich dem Wal zu, als ob er mich verstehen würde, und lief los!

Ich lief so schnell ich konnte wieder den Hang hinauf Richtung Straße. Ich brauchte nur eine einzige Menschenseele, die ein funktionierendes Handy besaß, mehr nicht! Ich gab bergauf Vollgas, meine Lunge schien zu explodieren. Seitenstechen. Alles tat mir weh, doch ich gab nicht auf. Ich musste Hilfe holen!!!

An der Hauptstraße angekommen, lief ich, ohne nachzudenken auf die stark befahrene Fahrbahn und begann meine Arme hektisch auf und ab zu bewegen. Ich wusste, dass mein Handeln mehr als gefährlich und vollkommen irrsinnig war, doch ich konnte nicht mehr klar denken. Mein Selbstschutz hatte sich wie auf Knopfdruck ausgeschaltet, ich handelte mehr als fahrlässig!

»Stopp! Bitte anhalten!«, schrie ich das Auto an, dass gefährlich schnell auf mich zugefahren kam.

Ich war so dermaßen mit Stresshormonen vollgepumpt, dass ich meine eigene Sicherheit und sogar mein Leben aufs Spiel setzte. Wenn mich Raik in diesem Moment gesehen hätte, wäre er nicht besonders erfreut gewesen. Ich breitete meine Arme seitlich aus, fuchtelte herum wie ein Hühnchen, dass gerne fliegen würde aber nicht konnte und schloss meine Augen. Wenn mich der Autofahrer schon überfahren sollte, dann hätte ich es mit Sicherheit nicht sehen wollen. Ein ohrenbetäubendes Reifenquietschen setzte ein.

Hupkonzert.

Danach Stille.

»Sind Sie wahnsinnig geworden?! Was fällt Ihnen ein, Sie Verrückte!«, brüllte der Mann aus dem Auto.

»Ich hätte Sie beinahe überfahren!«, schrie er noch lauter, sodass sich sein Gesicht dunkelrot färbte.

Er war kurz vorm Explodieren.

»Bitte, helfen Sie mir. Es ist ein Notfall!«, flehte ich ihn an.

Ich riss die Fahrertür auf, packte ihn beim Arm und zog den Mann aus dem Auto heraus. Ich entwickelte plötzlich unheimliche Kräfte und war von mir selbst überrascht.

»Kommen Sie schnell mit …«, packte ihn am Ärmel und zog ihn vehement hinter mich her.

»Lady, hören Sie, Sie müssen sich beruhigen. Was auch immer passiert sein möge, es gibt für alles eine Lösung …«, antwortete er leicht irritiert.

Der Mann sträubte sich etwas, doch ich ließ ihn nicht los. Er hielt mich sicher für eine Wahnsinnige, die aus irgendeinem Heim ausgebrochen war. Meine Finger umklammerten seine Hand so fest wie eine Kracke ihre Beute. Ich konnte ihn nicht loslassen, nicht bevor ich ihm gezeigt hatte, worum es ging. Ich wusste, dass, wenn er es nicht mit eigenen Augen sah, er mir nicht glauben würde. Niemals!

Am Hang oben angekommen, ließ ich endlich seinen Arm los. Er riss sich los von mir und wollte gerade ansetzen, mich anzuschreien. Ich sagte nichts, zeigte lediglich mit dem Finger zum Strand. Er drehte seinen Kopf zum Ozean und im selben Moment blieb ihm der Mund offen.

»Was zum …«, mehr brachte er nicht heraus.

»Bitte, die Situation ist mehr als ernst. Könnten Sie mir freundlicherweise ihr Handy leihen?«, fragte ich ihn ein einer derart ruhigen Tonlage, die mich selbst sogar überraschte.

»Ja, ja. K…, klar doch …«, stotterte er, zog sein Mobiltelefon aus der Hosentasche und überreichte es mir.

Ich wählte sofort die Nummer, die mir als allererste einfiel und von der ich wusste, dass sie in diesem Fall die richtige war.

»Hallo?«, ertönte Frejas Stimme.

»Freja. Gut, dass du abhebst«, sagte ich voller Erleichterung.

»Tessa? Bist du das?«, fragte sie.

»Okay, es ist ganz wichtig, dass du mir jetzt ganz genau zuhörst. Es ist etwas passiert«, antwortete ich mit einer ernsten und bestimmenden Stimme.

»Was ist los Tessa?«, unterbrach sie mich.

Freja kannte mich mittlerweile gut genug, um zu wissen, dass hier irgendetwas nicht ganz koscher war.

»Nein, mir geht es gut. Bitte hör mir ganz genau zu. Ich rufe dich an, weil nur DU mir helfen kannst«

»Okay, was ist los?«, jetzt war sie hellwach.

Ich konnte es in ihrer Stimme hören.

»Vor mir liegt ein gestrandeter, ausgewachsener Buckelwal. Zirka 400 Meter östlich von meinem Haus. Direkt am Strand. Jetzt und hier«, sagte ich langsam und artikulierte jedes Wort so genau, dass sie alles verstand.

Stille.

»Freja, hast du mich verstanden? Hast du gehört, was ich gerade gesagt habe?!«, presste ich hastig hervor.

»Ja. Oh mein Gott! Warte, lass mich kurz meine Gedanken ordnen. Ich welchem Zustand ist er denn?«, fragte sie mich aufgeregt, doch ich hörte den Profi heraus.

Sie hatte bereits einen Plan und wusste genau, wie sie vorgehen musste.

»«Stabil. Noch … Bauchlage. Das Tier ist noch sehr kräftig, muss meiner Meinung nach erst vor Kurzem gestrandet sein. Blasloch ist frei, also Atmung ist auf jeden Fall unbeeinträchtigt. Freja, bitte beeil dich!«, ich hörte wie langsam meine Stimme zu versagen drohte.

Der Kloß im Hals wurde immer größer. Ich musste mich zusammenreißen, aber die Gefühle drohten mich zu übermannen.

»Also gut. Tessa, ich schlage sofort Alarm und informiere die Rettungskräfte, in Kürze wird es nur so von Menschen wimmeln! Ich werde auch sofort Raik informieren, damit er so schnell es geht zu euch kommt und Erste Hilfe leisten kann. Du bleib beim Tier, aber pass auf, geh nicht zu nah ran! Du weißt es selber, es ist und bleibt ein wildes Tier, es könnte dich durch seine Angst und Panik verletzen«

Sie legte ohne ein weiteres Wort auf.

Ich war erleichtert. Wenn wer genau wusste, was zu tun war, dann Freja. Sie kannte alle Notrufnummern, hatte die besten Beziehungen in der Stadt und konnte die Situation am besten einschätzen.

»Haben Sie Decken im Auto!? Wir brauchen große Decken oder Laken«, fragte ich den Autofahrer, der noch immer fassungslos neben mir stand.

»Natürlich. Ich hole sie, bin gleich zurück!«, antwortete er leicht geistesabwesend und machte sich sofort auf dem Weg zu seinem Auto. Ich lief zurück zum Strand.

Der Wal lag in der gleichen Position, in der ich ihn zurückgelassen hatte. Er hatte mich wieder wahrgenommen und hob den Kopf langsam vom Boden. Die Gischt und der recht stürmische Seegang hatten die Haut des Wals zum Glück noch gut feucht gehalten. Das Meer schäumte und an diesem Strandbereich waren die Wellen stark und ungehalten. Jede Woge umspülte seinen Körper, jede kraftvollere Welle, die an ihm zerbrach, war ein kleiner Rettungsanker. Doch er wurde zusehends schwächer, das konnte ich sofort an seiner Körpersprache sehen. Das Atmen fiel ihm schon deutlich schwerer, er schnaubte ganz tief. Man müsste sich nur vorstellen, welche Kräfte und welches Gewicht auf diesen massiven Körper gleichzeitig einwirkten. Im Wasser war er fast schwerelos, hier am Land war es etwas ganz anderes. Meine Gedanken rasten, mein Kopf schien zu explodieren. Auch wenn es skurril klang und mir diese unglaubliche „Begegnung" geschenkt wurde, war ich so dermaßen traurig. Ich konnte den Schmerz und die Verzweiflung dieses bezaubernden Geschöpfes mitfühlen. Das war eine Ausnahmesituation, mit der ich niemals gerechnet hatte. Ich war auf so etwas nicht vorbereitet, aber wer wäre es schon gewesen?! Wer rechnete damit, einen gestrandeten Wal am Strand aufzufinden?

»Na? Du hast dir den heutigen Tag sicherlich anders vorgestellt, was?«, sagte ich leise zu ihm, während ich mich trotz Frejas Warnung neben dem riesigen Wal hinkniete.

Sein linkes Auge sah mich an und er fixierte mich. Ich hatte keine Angst. Ich wusste, dass er mich nicht verletzen würde. Wale waren schon seit Beginn der Menschheit als spirituelle Wesen bekannt, sie nahmen ihre Umgebung ganz anders wahr als alle anderen Geschöpfe dieses Planeten. Er fühlte meine Energie, mein Dasein. Er wusste, dass ich ihm nichts Böses antun wollte. Wie sahen uns an, ohne einmal zu blinzeln.

»Pffuuuhhhh!«, ein erneuter, tiefer Schnaufer.

Nach anfänglichem, kurzem Zögern legte ich vorsichtig meine Hand auf seine feuchte Haut. Ich berührte diesen sanften Riesen und konnte es nicht fassen. Es war wie eine skurrile Szene aus einem Hollywood Blockbuster. Ich fühlte seine kalte, nasse Haut. Irgendwie gummiartig, doch so glatt und angenehm. Ich strich ihm die Seite entlang. In diesem Moment fühlten wir einander. Wir waren zwei unterschiedliche Spezies, die nichts miteinander verband, und doch waren wir eins. Unsere Energie was eins, die Zeit blieb kurz stehen.

»Ich fühle dich …«, flüsterte ich dem Wal leise zu.

Ich spürte seine Angst und seine Unsicherheit. Seine Atmung ging schwer, er brauchte unglaublich viel Kraft, um sie zu kontrollieren, sein Gewicht machte ihm an Land sehr zu schaffen.

»Ich weiß, ich habe auch Angst«, antwortete ich.

Der Kloß in meinem Hals wurde immer größer. Er sah mich an und schloss kurz seine Augen. Es schien, als würde er mich verstehen. Es entstand eine wortlose Verbindung zwischen uns. Wir fühlten einander, mehr brauchte es nicht.

»Hilfe ist bereits unterwegs. Sehr bald wird dir geholfen.«

Ich konnte nicht wirklich sagen, wie lange dieser Moment andauerte. Ich hatte jeglichen Bezug zur Realität verloren. Das Einzige, was in diesem Moment zählte, war, dieses bezaubernde Geschöpf zu retten. Mehr nicht. Ich blendete auch alles andere aus. Ich musste es tun, ansonsten hätte ich schier den Verstand verloren.

»Hier, ich habe die Decken geholt, die sie haben wollten! Ich bin so schnell gelaufen, wie ich konnte. Was machen wir damit?«, fragte der hilfsbereite Autofahrer, der atemlos zurückgekommen war.

»Sehr gut. Wir müssen die Decken ins Wasser eintauchen, sodass sie richtig nass werden und decken den Wal damit zu. Seine Haut muss unbedingt feucht bleiben und er darf nicht austrocknen!« Ich war augenblicklich wieder voll da und übernahm sofort die Kontrolle.

Nachdem die Decken befeuchtet wurden, legten wir sie sorgfältig über das Tier und achteten penibel darauf, dass das Blasloch frei blieb.

Das Tier bewegte sich nicht und ließ uns unsere Arbeit erledigen. Er wusste, dass wir ihn nicht verletzen würden, sondern nur helfen wollten. Tiere fühlen das immer, sie haben den berüchtigten sechsten Sinn. Nur wir Menschen hatten diese wunderbare Gabe im Laufe der Evolution verloren. Wir schafften es sogar, das Tier fast gänzlich zu bedecken, obwohl ich mich schon fragte, warum dieser Mann so viel Decken mit sich führte? Na ja, war auch irrelevant, Hauptsache wir konnten den Wal feucht halten.

»Tessa!«, eine mir sehr wohl vertraute Stimme rief meinen Namen.

»Raik!«, ich sah, wie er auf mich zukam und stürmte direkt in seine Arme.

»Oh Gott, es tut so gut, dich zu sehen! Ich habe solche Angst!« Ich hielt ihn, so fest ich konnte, und vergrub mein Gesicht in seiner Umarmung. Ich zitterte stark, aber nicht vor Kälte.

Er erblickte den Wal. Er war sehr gefasst, viel gefasster, als ich es gewesen bin. Klar, er hatte auch Zeit, sich psychisch auf diese Situation einzustellen. Nach einer kurzen, aber kräftespendenden Umarmung drückte er mich sanft von sich weg, hielt mich an den Oberarmen fest und sah mich an.

»Hey, schau mich an, wir schaffen das! Ich brauche dich, besser gesagt, dieses Tier braucht uns. Wir müssen nun einen klaren Kopf bewahren. Es sind alle alarmiert, in Kürze werden die Rettungskräfte eintreffen. Bis dahin lass uns zusammenarbeiten und das Beste daraus machen, okay?«, sagte er zu mir.

Ich war so froh, dass Raik da war. Seltsam, sogar in einer solchen Extremsituation fand er die richtigen Worte. So war er immer und dafür liebte ich ihn so sehr. Der Wal nahm ihn wahr, aber zeigte keinerlei Reaktion. Während er den Wal, so gut es ging, auch äußerlich auf etwaige Wunden oder Abschürfungen untersuchte, waren wir damit beschäftigt, den Wal nass zu halten und tauchten die Decken immer wieder ins Wasser. Man glaubt es kaum, wie schwer so eine nasse Decke sein kann. Wir kamen gut ins Schwitzen, doch das war irrelevant.

Plötzlich ging es ganz schnell. Auf einmal trafen die Rettungskräfte ein. Wie auf Bestellung kamen sie von allen Seiten. Boote, Feuerwehr, freiwillige Helfer parkten oben am Hang und kamen angelaufen, schwer mit Decken und Eimern bewaffnet. Weiter hinten konnte ich einen Laster entdecken, der gerade einen Bagger entlud und sich mit seinem Kettenschreitwerk mühelos durch den Sand zu uns vorbewegte.

Mir stockte der Atem.

Ich konnte es gar nicht fassen, wie schnell das alles vor sich ging. Wie im Zeitraffer war der Strand von Hilfskräften überfüllt. So viele Menschen und freiwillige Helfer, die bereit waren, mit aller Kraft und Mühe diesem wunderbaren Tier zu helfen. Freja wusste anscheinend, was sie tat, sie hatte wieder mal bewiesen, dass sie alles im Griff hatte.

Ich stand neben dem Wal und die Szenen liefen vor meinen Augen ab wie in einem Film. Ich vernahm viele besorgte Gesichter, traurige Mienen, aber auch zahlreiche, entschlossene und unaufhaltsame Gesichtsausdrücke, die mir wieder Mut gaben und mich stärker machten. Einige Reporter waren auch schon am Schauplatz angekommen und berichteten eifrig von diesem aufregenden Ereignis. Es war ein besonderes Highlight, dass musste man definitiv zugeben. Solch ein einzigartiges Erlebnis konnte man nicht jeden Tag miterleben.

Von oben betrachtet, musste das Szenario einem Ameisenbau gleichen, wo die fleißigen Arbeiterinnen die Königin umschwärmten und umsorgten. So fühlte ich mich auch. Wir mussten mit aller Kraft dafür sorgen, dass dieses Tier gerettet und zurück ins Meer verfrachtet werden würde.

»Tessa, endlich! Da bist du ja, ich habe dich schon überall gesucht!«, hörte ich Freja erleichtert zurufen.

»Freja, es tut so gut, dich hier zu sehen! Du bist der Wahnsinn, wie hast du das nur alles geschafft?«, fragte ich und drückte sie zur Begrüßung kurz, aber fest an mich.

»Was soll ich sagen, ich habe all meine Kontakte spielen lassen! Sieh mal, unsere Flotte wartet auch schon auf mein Kommando«, sagte sie mit Stolz erfüllt und zeigte aufs offene Meer.

Ganz nah an der Küste hatten sich drei unserer Schiffe nebeneinander positioniert und warteten, im Rhythmus der Wellen schaukelnd, auf ihren großen Einsatz. Kleinere Boote umschwirrten die großen Schiffe, jeder wollte helfen und seinen Teil dazu beitragen. Es war so schön und rührend mitanzusehen, wozu Menschen in der Lage waren, wenn sie es nur wollten. Nur die Gemeinschaft konnte es schaffen, alleine war dieses Unterfangen zum Scheitern verurteilt.

»Komm, jetzt wird es richtig spannend. Jetzt geht es um alles oder nichts! Packen wir es an!«, sagte sie und wir machten uns an die Arbeit.

Die Rettungsaktion gelangte nun an ihren Höhepunkt. Freja übernahm das Kommando. Mit einem Megaphon leitete sie die Rettungskräfte an und kontrollierte penibel jeden Schritt. Sie war die Fachfrau, das musste „man" ihr lassen. Alle arbeiteten zusammen, jeder Griff saß, ganz so, als ob man dieses Szenario schon öfter geprobt hatte. Wie skurril und doch erstaunlich.

Dann ging es ganz schnell. Die Retter arbeiteten so gut eingespielt zusammen, als ob sie das jeden Tag machen würden. Der Wal wurde vom Gabelstapler vorsichtig seitlich angehoben, sodass man die dicken und robusten Gurte unter dem Wal platzieren konnte. Das schon deutlich unruhige und gestresste Tier ließ alles über sich ergehen. Er spürte, dass ihm geholfen wurde. Anschließend wurden die Enden der Gurte von einem Jetski zu den bereits wartenden Booten gebracht und festgebunden.

»Okay Leute, auf drei geht's los! Eins, zwei, drei, LOOOS !«, gab Freja das Kommando.

Sie riss ruckartig ihre Arme hoch! Sie war sichtlich angespannt, das waren wir alle. Die Boote setzten sich vorsichtig in Bewegung, die Gurte spannten sich augenblicklich an. Man hörte, wie die Motoren zu heulen begannen, so eine schwere Last hatten sie ja schließlich nicht jeden Tag zu bewältigen. Alle freiwilligen Helfer hielten den Atem an und machten wie angewiesen einen Schritt zurück! Die Atmosphäre war aufs Äußerste angespannt, die Luft schien vor Elektrizität zu knistern, wie vor einem schweren Gewitter! Dann war es endlich so weit! Nach sage und schreibe sieben Stunden purer Verzweiflung, Schweißarbeit und Hoffnung wurde der Buckelwal endlich langsam in Bewegung gesetzt. Sachte und vorsichtig, um den sanften Riesen nicht zu verletzen, wurde er Richtung Wasser gezogen. Ganz sanft, Stück für Stück. Schließlich sollte die Rettungsaktion von Erfolg gekrönt werden und nicht als Reinfall in die Geschichte eingehen. Der Rettungsakt bedurfte so viel Feingefühl, Wissen und Können. Solche Szenen kannte ich bisher nur aus dem Fernsehen. Die Helfer begleiteten den Wal, Zentimeter für Zentimeter, Schritt für Schritt. Raik nahm meine Hand und hielt mich fest. Der sanfte Riese ließ die Prozedur geduldig über sich ergehen. Nur hie und da ein lauter Schnaufer, das war auch alles.

Dann, endlich!

»Splash!«

Die erste Welle zerbarst an dem riesigen Körper und überschüttete den Wal mit einem Sprühregen aus winzigen Wassertröpfchen und weißem Schaum. Dann eine zweite und noch eine dritte!

Es war, als wollte der Ozean seinen gestrandeten Bewohner in seinem eigentlichen Zuhause willkommen heißen. Der Buckelwal schien durch den unmittelbaren Wasserkontakt wieder aus der Hypnose herausgerissen worden zu sein. Er streckte seinen massiven Körper mit einer Wucht durch und versuchte selbst Tiefe zu bekommen. Die Gurte waren zum Zerreisen angespannt, sie ächzten und knackten unter dem gewaltigen Zug, den das Tier noch verstärkte. Wir gingen alle einige Schritte zurück und hielten den Atem an. Die Boote schwankten hin und her, sie zogen mit aller Macht, die Motoren heulten auf. Es schien, als würde David gegen Goliath ankämpfen. Jedoch war dieser Zweikampf nicht gegeneinander gerichtet, sondern diente allein einem einzigen Zweck, der Rettung dieses wunderbaren Tieres!

Dann! Die Erlösung!

Der Wal wurde endlich ins tiefere Wasser befördert. Das Wasser war an jener Stelle so tief, dass nur mehr das Blasloch herausschaute. Schnell liefen wir alle ins Wasser, um die Gurte rauszuziehen, damit er sich darin nicht verfangen konnte.

Ja, es war ein gefährliches Unterfangen, denn das Tier konnte uns mit seiner Schwanzflosse jederzeit verletzen oder noch viel schlimmer! Das war uns allen klar, doch dieser letzte Schritt musste erledigt werden. Wir zogen die Gurte hastig heraus und gaben schließlich das Signal. Die Boote hatten ihre Arbeit mehr als gut erledigt und traten den Rückzug an, um den Wal nicht noch mehr zu stressen.

Wir standen alle da, hüfthoch im kalten Wasser. Ich konnte es nicht genau sagen, wie kalt es war, aber ich spürte meine Beine fast nicht mehr. Niemand wagte zu sprechen.

Totenstille.

Alle Blicke waren auf den Wal gerichtet, der sich zwar im tiefen Gewässer befand, allerdings keinen Zentimeter bewegte. War es bereits zu spät? Hatten wir versagt?! War das Tier am Ende seiner Kräfte angekommen?

Dann endlich ein Zeichen!

»Splash!«

Der Buckelwal fing an, seine Schwanzflosse auf und ab zu bewegen. Anfangs noch zögerlich, dann immer stärker und kraftvoller. Mit einem ohrenbetäubenden Lärm manövrierte er sich selber langsam aus der Bucht, immer weiter aufs offene Meer hinaus. Der riesige Körper bewegte sich langsam, aber mit Bedacht von der Küste weg, er spürte die Freiheit! Es war vollbracht! Der Wal war gerettet, die Aktion wurde von Erfolg gekrönt!

Wir fingen an zu jubeln! Alle freiwilligen Helfer fielen sich in die Arme, gratulierten sich gegenseitig und waren einfach nur dankbar, die Rettungsaktion erfolgreich abgeschlossen zu haben. Raik nahm mich in seine Arme und hielt mich fest. Endlich konnte ich meinen Gefühlen freien Lauf lassen und fing an zu weinen. Ich weinte vor Erleichterung, Freude und Glück. So stark, dass heftige Schluchzer meinen Körper schüttelten. Ich hatte die geballte Emotion so lange zurückhalten müssen und durfte nun alles herauslassen.

»Nicht weinen. Gut gemacht, Kleines. Das ist dein Verdienst …«, flüsterte mir Raik leise ins Ohr.

Ich sah zu ihm auf, die Tränen rannen mir rechts und links die Wangen hinunter. Ich stand im Wasser und weinte. Ich weinte vor Glück. Dieses Gefühl war schwer zu beschreiben. Es war, als hätte ich gerade die Welt gerettet und fühlte mich wie Superwoman. Hm, was Endorphine Großartiges im Körper anrichten konnten. Die Glückshormone durchströmten mich, es fühlte sich fantastisch an!

»Nein, das ist nicht allein mein Verdienst. Das ist unser aller Verdienst«, antwortete ich mit belegter Stimme und lächelte ihn an.

Wir sahen noch mal hinaus aufs offene Meer – und da! Wie aus dem Nichts sprang der Buckelwal aus dem Wasser und ließ sich mit voller Wucht auf die Wasseroberfläche zurückfallen, als wollte er *Danke* sagen, nur auf seine eigene Art und Weise. Die Wasserfontänen spritzten in alle Richtungen. Er hatte sich bei uns bedankt und gleichzeitig verabschiedet. Die Menschen am Strand fingen an zu jubeln! Was für ein Abgang!

Ich war glücklich.

19 *Raik*

Was für ein Tag! Das war unfassbar. Es war schwer zu begreifen, was in den letzten Stunden passiert war. Nicht einmal ich konnte es so richtig fassen.

Wir hatten heute einen gestrandeten Wal gerettet! Das musste man sich mal auf der Zunge zergehen lassen … Wahnsinn! Wie oft hörte oder sah man derartige Ereignisse in den Nachrichten, doch dass man so etwas selber erleben durfte? Das war, als hätte man gerade im Lotto gewonnen. Doppeljackpot! Einen Wal gerettet und die Frau seines Lebens gefunden!? Ja, ich war definitiv ein Glückspilz. Es schien so surreal, so unwirklich. Mittlerweile war es dunkel geworden. Wir lagen auf Tessas Couch in ihrem Wohnzimmer. Die Dunkelheit hatte Einzug gehalten.

Durch das große Fenster konnte man die atemberaubendsten Sonnenuntergänge beobachten. Nur ein einzelner und feiner, feuerroter Streifen am Horizont war noch zu erkennen. Die Sonne war bereits verschwunden. Langsam konnte man, wenn man genauer hinsah, bereits die Sterne am Himmel erkennen. Bald würden sie wie tausende kleine Diamanten funkeln.

Es hatte nicht wirklich lange gedauert, und sie war erschöpft in meinen Armen eingeschlafen. Nach der Rettungsaktion waren wir gleich zu ihr nach Hause gegangen, denn bis zu mir hätten wir es vor lauter Übermüdung nicht mehr geschafft. Ich streichelte sanft ihren Rücken und ließ das weiche, rote Haar durch meine Finger gleiten. Nicht nur ihr Haar war wie Feuer, SIE war Feuer! Für mich brannte sie lichterloh! Ich hatte noch nie in meinem gesamten Leben so eine zauberhafte Person getroffen. Tessa war für mich wie eine kostbare Rarität, die man zufällig auf einem Flohmarkt gefunden hatte.

Sie war heute unglaublich gewesen. Wer weiß, wie lange es gedauert, bis jemand den gestrandeten Buckelwal entdeckt hätte. Wahrscheinlich wäre dann jede Hilfe zu spät gekommen. Sie hatte alles richtig gemacht, von der Handhabung der außergewöhnlichen Situation bis zum Durchhaltevermögen und der nie endenden Leidenschaft, sie hatte alles richtig gemacht. So ein zarter Körper, doch so ein eiserner Wille. Sie raubte mir jedes Mal den Atem, wenn sie mir ihre Stärke zeigte und wie ein Phoenix aus der Asche stieg. Immer wieder aufs Neue. Wo nahm sie die Kraft nur her?

Jetzt, wo sie in meinen Armen lag und ruhig schlief, schien sie so zerbrechlich. Ich liebte diese Frau mit jeder einzelnen Faser meines Herzens, mit jedem Pulsschlag, der durch meine Adern floss. Jede einzelne Zelle meines Körpers tat es. Ich hatte mein gesamtes Leben gewartet, sie endlich in meinen Armen halten zu dürfen. Sie war der letzte Puzzlestein, der mir noch gefehlt hat.

Tessa war zu meinem Zuhause geworden. Ein heiler Ort voller unabdingbarer Liebe und Zuneigung. Ich war mir sicher, dass die Rettungsaktion große Wellen schlagen würde. Ein gestrandeter Wal war immer eine Sensation, besonders dann, wenn der Plan aufging und als voller Erfolg verbucht werden konnte. So viele freiwillige Helfer waren gekommen, so viel Hilfe in einer so kurzen Zeit. Auch die Medien hatten es sich nicht nehmen lassen, das ganze Geschehen zu dokumentieren. Ich wunderte mich nur, warum Tessa kein abschließendes Interview geben wollte, letztendlich war sie die treibende Kraft gewesen. Sie hatte den Stein ins Rollen gebracht. Ohne sie hätte die Geschichte wahrscheinlich ein ganz anderes Ende genommen. Tessa hatte Freja gebeten, sie aus der ganzen Geschichte rauszuhalten. Sie hatte sich förmlich von den Reportern versteckt! Warum nur? War sie so kamerascheu? So schätzte ich sie jedenfalls nicht ein. Sie hatte viele Eigenschaften, doch Schüchternheit gehörte jedenfalls nicht dazu.

Bei dem Gedanken zog sich mein Herz schon wieder krampfhaft zusammen. Da war er wieder, dieser Gedanke, der mich fast wahnsinnig machte. Ich wusste, dass Tessa mir etwas verheimlichte. Jedenfalls war ich mir nach dem heutigen Tag mehr als sicher! Ich kannte sie mittlerweile schon gut genug, um ihre Körpersprache deuten zu können. Als Tierarzt war ich ein Meister in Sachen Körpersprache! Wovor lief sie nur weg? Was hatte sie nur zu befürchten? Doch die größte Frage, die mich am meisten quälte, war: Warum erzählte sie es mir nicht?! Was hatte sie nur zu befürchten?

Irgendwann musste sie mir reinen Wein einschenken, sie konnte es nicht für immer vor mir verheimlichen. Ich hatte in den letzten Wochen schon genug Geduld bewiesen. Die Gedanken ratterten in meinem Kopf, doch irgendwann übermannte auch mich der Schlaf.

Langsam driftete ich in die Traumwelt hinüber und träumte von Meerjungfrauen und Atlantis, von schäumenden Meeren und Riesenkraken, von fliegenden Walen und sprechenden Seepferdchen.

20   *Tessa*

[Ich schloss die Tür auf und ging hinein. Es war ein wundervolles Haus. Ein riesiger Backsteinbungalow im edlen Grau gehalten, mit gewaltigen Panoramafenstern, einladenden Rundbogeneingängen und einer endlos langen, handgepflasterten Einfahrt, die auf beiden Seiten mit perfekt in Form gestutzten Buchsbäumchen gespickt war. Das Anwesen, denn anders konnte man es nicht nennen, war von zirka vier Hektar Grünfläche umgeben, die einem englischen Rasen glich, umrandet von einem kleinen Mischwald. Unsere Gärtner hatten alle Hände voll zu tun, das war Hannes ganz wichtig. Die Fassade musste immer aufrechterhalten werden, koste es, was es wolle. Dafür hatten wir unzählige Angestellte, die alles im Griff hatten. Ich musste keinen Finger rühren, was ich persönlich als sehr unangenehm empfand, denn die Natur war schon immer meine große Liebe gewesen.

Ich betrat den Eingangsbereich und vernahm sofort die Klänge von Frank Sinatra. Ich hasste Jazz. Früher mochte ich es ganz gern, doch Hannes liebte diese Musik so sehr, dass mir keine andere Wahl blieb, als sie zu hassen. Hannes hatte mir so vieles verdorben, was ich früher mochte.

Ich ging Richtung Küche und eine himmlische Duftwolke von indischen Gewürzen und Aromen kam mir entgegen.

»Da bist du ja endlich. Willkommen zu Hause!«, begrüßte mich mein Mann überschwänglich.

Er kam mir beschwingt entgegen, wischte sich kurz die Hände an seiner Schürze ab und umarmte mich kurz.

»Schau, ich habe indisch für uns gekocht! Ich weiß, ich bin nicht der beste Koch und Maria kann es viel besser, doch ich denke, es wird dir dennoch schmecken. Du liebst ja indisches Essen!«

Aha, er war gut gelaunt. Anscheinend war sein Tag gut verlaufen, denn das hatte immer großen Einfluss auf unser Privatleben.

»Riecht sehr gut. Danke, ich habe auch einen Riesenhunger«, bedankte ich mich und spürte deutlich, wie man Magen augenblicklich zu knurren begann.

Eigenartig, denn in letzter Zeit hatte sich mein Magen nicht mehr so deutlich bei mir gemeldet, obwohl ich kaum noch Essen zu mir nahm. Ich war sehr dünn geworden, hatte in den letzten Monaten mit Sicherheit 10 Kilogramm abgenommen. Meine Kurven waren verschwunden, ich wirkte nun eher zerbrechlich. Hannes war eher froh über meine Verwandlung gewesen, er hatte sehr schlanke Frauen immer als „schön" empfunden. Er allerdings legte auf sein eigenes Äußeres keinen großen Wert.

»Komm, gehen wir ins Esszimmer und setzen wir uns. Ich siebe nur noch schnell den Reis ab. Geh schon mal vor«, wies er mich an.

Ich wusch mir die Hände und nahm am riesigen Esstisch, besser gesagt, an unserer Tafel, Platz. Alles bei uns war riesig. Groß und monströs, Hauptsache mein Mann konnte damit jeden Besucher beeindrucken. Das war ihm sehr wichtig. Deswegen wollte er auch keine Kinder. Kinder hätten alles verschmutzt, verunreinigt und zerstört, das war ihm zuwider. Eine Großfamilie wäre schier unmöglich gewesen, dafür sorgte er auch penibel vor und disponierte natürlich auch meine Gynäkologentermine. Nichts war dem Zufall überlassen.

»Tadaaa!«, platzte er mit dem Tablett hinein und erschreckte mich so sehr, dass ich hochfuhr.

Ich fing mich schnell und beobachtete ihn dabei, wie er das Essen anrichtete. Er roch wirklich gut, das musste man ihm lassen.

»Iss! Fang an«, forderte er mich auf.

Ich fing an zu essen und musste neidlos gestehen, dass es köstlich schmeckte. Chicken Korma mit Kichererbsen in Currysauce auf Safranreis, eine meiner Lieblingsspeisen.

»Hm, köstlich. Danke für das Überraschungsessen, ich war auch halb am Verhungern«, bedankte ich mich bei ihm und sah, dass er sich wirklich über das Kompliment freute.

»Freut mich, dass es dir schmeckt. Tessa, ich muss gestehen, das ist nicht nur ein Überraschungsessen. Ich wollte mich auch hiermit bei dir entschuldigen, du weißt was ich meine«, sagte er in einem versöhnlichen Tonfall.

Ich atmete tief ein.

»Ich weiß genau, was du meinst«, sagte ich so emotionslos wie ich nur konnte.

Da war er wieder, der Knackpunkt. Sollte ich dieses Mal die Offensive wählen und unsere Situation offen ansprechen oder wieder meinen Mund halten?!

»Ehrlich Schatz, es tut mir leid. Letzte Nacht wieder, da hat es mir die Sicherungen durchgebrannt! Du weißt, dass ich hart daran arbeite, meine Alkoholsucht in den Griff zu bekommen. Ich habe schon darüber nachgedacht, eine Therapie in Anspruch zu nehmen«, versuchte er sich zu verteidigen.

Ich schwieg.

»Klar, ich kann mich nicht so schnell ändern, aber ich versuche es wenigstens! Wirklich! Siehst du denn nicht, wie ich manchmal darunter leide?«

Der Ton rauer. Ich merkte, wie sich seine Nasenflügel bei jedem Atemzug bewegten, gleichmäßig im Takt. Er sah mich mit einem mitleidigen, jedoch herablassenden Gesichtsausdruck an. Am liebsten wäre ich aufgestanden, um den Raum zu verlassen, doch ich wusste, was das für mich bedeuten würde, wenn ich ihn so stehen ließe. Ich ballte meine Fäuste unter dem Tisch so fest zusammen, dass sich meine Fingernägel schmerzhaft in meine Haut bohrten. Die Ereignisse der letzten Nacht kamen wieder hoch. Wie ein Hochgeschwindigkeitszug rasten sie vor meinem geistigen Auge im Schnelldurchlauf.

– Rechts eine Ohrfeige! Bam! Links eine Ohrfeige! Bam! –

Hannes hatte dazugelernt und schlug mich nicht mehr mit der Faust. Ohrfeigen hinterließen keine Hämatome. Mein Puls beschleunigte sich, meine Atmung ging so schnell, als wäre ich gerade einen Marathon gelaufen. Ich konnte mich nicht mehr zurückhalten. Risiko!

»Du?! Du leidest darunter! DU?!«, fuhr ich ihn an.

Ich wusste, dass ich mich schon wieder auf dünnem Eis bewegte, aber ich konnte nicht anders. Manchmal war meine Zunge schneller als mein Verstand.

»Und da ist sie wieder, meine kleine Kämpferin«, sagte er leise und in einem sehr ruhigen Ton, was jedes Mal bedeutete, dass es nicht lange dauern, bis er in die Luft gehen würde.

»Ich bin nicht deine kleine Kämpferin. Ich bin deine Frau, Hannes!«, motzte ich zurück.

»Ja genau! Du bist MEINE FRAU! Und ich verlange, dass du dich wie MEINE FRAU benimmst, verdammt noch mal!«, schrie er mich an.

Er stand ruckartig auf und mit seiner rechten Hand wischte er über den Tisch und fegte alles ab. Halbvolle Teller, Besteck, gefüllte Gläser, alles knallte auf dem Boden mit einem Geklirre, das mich sofort erstarren ließ.

»Sieh nur, was du angerichtet hast! Das ist alleine deine Schuld, wie alles andere auch!«, pfauchte er mich an und verließ den Raum.

Ich saß wie angewurzelt da und wagte es nicht, mich zu bewegen. Würde er noch mal zurückkommen, um mir noch eine zu verpassen, oder war das schon alles gewesen? Ich horchte aufmerksam. Wie eine Antilope, die im hohen Gras etwas rascheln gehört hat und es nicht genau zuordnen konnte, ob es nur der Wind war oder eine tödliche Gefahr auf sie lauerte. Plötzlich ein lauter Knall, einige Sekunden später ein Reifenquietschen. Er hatte im Zorn das Haus verlassen.

Er ging sich besaufen. Heute hatte er mich verschont. Ich stand langsam von meinem Stuhl auf, kniete mich auf den Boden und sammelte die Scherben auf, die überall verstreut lagen.]

Ich riss meine Augen panisch auf und saugte ruckartig die Luft ein. Mein Körper war so verkrampft, dass ich meine Muskeln kaum noch spürte. Ich lag wie ein Holzbrett in Raiks Armen, der seelenruhig neben mir auf der Couch eingeschlafen war. Ich versuchte mich langsam zu beruhigen und den Albtraum vergessen zu machen.

Ich hatte in den letzten Wochen keine Albträume mehr. Ich dachte mir schon, dass das nur die Ruhe vor dem Sturm war. Ich rollte mich vorsichtig aus Raiks Umarmung und ging leise auf die Terrasse. Ich brauchte dringend frische Luft. Ich drohte zu ersticken. Leise öffnete ich die Verandatür, schloss sie hinter mir wieder zu und legte mir die Steppdecke um die Schultern.

Es war kurz vor Sonnenaufgang. Ich sah auf den Horizont hinaus und hörte das Meer toben. Der Wind blies mir ins Gesicht und ließ meine langen Haare wie wild durch die Lüfte peitschen. Sie waren wieder da, meine Dämonen suchten mich wieder heim. Ich hatte sie wieder befreit und nun versuchten sie meinen Geist zu vergiften. Ich war dem Monster körperlich entkommen, doch es verfolgte mich immer noch. Gedankenverloren blickte ich hinaus in die Dunkelheit und konnte bereits den feinen Silberstreifen am Horizont erkennen. Die Welt drehte sich immer noch weiter, obwohl die meine viel zu oft zum Stehen kam.

»Tessa«.

Raik stand an der Tür und sah mich nachdenklich an. Er wusste bereits, dass etwas mit mir nicht stimmte. Er hatte es schon länger gespürt, doch er setzte mich nicht unter Druck. Er war mehr als verständnisvoll gewesen.

»Hey. Warum bist du schon auf?«, fragte ich liebevoll und ging auf ihn zu. Er nahm mich in seinen Armen und hob langsam mein Kinn an, sodass ich ihm in die Augen blicken musste.

»Ich konnte nicht mehr schlafen, anscheinend genauso wenig wie du. Was ist los, Kleines?«

Sein Blick sagte mehr als tausend Worte. Er wollte es nun wissen, konnte nicht mehr länger warten. War er denn schon so weit, um sich gemeinsam mit mir in den Kampf zu begeben? Würden wir gemeinsam gegen eine Armee voller Dämonen bestehen, ohne uns gegenseitig zu verletzen?

»Nein, ich kann nicht …«, flüsterte ich.

Eine Träne rollte mir über die Wange und hinterließ eine brennende Spur. Er strich sie mit seinem Daumen weg und sah mich an.

»Doch, du kannst es. Du kannst alles. Tessa, du hast einen verdammten Wal wieder ins Meer zurückbefördert, dann wirst du das hier auch noch schaffen«, antwortete er.

Er konnte nicht mehr warten, das wurde mir nun auch klar. Er hatte in den letzten Monaten so viel Geduld bewiesen und ich konnte ihn nicht mehr länger hinhalten. Er hatte die brutale Wahrheit verdient. Entweder kamen wir damit klar und wir konnten unsere Beziehung dadurch noch stärken und daran wachsen oder wir würden mit der Wahrheit untergehen. Mehr Möglichkeiten standen nicht zu Verfügung, das wusste ich ganz genau.

»Einverstanden. Ja, ich denke auch, dass du es mehr als verdient hast, die Wahrheit über mich zu erfahren. Ich möchte dir nur noch sagen, dass du dich zu nichts verpflichtet fühlen brauchst. Wenn du der Meinung bist, damit nicht umgehen zu können, und bei Gott, ich würde es dir nicht übel nehmen, steht es dir natürlich frei zu gehen … Ich würde es verstehen«, sagte ich so leise, dass meine Stimme fast zu versagen drohte.

»Herrgott, mach es nicht so spannend. Quäl mich doch nicht so«, bat er mich.

Mein Herz klopfte mir bis zum Halse, ich hatte schreckliche Angst. Die Ungewissheit, wie er darauf reagieren würde, brachte mich förmlich um den Verstand. Ich rang um Fassung.

»Raik, dass ich hier vor dir stehe, ist für mich nicht selbstverständlich. Ich …«, meine Stimme zitterte und ich musste mich zusammenreißen, um überhaupt weitersprechen zu können.

»… ich bin sehr dankbar dafür, denn eigentlich dürfte ich gar nicht hier sein«

»Wie, du dürftest gar nicht hier sein?«, fragte er vorsichtig nach.

»Nicht so, wie du denkst. Es ist fast ein Wunder, dass ich dieses Leben nun führen kann, denn um ein Haar wäre ich fast gestorben«

»… ich verstehe nicht?«, sein Gesichtsausdruck verriet mir, dass ich nun viel mehr ins Detail gehen musste.

»Raik, alles, was du von mir weißt, ist richtig, und ich habe dich diesbezüglich noch nie angelogen, doch ich Wirklichkeit bin ich verheiratet. Mein Name ist Tessa Braun, bin 34 Jahre alt, Meeresbiologin und mein gewalttätiger Mann hätte mich vor nicht allzu langer Zeit fast umgebracht«

Ich sagte diesen Satz mit so einer Ruhe, dass sogar ich eine Gänsehaut bekam. Raik sah mich wie versteinert an. Ich fuhr fort.

»Er war meine Jugendliebe, waren, seitdem ich denken kann, ein Paar, und wir waren so verliebt … Doch nachdem wir geheiratet hatten, verwandelte er sich immer mehr zu einem Menschen, der nur noch mit Fäusten und Gewalt sprechen konnte. Er trank sehr viel. Der Alkohol hatte ihn fest im Griff. Raik, er hat mich jahrelang verprügelt, geschlagen und gedemütigt. Nachdem mir eines Tages klar wurde, dass er mich umbringen würde, wenn ich nicht etwas dagegen unternahm, bin ich still und heimlich weggelaufen und habe inkognito das Land verlassen. Ich bin um die halbe Welt geflogen, um zu entkommen und um mir ein neues Leben zu ermöglichen. Ein glückliches zumindest …«, ich redete und weinte zugleich, die Tränen fanden selbstständig ihren Weg.

Raik stand immer noch reglos da und ich konnte sehen, wie er immer blasser wurde. Er versuchte krampfhaft, seine Atmung und Wut unter Kontrolle zu bringen, doch es gelang ihm mehr schlecht als recht. Seine Halsschlagadern schwollen an und ich konnte es mit bloßem Auge sehen, wie sie pulsierten.

»Bitte, sag etwas«, flehte ich ihn an.

Ich hatte Angst. Hatte ich ihn nun mit meiner Beichte endgültig verschreckt? Würde er sich nun von mir abwenden? Was dachte er nur?

»Raik? Bitte …«, ich war kurz davor, ohnmächtig zu werden.

Ich rechnete fest damit, dass er mir die Tatsache, verheiratet zu sein, nicht verzeihen und er sich von mir abwenden würde. Stattdessen kam er langsam auf mich zu, nahm mich in seine starken Armen und drückte mich so fest, dass mir die Luft wegblieb. Er grub seine Nase in meinen Haaren und ich konnte es sowohl hören als auch spüren, wie schnell und unregelmäßig seine Atmung ging.

»Wo ist er?! Ich bringe ihn mit meinen eigenen Händen um«, sagte er schließlich.

»Nein, das bringt nichts, glaube mir. Diese Option hatte ich auch einst in Erwägung gezogen. Er ist zu mächtig, wir hätten keine Chance gegen ihn«, antwortete ich.

»Aber du kannst ihn nicht so davonkommen lassen! Tessa, wir müssen etwas unternehmen«

»Ja, das tun wir bereits. Wir lieben uns! Liebe besiegt Hass, Liebe heilt … Raik, du hast mich geheilt, mich wieder ganz gemacht«, gestand ich ihm und unsere Lippen fanden zueinander.

Wir küssten uns liebevoll und innig, als könne uns niemand etwas anhaben, solange wir zusammen waren.

Hinter uns ging langsam die Sonne auf und färbte den Himmel in den wunderschönsten Farben, die man sich nur vorstellen konnte. Ein neuer Tag hatte gerade begonnen. Mächtige, lange Strahlenbündel entsprangen dem Horizont und hießen den neuen

Tag willkommen. Wir standen im goldenen Licht, küssten und vergaßen alles um uns. Die Welt drehte sich weiter, doch unsere Liebe war unzerstörbar. Sie war wie ein Fels in der Brandung und trotzte jeder Naturgewalt mit Leichtigkeit. Ich liebte diesen Mann mit jeder einzelnen Faser meines Körpers. Er hatte meine Vergangenheit akzeptiert und liebte mich dennoch.

Seine Gefühle waren echt. Wir zusammen waren echt!

Nun wusste ich, dass uns nichts auf dieser Welt entzweien konnte, dafür war unsere Liebe zu stark.

Das dachte ich jedenfalls.

22 *Tessa*

Die nächsten Tage verliefen ohne Zwischenfälle. Das tägliche Leben nahm wieder seinen gewohnten Lauf und darüber war ich sehr dankbar. Der Berufsalltag hatte uns wieder voll im Griff und das war auch gut so! Die letzten Ereignisse hatten sowohl mir als auch Raik, sehr viel abverlangt. Mein seelischer Striptease und die Rettungsaktion waren ganz schön heftig gewesen, keine Frage. Ich war froh, wieder meine Arbeit aufnehmen zu können und den Tag auf offener See verbringen zu dürfen.

Raik hatte mir in den letzten Tagen sehr viele Fragen bezüglich meiner Vergangenheit gestellt, die ich ihm auch ausführlich beantwortete. Ich wusste, dass er all die Informationen brauchte, um besser mit der Situation umgehen zu können. Es stand ihm zu, alles zu erfahren und ich gewährte ihm dies, ohne zu zögern. Ich hatte große Angst, ihn zu verlieren, doch diese Angst stellte sich als unbegründet heraus. Raik war ausgesprochen verständnisvoll und er war einfach nur fantastisch gewesen.

Anfangs wütete ein großer Sturm in ihm und er trug sehr viel Wut in sich, doch als er anfing, mit mir darüber zu reden, legte sich seine Aggression gegenüber meinem Noch-Ehemann und wir kamen mit der brutalen Wahrheit sehr gut zurecht. Ich wusste genau, entweder würde uns die neue Situation auseinanderreißen oder sie würde uns noch näher zusammenbringen. Und tatsächlich, sie schweißte uns noch stärker zusammen!

Ich genoss auch unsere neu gewonnene Nähe. Raik war in letzter Zeit sehr oft bei mir. Er übernachtete nicht nur da, sondern hatte mittlerweile auch einige seiner Toilettenartikel bei mir und in meiner neu gekauften Kommode hatte er auch seine eigene Lade für Unterwäsche und zwei, drei Sachen zum Wechseln. Magnus hatte allerdings den größten Spaß, denn anders als in der Stadt, hatte er hier unheimlich viel Freiraum und konnte die Küste auf und ab laufen, sooft er wollte. Wir kauften ihm auch ein neues Hundebett, das wir in der Ecke neben der großen Fensterfront platzierten und er es mit einem Schwanzwedeln annahm.

Es fühlte sich gut an. Richtig und ehrlich. Da nun die Katze aus dem Sack war, bauten wir nun unsere Beziehung auf einem viel stabileren Untergrund auf. Unser Zusammensein entwickelte sich harmonischer und liebevoller als je zuvor, abgesehen davon, dass mir nun ein riesiger Stein vom Herzen gefallen war.

An diesem Samstagmorgen hatte ich gerade den Kaffee aufgesetzt, als Raik mit der Tageszeitung und den frischen Brötchen vom Bäcker um die Ecke bei der Tür reinkam. Heute war unser freier Tag und wir hatten große Pläne für dieses Wochenende. Magnus kaute seelenruhig an seinem Kauknochen herum und die offene Terassentür ließ die kühle Morgenbrise hineinströmen.

»Guten Morgen!«, sagte Raik und kam strahlend mit den Besorgungen herein.

Er legte das Morgenblatt auf den Couchtisch und ging mir anschließend zur Hand.

»Na, du warst aber flott«, begrüßte ich ihn und gab ihm einen Kuss.

»Also, ich habe Hörnchen, Croissants und Mohnbrötchen gekauft. Fühl mal, ist noch warm«

Ich steckte meine neugierige Nase in die Papiertüte und inhalierte den köstlich, warmen Brötchenduft.

»Hm, wie lecker«, gab ich dankend zurück und schnappte mir gleich ein Croissant.

In der einen Hand den Kaffee, in der anderen mein Seelenfrühstück, watschelte ich noch ein wenig müde zur Couch, um mir die News durchzulesen. Ich schnappte mir die Tageszeitung und reflexartig fiel mir der volle Kaffeebecher aus der Hand. Ich blieb wie angewurzelt stehen.

»Tessa? Alles in Ordnung?«, rief Raik aus der Küche.

Ich war noch immer in meiner Schockstarre gefangen und konnte nur noch auf die Titelseite der Morgenzeitung starren. Ich wagte es nicht einmal zu blinzeln.

»Hey, was ist denn los?«, kam Raik besorgt auf mich zu.

Ich brachte kein einziges Wort heraus, sondern zeigte lediglich auf die Zeitung. Raik hob sie hastig auf und betrachtete das Titelblatt. Ich konnte erkennen, wie auch er blass wurde. Seine Gesichtsfarbe nahm einen fahlen, graulichen Ton an, der meinem gleich. Wir betrachteten gemeinsam das riesige Foto, das uns wörtlich entgegenblickte. Ich konnte es nicht fassen. In einer Parallelwelt wäre ich unheimlich stolz darauf gewesen, doch in meiner Situation war das etwas anderes.

Auf der Titelseite war der gestrandete Wal zu sehen … und ICH!

Ich kniete neben dem Wal, hatte meine rechte Hand auf seinen Körper gelegt und hielt meine Augen geschlossen. Im Hintergrund der Ozean. Das war der intime Moment zwischen mir und dem Meeressäuger, bevor die restlichen Rettungskräfte angekommen waren. Das Foto hatte keine besonders gute Qualität, denn es rieselte ganz leicht und es war ein wenig unscharf, doch man konnte mich ganz deutlich erkennen. Das musste der Autofahrer geistesgegenwärtig mit seinem Handy gemacht haben, denn andere Menschen waren zum damaligen Zeitpunkt nicht zu sehen.

Die Schlagzeile dazu lautete: „Das Mädchen und der Wal!"

»… das Mädchen und der Wal …«, flüsterte ich kaum hörbar vor mich hin.

»Raik! Oh mein Gott!«, sagte ich.

»Verdammt!«, entkam es ihm.

Das war definitiv nicht seine gewohnte Ausdrucksweise, doch anders konnte man es in diesem Moment einfach nicht beschreiben.

»Was machen wir jetzt!?«, mein Unterton wurde unruhiger, ich versuchte nicht in Panik zu geraten.

»Okay, okay. Zuerst atmen wir mal tief durch«, versuchte er uns beide zu beruhigen, denn ihm ging es nicht viel anders als mir.

»Er wird mich finden … Er wird mich …«, flüsterte ich.

»Nein, er wird dich nicht finden. Erstens kann man dein Gesicht gar nicht so genau erkennen und zweitens, welcher Österreicher auf dieser Welt liest schon eine isländische Zeitung?«, antwortete er, obwohl wir beide insgeheim wussten, dass das nicht ganz stimmen würde.

Man konnte mich ganz genau erkennen und Hannes würde, nur um mich wiederzufinden, alle Tageszeitungen der gesamten Welt durchforsten! Das war eine wahr gewordene Katastrophe! Ich stand wie angewurzelt da und konnte genau hören, wie meine Gedanken im Kopf ratterten.

»Raik, was machen wir jetzt?«, wiederholte ich mich.

Wir brauchten definitiv einen Plan, denn die ganze Geschichte zu ignorieren wäre mehr als fahrlässig gewesen.

»Was willst du denn tun? Willst du wieder weglaufen, dich wieder verstecken?«, fragte er mich.

»Ja, nein! Vielleicht. Ich weiß es nicht …«, sagte ich kleinlaut.

»Weglaufen ist keine Option mehr und das weißt du. Er würde dich immer wieder jagen, du wärst für ihn Freiwild! Außerdem bist du nicht mehr alleine. Du hast jetzt mich!«

Er hatte recht. Ich konnte schließlich nicht auf Lebenszeit davonlaufen und mich verstecken, er würde mich immer wieder finden, wenn er es gewollt hätte. Besonders nicht zu diesem Zeitpunkt, wo ich mir ein neues, wundervolles Leben aufgebaut hatte. Ich hatte in Island alles, was ich mir jemals gewünscht hatte, und noch viel mehr!

»Und wer weiß, vielleicht machen wir uns umsonst Sorgen. Kleines, womöglich sucht er dich gar nicht. Denkst du denn nicht, dass er sich mittlerweile nicht auch ein neues Leben aufgebaut hat?«, sagte er.

»Ich weiß es nicht … Ja, womöglich hast du recht«, antwortete ich geistesabwesend.

Ich blätterte die Zeitung rasch durch, bis ich zu »meinem« Artikel kam. Ich setzte mich auf die Couch und begann laut vorzulesen:

» … das Mädchen und der Wal … eine außerordentliche und rare Liebesgeschichte der Neuzeit, die die Menschheit zutiefst berührt hat … Dank dieser aufmerksamen Bürgerin konnten die Rettungskräfte alarmiert und organisiert werden … zahlreiche freiwillige Helfer kamen von überall her … ein stundenlanger und mühsamer Kampf, der sich schließlich gelohnt hat … Der sanfte Gigant wurde wieder ins Meer zurückbefördert … Liebe und Hoffnung haben schließlich gesiegt … ein Erfolg auf der ganzen Linie!«!

Ich überflog den Artikel. Die Worte brannten sich in mein Gehirn und ließen mich ein wenig ruhiger werden. Es wurden keine Namen erwähnt, lediglich von der Flotte Hvalur war die Rede, damit konnte ich gut leben. Ein Gefühl von Stolz durchlief meinen Körper. Irgendwie war ich schon ein wenig stolz. Nicht nur auf mich, sondern auf alle Rettungskräfte. Angefangen vom Baggerfahrer bis zum hilfsbereiten Autofahrer, der das vielsagende Foto geschossen hatte, obwohl ich nicht gefragt wurde. Ich hätte es ihm mit Sicherheit nicht erlaubt und wäre gegen die Veröffentlichung gewesen, doch die Würfel waren gefallen. Diese Entscheidung wurde mir abgenommen und damit musste ich nun leben.

Ich konnte und wollte mein jetziges, neu erworbenes Leben nicht aufgeben. Nicht für ihn, nicht für diesen Mann! Ich wollte ihm keine Macht mehr über mich gewähren. Diese ängstlichen Zeiten waren nun vorbei.

Ich war nicht mehr alleine.

Ich hatte nun Raik.

Meinen Wikinger, meinen Krieger. Er hätte es niemals zulassen, dass mich irgendjemand auf dieser Welt erneut verletzen würde. Gemeinsam würden wir alles überstehen und jede erdenkliche Schwierigkeit meistern. Keine Hürde war uns zu hoch, kein Stolperstein, der uns in den Weg gelegt wurde, zu groß. Doch seltsam, trotz allem überkam mich ein Gefühl der Angst und Ohnmacht. Mein Verstand war in Alarmbereitschaft, er ließ sich nicht täuschen.

Aufkeimende Panik stieg in mir hoch …

23 *Hannes*

Die Tage schienen ineinander zu verschwimmen. Ich war nur noch darauf fixiert, meine Frau wiederzufinden, um sie nach Hause zu holen. Dorthin zurück, wo sie hingehörte. Dieser Gedanke wurde immer mehr und mehr zur Besessenheit. Nichts anderes interessierte mich noch. In den vergangenen Wochen hatte ich auch das Essen ziemlich vernachlässigt.

Unglaublich, aber wahr! Manche Menschen würden sich fragen, wie man nur das Essen, ein essenzielles und menschliches Grundbedürfnis, dass das eigene Überleben sicherstellt und aufrechterhält, einfach vergessen könne. Ja, es war mehr als einfach, denn mein Gehirn war nur noch darauf trainiert, sie wiederzufinden.

Ich hatte bereits acht Kilogramm abgenommen. Man sah es mir bereits an. Manche Kollegen sprachen mich durch die Blume darauf an, doch ich hatte keinen Hunger. Falls ich diesen manchmal doch verspürte, nahm ich ihn nicht mehr so wahr oder ignorierte ihn einfach. Ich brachte keinen Bissen runter. Essen war für mich in den Hintergrund getreten. Es gab Wichtigeres zu tun.

Meine Wangen waren ein wenig eingefallen, die Augen hatten einen dunklen Schatten rundherum bekommen. Das Rauchen hatte natürlich auch seinen Tribut eingefordert, denn meine Haut hatte einen gräulich schimmernden Hautton angenommen. Okay, ich musste zugeben, dass ich schon mal fitter ausgesehen hatte, doch sobald Tessa wieder zu Hause war, wollte ich mit dem gesünderen Lebensstil wieder anfangen. Sie hasste es, wenn ich rauchte. Sie meinte immer, einen Raucher zu küssen, sei wie einen Aschenbecher auszulecken. Womöglich hatte sie recht. Für sie würde ich dann sogar das Rauchen aufgeben! Ja, das würde ich!

Ich saß wieder mal in meinem Büro und durchforschte das World Wide Web nach Tessas Fußspuren. Wenigstens nach kleinsten Hinweisen, die mich zu meiner Frau führen würden. Es war nicht besonders einfach, obwohl ich bereits wusste, wo sie sich ungefähr aufhielt. Island war ja schließlich kein überbevölkertes Land, unter den 357.000 Einwohnern musste sie ja schließlich irgendwo sein. Es war keine unmögliche Aufgabe, das war mir klar. Jeden Tag saß ich nach Dienstschluss in meinem verrauchten Büro und recherchierte, doch egal, wie sehr ich es auch wollte und mich bemühte, ich befand mich jedes Mal in einer Sackgasse. Ich musste zugeben, sie war schlauer, als ich dachte.

Sie hatte kein Handy und keine E-Mail-Adresse. Keinerlei persönliche Daten waren auffindbar. Nichts! Ich dachte mir ja schon, dass es kein Zuckerschlecken sein würde, doch verdammt, sie hatte viel von mir gelernt. Zu viel! Zuhören konnte sie schon immer gut.

»Klick. Klick.«

Ich klickte mich von Seite zu Seite. Der Bildschirm flimmerte leicht, das eintönige Durchforsten der neuesten Berichte und Zeitungsartikel machte mich müde. Immer die gleichen Schlagzeilen, jeden Tag die gleichen News. Es war zum Kotzen. Je mehr man die Tageszeitung las, umso mehr stumpfte man ab. Überall nur deprimierende und negative Schlagzeilen, wer wollte schon Kinder in dieser Welt setzen? Ich jedenfalls nicht. Die Bilder zogen an meinen Augen vorbei, Bild für Bild, Artikel für Artikel …

»… Halt, was war das?«, sprach ich zu mir selbst.

Ich klickte den vorhergehenden Zeitungsbericht noch mal an und konnte meinen Augen nicht trauen. Mein Puls beschleunigte sich plötzlich auf 200. Meine Adern pulsierten. Ich saß wie versteinert in meinem Bürosessel und konnte mich nicht bewegen. Ich las laut vor.

»… das Mädchen und der Wal … «

»… das Mädchen und … «

»… das Mädchen«

»Tessa«, flüsterte ich.

Wie vom Blitz getroffen starrte ich das Bild auf der Titelseite einer isländischen Morgenzeitung, deren Namen ich niemals aussprechen könnte. Ich wagte nicht mal zu blinzeln. Ich zoomte das Foto näher ran, um es mir genauer anzusehen.

Da war sie! Meine Frau!

Auf der Titelseite! Ich weiß nicht, wie lange ich das Foto anstarrte. Ich konnte es nicht fassen, meine Frau in einer Tageszeitung zu sehen. Obwohl sie ihren Kopf auf der Fotographie leicht neigte und sie die Augen geschlossen hatte, erkannte ich sie auf Anhieb. Ich konnte ihre Silhouette blind wiedergeben, zu jeder Tages- und Jahreszeit. Unter einer Milliarde Frauen würde ich sie wiedererkennen, sogar mit geschlossenen Augen.

»Du und deine Fische …«, sagte ich leise vor mich hin.

Tessa besserte mich immer aus, denn sie konnte es nicht ausstehen, wenn ich ihre Lieblingstiere als Fische bezeichnete. Ein leichtes Schmunzeln kam mir über die Lippen.

Ich konnte meine Augen nicht davon abwenden. Sie hatte ihre Hand auf den Wal gelegt, ich spürte sofort die Zuneigung, die sie für diese Tiere hegte. Nichts liebte sie so sehr wie diese Meeresriesen. Nicht mal meine Liebe kam dagegen an, aber das war in Ordnung. Solange sie keinen Menschen über mich stellte, konnte ich das akzeptieren. Alles andere wäre nicht tolerierbar gewesen!

Ich überflog schnell den Artikel, denn ich konnte kein Isländisch, doch einige Ortsnamen und den Strand konnte ich sogar ausfindig machen. Ich machte Google Maps auf, gab die Namen ein, wobei ich auf penibelste Art und Weise auf die Rechtschreibung achtete, und bekam sofort einen roten Pin auf der Karte angezeigt. Der kleine Strandabschnitt, der sich auf einer Halbinsel westlich vom Stadtzentrum befand, nannte sich Nordurströnd. Ich zoomte näher ran und musste feststellen, dass die Halbinsel Seltjarnanes, wo der gestrandete Wal gerettet wurde, doch nicht so klein war, wie ich zuerst dachte. War sie dort ansässig geworden, oder nahm sie doch mit der Großstadt vorlieb? Ich spürte ganz genau, dass, obwohl ich wusste, auf welchem Fleckchen Erde sie sich befand, sich die Suche doch viel schwieriger gestalten würde, als ich vorher angenommen hatte. Doch ich war ganz schön nah dran, näher, als ich es mir vor einigen Monaten gedacht hatte. Ich nahm den Hörer ab und wählte die Durchwahl meiner Sekretärin. Heute arbeitete sie länger, das spielte mir blendend in die Karten.

»Silvia?«, fragte ich, sobald sie den Hörer abhob.

»Am Apparat, Herr Braun. Was machen Sie denn noch so spät im Büro?«, fragte sie mit einer aufgesetzt süßlichen Stimme, die jedes Mal in meiner Magengegend einen Brechreiz auslöste.

Ich wusste ganz genau, dass sie eine unbefriedigte alte Jungfer war, doch diese Sorte Frau war natürlich unter meiner Würde. Nur Tessa, sie war etwas Besonderes. Nicht so eine leichte Beute wie viele andere Frauen, nein, meine Frau hatte Klasse.

»Ja, ich bin noch im Büro. Ich arbeite heute wieder mal länger. Ich hätte einen wichtigen Auftrag für Sie«, antwortete ich ihr so freundlich ich konnte und versuchte, möglichst nett zu sein, denn schließlich hatte ich Sie in den letzten Wochen ziemlich oft außerhalb der offiziellen Dienstzeit benötigt.

»Ich höre?«, süßelte sie in den Hörer hinein.

Würg!

»Bitte besorgen Sie mir für den kommenden Sonntag ein Flugticket nach Reykjavik. Erste Klasse selbstverständlich. Abflugzeit und Fluglinie egal, Hauptsache es ist ein Direktflug. Ich bin aufs Umsteigen nicht besonders scharf«, gab ich ihr zu verstehen.

»Hin- und Rückflug?«, fragte sie nach.

«Nein, erst mal nur den Hinflug, alles andere erledige ich dann vor Ort selbst«, antwortete ich etwas rascher, es hatte sie schließlich nichts anzugehen, wann und wie lange ich weg sein würde.

»Sehr gerne, Herr Braun, es wird gleich erledigt. Ich werde Sie Ihnen, sobald ich die Buchungsbestätigung bekomme, in ausgedruckter Form auf Ihren Schreibtisch legen. Sonst noch etwas?«

»Nein danke, das war erst mal alles. Schönen Abend, Silvia«, sagte ich und legte auf.

Ich lehnte mich entspannt in meinem Bürostuhl zurück und legte meine Beine übereinander gekreuzt auf dem Schreibtisch. Ich zündete mir eine dicke Havanna an und begann genüsslich zu paffen.

»Hm«, gab ich von mir.

Das hatte ich mir verdient. Eine dicke kubanische Zigarre, einen großen Schluck Whiskey und den schönen Gedanken an meiner Frau. Was für eine zauberhafte Mischung. Bald würde ich sie zurückholen und ihr zeigen, wo sie hingehörte. Nach einer kleinen Bestrafung, wobei ich mir noch genau überlegen müsste, in welchem Ausmaß diese ausfallen würde, könnte ich ihr endlich zu verstehen geben, dass ihr Zuhause hier bei mir war! Noch so ein Ausrutscher würde ich ihr nicht erneut durchgehen lassen! Was hatte sie sich nur dabei gedacht?! Natürlich würde ich sie nicht aufgeben, sie war schließlich alles, was ich hatte. Tessa war meine Familie. Sie wusste, dass ich ohne sie nicht leben konnte, schließlich hatten wir es uns gegenseitig vor Gott geschworen, als wir uns vor Jahren das Jawort gaben.

Im Kopf ging ich alle wichtigen Punkte durch, die ich noch zu erledigen hatte, und schrieb mir noch eine kurze Liste, was ich noch für den Trip nach Island benötigte. Ich hatte immer die Gabe besessen, alles bis ins kleinste Detail zu planen. Ich konnte nichts dem Schicksal überlassen, das wäre für mich undenkbar gewesen. Nur mein eiserner Wille und meine Gewissenhaftigkeit hatten mich letztendlich dort hingebracht, wo ich nun war. Ich war kein Träumer, kein lächerlicher Romantiker. Ich war ein Realist mit festen Ideologien und Vorstellungen. Das verdankte ich ganz alleine meinen autoritären Eltern und ihrem patriarchalen Erziehungsstil. Ich wollte mir gar nicht vorstellen, was aus mir geworden wäre, wenn mir mein Vater und meine Mutter den strengen Weg, den ich zu gehen hatte, nicht vorgegeben hätten. Wahrscheinlich wäre aus mir irgendein mittelloser Künstler oder ein verträumter Umweltschützer geworden, der nicht mal seine Familie hätte ernähren können. Einfach widerlich. Ich liebte feste Tagesabläufe und Routinen. Spontanität war mir ein Fremdwort.

Als es draußen dunkel wurde, fuhr ich den Rechner runter, schaltete ihn aus und verließ das Büro. Ich machte mich auf den Weg nach Hause, denn schließlich hatte ich noch einiges zu erledigen.

Was für ein ereignisreicher Tag!

24 *Tessa*

Nach der kurzen Aufregung aufgrund der Tageszeitung verlief das Wochenende doch noch sehr harmonisch. Wir nahmen uns viel Zeit füreinander, gingen mit Magnus stundenlang entlang der Küste spazieren, kuschelten und aßen viel. Genauso stellte ich mir ein perfektes Wochenende vor. Ich brauchte keine Partys mehr, keine steifen Festivitäten, keine laute Musik, das hatte ich schon lange hinter mir gelassen. Ich brauchte meine Ruhe, die Nähe zur Natur und zu meinen beiden Männern. Das machte mich glücklich. Ich war noch nie so ausgeglichen wie jetzt. Ich war mit mir im Reinen. Die Magie Islands übertrug sich auf mich und hatte mich zu einer besseren Version meiner Selbst verwandelt. Fast so ähnlich wie bei Cinderella vor dem Ball, nur noch viel cooler! Kein Wunder, dass die Einwohner hierzulande noch immer an Kobolde und Feen glaubten, das tat ich nun auch. Herzlich willkommen in Island, dem Land der Träumer und Fantasten.

Am Montag ging ich wieder zur Arbeit. Der Hype um die gelungene Rettungsaktion war in aller Munde. Jeder sprach darüber, es gab kein anderes Thema mehr. Hvalur stand natürlich im Zentrum der Aufmerksamkeit und so waren unsere Boote derzeit über die nächsten Wochen und Monaten hindurch restlos ausgebucht. Es fühlte sich alles wie ein Doppeljackpot im Lotto an. Wir hatten mit vereinten Kräften einen Buckelwal vor dem sicheren Tod gerettet und gleichzeitig hatte sich diese Aktion zu unseren Gunsten ausgewirkt.

Auch ich wurde nun immer öfter erkannt. Das hatte ich anfangs schon befürchtet und es war mir zu Beginn sehr unangenehm, doch seltsamerweise gewöhnte ich mich in den nächsten Tagen daran. Ich wurde „das Walmädchen" genannt. Viele Besucher wollten einen Schnappschuss mit mir machen oder knipsten Selfies. Unsere Walbesichtigungstouren boomten wie nie zuvor.

Die Arbeitswoche verging wie im Flug. Wir hatten unglaubliche Besucherzahlen zu verbuchen und für die nächsten Wochen war Ähnliches zu erwarten.

Nach Beendigung der letzten Tour hatte das Boot bereits am Hafen angelegt und die Besatzung erledigte noch die Abschlussarbeiten, um ins wohlverdiente Wochenende zu starten. Ich war gerade am Oberdeck und leerte die Mülleimer aus, solche Arbeiten gehörten auch zu meinen Aufgaben.

»Na, Walmädchen, hast du kurz Zeit oder musst du erst in deinem Terminkalender nachschauen?«, neckte mich Freja belustigt.

»Haha, sehr witzig! Walmädchen ist müde und will nach Hause«, antwortete ich mit einem Schmunzeln und zwinkerte ihr zu.

»Das glaube ich dir, war ja eine anstrengende Woche. Wahnsinn, Tessa, ich kann es immer noch nicht glauben, was gerade passiert«, antwortete sie.

»Ich weiß, mir geht es genauso. Wer hätte gedacht, dass die Aktion derart einschlagen würde. Ich jedenfalls nicht«, stimmte ich ihr zu.

»Ja. Hierzulande passieren nicht so oft derart aufregende Geschichten. Die Leute werden noch lange darüber sprechen, das garantiere ich dir«, sagte Freja ein wenig ehrfürchtig.

So kannte ich sie eigentlich kaum, denn sie war eine starke Person, eine richtige Wikingerbraut, wie sie im Buche steht.

»Ja, da hast du womöglich recht«, gab ich zurück.

Nach einer kurzen Pause sah sie mich an und wurde auf einmal ganz ernst.

»Tessa, hör zu. Ich wollte mich noch bei dir bedanken«, sagte sie.

»Bedanken? Wieso denn?«, fragte ich verdutzt nach.

»Ja, ich wollte mal Danke sagen. Nicht nur dafür, dass du so großartig gehandelt hast und wir dadurch die Saison vollkommen abgedeckt haben und noch darüber hinaus, sondern auch für deine aufrichtige Freundschaft. Du bist mir sehr wichtig geworden, fast wie eine Schwester, die ich nie hatte. Danke dafür«, antwortete sie.

Sie nahm mich in den Arm und drückte mich fest. Ich brauchte nicht zu antworten, sondern umarmte sie ebenfalls. Das sagte mehr als tausend Worte, denn emotionale Geständnisse waren nicht so ihre Sache. Ich war einfach nur froh, einen so aufrichtigen und ehrlichen Menschen wie Freja kennengelernt zu haben. Solch ein Glück hatte man nicht jeden Tag. »Komm, lass uns was trinken gehen. Das geht natürlich auf mich!«, schlug sie vor.

»Gute Idee. Einverstanden. Lass mich hier oben noch fertigmachen und dann düsen wir los«, antwortete ich.

Wir erledigten noch unsere Arbeiten an Deck, zogen uns um und machten uns auf dem Weg in die Stadt, denn ein kühles Blondes hatte ich nach so einer arbeitsreichen Woche mehr als nötig. Wir gingen in unser Stammlokal, eine kleine rustikale Bar, die schon seit Generationen in Familienhand war. Hierher verirrten sich selten Touristen. Die urigen, kleinen Holztische, die riesige, aus Massivholz angefertigte Theke und das gedämpfte Ambiente hatten immer eine beruhigende Wirkung auf mich. Sogar der leicht abgestandene und modrige Geruch hatte etwas Angenehmes.

Ich mochte es sehr.

Insbesondere, da wir schon mehr oder weniger als Stammgäste angesehen wurden. Etliche Male hatten Freja, die Mannschaft und ich ausgelassen gefeiert und „unsere Frauen“ gestanden, wie man es hierzulande so schön sagt. Wir gingen zwar nicht ständig aus, doch einige lustige Geschichten hätten wir doch zu erzählen gehabt. Wir waren beide schon in festen Händen und glücklich verliebt, doch zwei langweilige Weiber waren wir noch lange nicht! Wir setzten uns an den kleinen Tisch gleich neben dem Fenster. Von hier aus hatte man alles im Blick. Die Bar, die Tische und den Außenbereich gleich noch dazu.

»Na, was hätten die Damen denn heute gerne?«, begrüßte uns Jökull, der Chef der Bar persönlich.

Er war immer bestens gelaunt, war selten schlecht aufgelegt oder gestresst.

»Hallo Jökull, für mich bitte ein großes Helles«, antwortete ich.

»Mach gleich zwei daraus«, fügte Freja hastig hinzu.

Wir waren uns in sehr vielen Dingen sehr ähnlich, vielleicht verlief unsere Freundschaft deshalb so gut und unkompliziert.

Manchmal dachten wir sogar dasselbe, ohne es aussprechen zu müssen.

»Kommt sofort, meine Damen«, sagte er und ging Richtung Tresen.

Ich sah mich in der Bar kurz um und erkannte die stets freundlichen Gesichter. Einige hatte ich hier schon öfter gesehen, nur ein einziges Gesicht war mir neu. Ein relativ gut aussehender Mann um die 40, der hinten in der Ecke saß. Er sah allerdings nicht gerade so aus, als hätte er einen guten Tag gehabt. Unsere Blicke trafen sich kurz, er blickte nichtssagend wieder weg. Eigenartiger Typ.

»Also, Tessa, gut dass wir uns heute mal alleine unterhalten können, denn ich habe dich heute nicht ohne Grund hierhergeschleppt. Ich habe dich mit Vorsatz in die Bar gelockt«, sagte Freja mit ernster Miene und hatte plötzlich meine volle Aufmerksamkeit.

»Nicht ohne Grund? Wie meinst du das?«, hakte ich nach und hatte ein ungutes Gefühl im Bauch.

Sie hatte plötzlich diesen ernsten Gesichtsausdruck, den ich bisher nur selten bei ihr gesehen hatte.

»Ich habe was Wichtiges mit dir zu besprechen, aber das geht nur uns zwei etwas an«, fügte sie hinzu.

»Freja, um Himmels willen, spuck es bitte aus! Was ist denn los? Bist du krank? Schwanger?«, fragte ich ungeduldig nach.

»Nein, keine Sorge, das ist es nicht. Beides nicht.«

Sie schmunzelte und hielt kurz inne, danach holte sie einen dicken Umschlag aus ihrer Handtasche und sah mich eindringlich an. Ich wusste noch immer nicht, was das zu bedeuten hatte und hörte ihr aufmerksam zu.

»Wo soll ich nur anfangen? Ich hoffe, dass du mich bis zum Ende anhörst, bevor du etwas sagst oder tust, okay?«, sagte sie.

»Okay«, nickte ich.

»Tessa. Du weißt, dass ich von Beginn an bei der Flotte dabei bin. Ich bin eines der Gründungsmitglieder und habe Hvalur von Anfang an mitaufgebaut. Ursprünglich waren es sehr harte Zeiten, wir hatten kaum Buchungen, selten verirrten sich Touristen zu uns. Ich weiß, man sagt „aller Anfang ist schwer“, doch unser Anfang war wirklich nicht leicht. Ich hatte damals mein ganzes Geld hineingesteckt, mein gesamtes Erspartes. Ich habe die Risikovariante gewählt und muss ehrlich zugeben, dass ich sehr froh darüber bin, es getan zu haben. Manchmal muss man eben einiges riskieren, um ans Ziel zu gelangen«

Freja machte eine kurze Pause, um ihre Gedanken zu ordnen.

»Die letzten Jahre haben Früchte getragen und mittlerweile floriert das Geschäft. Ehrlich gesagt, ging es uns nie besser. Die Buchungen boomen! Wir haben viele Mitarbeiter dazugewonnen und können den Mitarbeitern nicht nur gute Löhne zahlen, sondern ab und zu auch beträchtliche Prämien drauflegen«, sagte sie.

Sie sah mich an und schob mir einen dicken Umschlag über den Tisch.

»Ja, das ist alles schön und gut, aber was hat das denn mit mir zu tun?«, fragte ich nach.

»Lange Rede, kurzer Sinn. Tessa, du bist nicht nur meine Freundin, sondern eine Arbeitskollegin, die stets fleißig und hilfsbereit ist, und das schätze ich sehr! Du übernimmst Überstunden, ohne zu meckern, arbeitest oft mehr, als du solltest, und kommst nie zu spät. Der größte Dank gebührt nun ganz allein Dir! Dank deiner Rettungsaktion, die ein voller Erfolg war, sind wir restlos ausgebucht und darüber hinaus. Du hast uns „sichtbar“ gemacht, wir sind nicht nur in aller Munde, sondern auch in diversen Medien vertreten! Das Geschäft boomt und aufgrund dessen wollte ich dir einen besonderen Dank aussprechen. Bitte mach den Umschlag auf.«

Sie war aufgeregt, das konnte ich in ihren Augen sehen.

Ich nahm den Umschlag in die Hand und machte ihn auf. Ich sah hinein und traute meinen Augen kaum. Im Umschlag befanden sich lauter frisch gedruckte isländische Kronen, man konnte die frische Tinte noch riechen. Ich konnte nicht genau sagen, um welche Summe es sich handelte, aber es war eindeutig eine Menge Geld.

»Freja, nein, das kann ich nicht annehmen!«, sagte ich und schob ihr den Umschlag wieder über den Tisch zu.

Ich war richtig schockiert, denn so viel Geld auf einmal hielt ich selten in meinen Händen.

»Natürlich kannst du es und du wirst es auch annehmen. Ich will keine Widerrede hören. Sieh mal, dank dir ist die gesamte Saison gerettet und die kommende ist auch schon fast ausgebucht. Was Besseres hätte und nie passieren können, das haben wir dir zu verdanken! Bitte, ich bestehe darauf«, antwortete sie.

Ich konnte es in ihren Augen sehen, dass sie es auch ernst meinte.

»Aber, das ist doch viel zu viel … Mein Gott, hätte eine Einladung zum Abendessen nicht ausgereicht?«, fragte ich sie.

Ich war ein wenig mit der Situation überfordert und wusste nicht, wie mir geschah.

»Tja, jetzt kannst du mich ja mal zum Essen einladen! Morgen hätte ich Zeit. Haha!«, scherzte sie.

»Aber du weißt, dass das ein irrsinniger Zufall war, jeder hätte am Strand sein und die Rettungskräfte alarmieren können … Ich war nur zufällig zum richtigen Zeitpunkt am richtigen Ort«, antwortete ich und wir beide wussten, dass ich recht hatte.

»Tja, es hätte jedem passieren können, doch dir ist es zugestoßen … und ja, du hast alles richtig gemacht und das gehört in meinen Augen auch belohnt. Ich weiß, wie sehr du dein kleines Häuschen liebst, und ich weiß auch, wie hart du dafür arbeitest. Mit dieser Finanzspritze kannst du dir eventuell einen kleinen Traum ermöglichen«, sie sah mich eindringlich an und wir beide wussten, wovon sie sprach.

Seitdem ich in mein kleines Heim gezogen war, war es von Anfang an klar, dass ich es eines Tages kaufen würde. Ich hatte mich Hals über Kopf in dieses Schmuckstück verleibt, weit und breit keine Nachbarn, vor meinen Augen der blaue Ozean. Was wollte ich mehr? Es war Liebe auf den ersten Blick und ich machte auch kein Geheimnis daraus. Ich hatte schon einiges angespart und legte mir regelmäßig etwas zur Seite, doch mit dieser Finanzspritze konnte ich es wahrscheinlich früher abbezahlen, als ich es geplant hatte. Das Geld kam wie gerufen.

»Freja, ich bin überwältigt. Ich weiß gar nicht, was ich sagen soll. Wie soll ich mich nur bei dir bedanken?«, fragte ich sie.

Ich konnte keinen klaren Gedanken fassen.

»Tessa, das ist nur Geld. Einfach nur bedrucktes Papier. Dich glücklich zu sehen, wenn du dir einen Lebenstraum verwirklichst, ist für mich Dank genug!«, strahlte sie mich an und war sichtlich erleichtert, dass ich bereit war, die Prämie anzunehmen.

»… und außerdem, zu einer kleinen Grillfeier würde ich sicherlich nicht nein sagen!«, fügte sie hastig hinzu.

»Ich denke, das ließe sich einrichten«, antwortete ich und wir beide fingen an zu lachen.

Wir tranken ausgelassen unser Bier. Ich war noch immer perplex und mit dieser speziellen Geste der Wertschätzung mehr als überfordert. Trotzdem konnte ich es kaum erwarten, Raik davon zu erzählen und sein Gesicht zu sehen. Wahnsinn, was für eine großzügige Geste. Mir war klar, dass Freja kein „Nein“ akzeptieren würde und mir keine andere Wahl blieb, als es anzunehmen. Was immer sie sich in den Kopf gesetzt hatte, zog sie bis zum Schluss durch und dafür bewunderte ich sie auch.

Eine Stunde später zahlten wir unsere Getränke, die natürlich auf mich gingen. Das war wohl das Mindeste, was ich tun konnte.

Beim Verlassen der Bar war dieses eigenartige Gefühl wieder da. Dieser sechste Sinn, der dich vor etwas warnen will, dieses seltsame Gefühl, dass irgendetwas nicht ganz koscher ist. Ich spürte diesen Blick, der sich in meinen Rücken bohrte. Ich drehte mich vor dem Verlassen kurz um und sah dem Unbekannten, der noch immer im Eck saß, direkt in die Augen. Er blickte mich ausdruckslos an, doch irgendetwas in meinem Bauch sagte mir, dass etwas nicht in Ordnung sei. Trotz meiner guten Laune bekam ich plötzlich eine Gänsehaut.

Grundlos.

»Tessa, wo bleibst du?«, rief Freja, die bereits draußen auf mich wartete.

»Ja, ja, ich komme schon«, antwortete ich und verließ die Bar.

25 *Tessa*

Als ich den Heimweg antrat, ging mir einiges durch den Kopf. Ich musste über so vieles nachdenken. Völlig gedankenverloren fand ich den Nachhauseweg. Schon eigenartig, wie das Gehirn so selbstständig arbeitet, obwohl man mit seinen Gedanken ganz woanders ist.

Der Abend neigte sich dem Ende zu, die Sonne war bereits untergegangen und die frische, aufkommende Brise kündigte einen kühlen Abend an. Ich blickte zum Himmel und sah, dass der Mond bereits aufgegangen war. Ich spustete mich, denn Raik wartete schon auf mich. Ich freute mich so sehr auf den gemeinsamen Abend mit ihm, denn die arbeitsintensive Woche und die Überstunden machten es fast unmöglich, den Abend stresslos ausklingen zu lassen. Heute war aber endlich Freitag und ich konnte das entspannte Wochenende mit meinem kleinen Rudel kaum noch abwarten.

Ich sperrte die Tür auf und ein köstlicher Duft trat mir entgegen. Es duftete nach köstlich gebratenem Fisch und unzähligen Gewürzen, die mir das Wasser im Mund zusammenlaufen ließen.

»Da bist du ja endlich! Hallo, Süße«, begrüßte mich Raik fröhlich und ausgelassen wie immer.

Er gab mir einen flüchtigen Kuss auf die Stirn. Nach Hause kommen und zu wissen, dass dieser fantastische Mann auf mich wartete, war eines der schönsten Dinge auf dieser Welt. Ich liebte es!

»Hm, hier riecht es ja himmlisch, was kochst du denn?«, fragte ich neugierig nach.

»Ich war heute am Fischmarkt und habe uns zwei leckere Kabeljau gekauft. Ich weiß doch, wie hungrig du bist, wenn du nach Hause kommst … Und da diese Woche besonders hart für dich war, wollte ich dich wieder mal ein wenig verwöhnen«, antwortete er, ohne seine Arbeit zu unterbrechen.

Er sah so entzückend in seiner Chefkoch-Schürze aus. Raik hatte zwar die gesamte Küche auf den Kopf gestellt und ich wusste, dass wir einige Zeit brauchen würden, um aufzuräumen, doch er konnte wirklich gut kochen und ich liebte es, verwöhnt zu werden. Welche Frau mochte das nicht?!

»Danke schön! Ja, es war wirklich eine anstrengende Woche. Gutes Essen ist genau das, was ich jetzt brauche. Außerdem sterbe ich vor Hunger!«, antwortete ich und griff mir demonstrativ auf dem Bauch.

Ich ging zu ihm hinter den Tresen, umarmte ihn von hinten und schmiegte mich zärtlich an. Sanft legte ich meinen Kopf auf seinen muskulösen Rücken und atmete den vertrauten Duft ein. Er roch nach Wald und Zedernholz. Es war ein Geruch, der mich jedes Mal fast um den Verstand brachte. Raik war mein Lieblingsduft.

»Hey, hey, nicht den Koch belästigen, sonst brenne ich noch unseren leckeren Fisch an!«, scherzte er und gab mir einen zärtlichen Schubser.

Ich gab ihm einen frechen Klaps auf den Po und zog demonstrativ einen Schmollmund. Wir sahen uns an und fingen beide zu lachen an. Gott, ich liebte es mit diesem Mann kindisch und ausgelassen zu sein. So frei hatte ich mich noch nie in einer Beziehung gefühlt. Das war definitiv etwas Neues.

»Raik, bevor wir uns zum Essen hinsetzen, würde ich mit dir noch etwas Wichtiges besprechen wollen«, sagte ich und bemühte mich um eine ernsthafte Miene.

»Schieß los!«, sagte er wie aus der Pistole geschossen.

»Nach der Arbeit war ich heute noch mit Freja etwas trinken. Sie hatte fest darauf bestanden, noch auf ein Getränk zu gehen, denn sie wollte mir etwas im Vertrauen geben ...«, antwortete ich.

»Was denn, ein paar freie Tage?«, scherzte er und zwinkerte mir frech zu.

»Hey, nicht frech werden. Du weißt, wie sehr ich meinen Job liebe«, gab ich zurück.

»Ja, ich weiß, war auch nicht ernst gemeint. Du fehlst mir manchmal sehr, das ist alles.«

Mit solchen Aussagen brachte er jedes Mal mein Herz zum Schmelzen.

»Sieh mal!«

Ich zog den dicken Geldumschlag aus meiner Handtasche und holte die Scheine heraus, die ich vorsichtig auf den Tresen auffächerte.

»Wow. Habt Ihr gemeinsam eine Bank ausgeraubt? Wo hast du das ganze Geld her?«

Raik riss die Augen auf und war genauso perplex, wie ich es vor zirka einer Stunde in der Bar gewesen war.

»Sehr witzig! Nein, Freja hat mir diesen Wahnsinnsbonus gegeben. Sie meinte, ich hätte es mir verdient … Durch die Rettungsaktion seien die Anfragen explodiert und wir sind das ganze Jahr bereits ausgebucht! Ich weiß, es ist viel Geld und ich wollte es anfangs nicht annehmen, doch sie hat darauf bestanden«, erklärte ich ihm und hoffte inständig, die richtigen Worte gefunden zu haben.

»Tessa, das ist ja der pure Wahnsinn! Ich freue mich so für dich!«, sagte er aufrichtig und umarmte mich fest.

»Habe ich es mir wirklich verdient? Ich bin mir nicht ganz sicher, ob es richtig war, das Geld anzunehmen«, antwortete ich etwas unsicher.

Ich haderte immer noch mit mir, denn hier ging es schließlich nicht um einen banalen Einkaufsgutschein, sondern um einen großen Patzen Geld.

»Natürlich hast du dir es verdient! Süße, sieh mal. Ohne dich wäre der Wal erstens nicht gerettet worden, zweitens hätte Hvalur nicht so einen Hype erfahren und drittens würden die Verkaufszahlen nicht dermaßen in die Höhe schießen. Freja hätte sich diese großzügige Geste auf anderen Wegen nicht erlauben können. Ja, du hast es dir verdient!«, wiederholte er sich und gab mir zu verstehen, dass ich das Richtige getan hatte.

Er hatte auch recht, denn seine plausible Erklärung ließ all meine Zweifel in Luft auflösen.

»Hast du das Geld überhaupt gezählt?«, fragte Raik nach.

»Ja, ich habe es im Auto gezählt. Raik, gemeinsam mit meinen Ersparnissen kann ich mir das Häuschen kaufen. Verstehst du das? Ich kann es immer noch nicht glauben …«, antwortete ich und schüttelte ungläubig den Kopf.

Raik nahm mich erneut in den Arm und ich spürte förmlich, wie sehr er sich für mich freute. Für uns freute.

»Jetzt geht sogar dein kleiner Traum in Erfüllung. Nun kannst du dein Traumhaus bald dein Eigen nennen. Ich freue mich so sehr für dich! Du hast es dir selbst erarbeitet und kannst richtig stolz auf dich sein«

Ich nickte nur und wusste, dass er so recht damit hatte. Ich hatte mir alles hart erarbeitet und nun stand ich wirklich auf eigenen Beinen. Mir wurde endlich die Möglichkeit gegeben, dieses zauberhafte Häuschen zu kaufen. Somit ging für mich ein lang ersehnter Traum in Erfüllung. Ein eigenes Cottage-Häuschen an der isländischen Küste mit Blick auf den Ozean. Das Schicksal meinte es gut mit mir!

Raik riet mir, nicht allzu lange zu warten und das Kaufanbot in die Ferne zu verlegen, sondern es zeitnah zu erledigen. Ich nahm mir vor, gleich nächste Woche die Kontakte herzustellen, um den Kauf abzuwickeln. Das Geld war da, worauf sollte ich denn noch warten?

Das Abendessen schmeckte köstlich. Raik hatte sich kulinarisch selbst übertroffen. Wir aßen romantisch im Kerzenschein und ließen den Abend bei zwei Gläsern Wein auf der Terrasse ausklingen. Magnus hatte es sich in seinem Weidenkorb gemütlich gemacht und wir sahen uns gemeinsam die Sterne an. Raik erklärte mir die Sternenbilder. Ich fragte mich oft, was dieser Mann nicht wusste. Er überraschte mich immer wieder, nicht nur mit seiner aufrichtigen Liebe zu mir, sondern auch mit seinem unglaublichen Wissen.

[»Bleib verdammt noch mal hier, wenn ich mit dir rede! Tessa, ich rede mit dir!?«, schrie er mir hinterher.

Ich rannte die Treppe hinauf Richtung Schlafzimmer, knallte die Tür hinter mir zu und versperrte diese, so schnell ich konnte. Da ich mir unsicher war, ob sie seiner Wut standhalten würde, schob ich die Kommo-

de als zusätzlichen Ballast noch davor. Ich war außer Atem. Mein Herz schlug mir bis zum Halse. Ich stand mitten im Zimmer und ballte meine kleinen Fäuste zusammen. Ich zitterte vor Wut, gepaart mit Angst und Adrenalin. Meine Atmung ging stoßweise und ich versuchte die aufsteigende Panik zu unterdrücken. Meine Augen fixierten die Tür, die jeden Moment aufgehen könnte. Die Angst durfte nicht die Oberhand gewinnen, denn ich musste meine Sinne zusammenhalten. Ich brauchte einen klaren Verstand, jetzt mehr denn je!

Ich hörte, wie Hannes die Treppe wutentbrannt hinaufstampfte. Für mich fühlte es sich an, als würde der Boden erbeben.

»Stampf! Stampf!«

Es fühlte sich an, als ob das ganze Haus zu vibrieren anfing. Ich nahm jeden einzelnen seiner Schritte wahr, spürte jede kleinste Vibration. Ich war ganz ruhig und horchte. Wagte es kaum zu atmen. Dr. Jekyll hatte sich wieder mal in Mr. Hyde verwandelt und ich bekam seine ganze Wut zu spüren. Heute war es besonders schlimm, denn ich hatte mich zum ersten Mal richtig gewehrt und habe zurückgeschlagen. Ich hatte seinen Schlag abgefangen und ihm mit voller Wucht meine kleine, aber dennoch starke Faust ins Gesicht geschmettert.

»BAM!«

Nun schmerzte sie so sehr, dass ich sie nur mit großer Mühe bewegen konnte. Das war mir aber egal, von mir aus hätte meine Hand gebrochen sein können, das wäre es allemal wert gewesen. Schon mal die Genugtuung, sein verblüfftes Gesicht zu sehen, war großartig gewesen.

Nun war ich gefangen und fand mich im goldenen Käfig wieder. Draußen tobte das Monster, das mich zu zerschmettern drohte.

Ich wusste, dass es dieses Mal heftig sein würde, denn er hatte sich nicht mehr unter Kontrolle. Ich hatte zwar meinen Teil sehr wohl dazu beigetragen, doch es war mir egal gewesen. Wenn mir mein Leben noch irgendwie lieb war, musste ich Widerstand leisten. Wenn ich schon unterging, dann mit wehenden Fahnen, mit Pauken und Trompeten!

»Bam! Bam!«, trat er mit voller Kraft gegen die Tür.

»Tessa, mach die Tür sofort auf! Verdammt, ich trete sie sonst ein!«, schrie er wutentbrannt.

Ich wagte es nicht, mich zu bewegen.

»Du weißt, dass ich reinkomme! Egal, wie!«, drohte er mir.

Ich stand noch immer wie angewurzelt da. Mein Blick fixierte die Tür. Ich versuchte mich auf den Moment einzustellen, wenn er es schaffen würde, sie aufzubrechen. Ich stellte mir vor, mit welcher Wucht mich seine Wut treffen würde, wie ein Tsunami voller Gewalt und Hass. Ich versuchte zu atmen.

»Ein letztes Mal! Mach sie auf!«, schrie er.

Seine Stimme überschlug sich.

Danach Stille.

Nichts.

Darauf ein ohrenbetäubender Knall. Er hatte es geschafft, sie aufzutreten. Die Tür knallte gegen sie Wand und die Türklinke hinterließ ein riesiges Loch in der Wand. Er stand an der Tür, seine Fäuste so fest zusammengepresst, sodass seine Fingerknöchel weiß hervortraten. Er starrte mich an. Seine Atmung raste. Er sah aus wie eine dieser Comicfiguren, deren Augen vor Wut schon hervortraten und kurz vorm Platzen waren. Seltsam, fast wäre mir ein Lächeln über den Lippen gekommen. Was für ein skurriler Anblick. Ich schmunzelte leicht.

»Was, du findest das lustig?«, sagte er ungläubig.

Hannes neigte seinen Kopf zur Seite und sah mich an.

»Nein. Nicht belustigt, eher beängstigt«, antwortete ich seelenruhig.

»Beängstigt? Aber nein, Liebes, eher selbst schuld, würde ich mal sagen. Sag das meinem Kollegen, mit den du dich den ganzen Abend so toll unterhalten hast. Vielleicht kommt er dir ja zur Hilfe!«, blaffte er mich an. Ich konnte es in seinen Augen sehen, wie die Eifersucht ihn innerlich zerfraß. Stück für Stück, schön langsam. Der Alkohol, mit dem er mittlerweile verheiratet war, erledigte den Rest. Der Mensch, der nun vor mir stand, war nicht mehr mein Mann. Er war schon lange weg, hatte sich bereits vor Jahren aus meinem Leben verabschiedet. Diese Person, die mir hasserfüllt gegenüberstand, war nur mehr eine leere Hülle. Ich blickte ihn an, ohne mit der Wimper zu zucken und merkte, dass ich keine Angst mehr vor ihm hatte. Die Furcht war wie weggeblasen und ich spürte, wie ich plötzlich Mitleid mit ihm hatte. Er war ein bemitleidenswerter, unsicherer Mann, der keine Skrupel hatte, ein wehrloses Wesen bis zur Bewusstlosigkeit zu verprügeln. Dies zu erkennen, war ein sehr langer Weg gewesen. Zu viel Zeit war vergangen, um es endlich zu erkennen. Um es zu verstehen. Wie sagt man so schön? Lieber zu spät als niemals!

»Ich habe keine Angst mehr vor dir, Hannes. Jetzt nicht mehr«, sagte ich daraufhin.

Ich blickte ihm direkt in die Augen und sprach die Worte so langsam, klar und deutlich, wie ich nur konnte. Ich wusste, dass es dieses Mal heftig werden würde. In solch einem Zustand hatte ich ihn schon lange nicht mehr erlebt. Er würde mir wehtun. Heute ganz besonders, doch ich stellte mich meinem Schicksal und bot der drohenden Gewalt die Stirn! Er stand noch immer vor mir, zitternd vor Wut. Ein sekundenschneller Anschein von Überraschung huschte über sein Gesicht.

»So ist das also?! Na, dann werde ich dir mal wieder ein wenig Respekt einflößen, damit du weißt, was Fürchten überhaupt bedeutet!«, antwortete er.

Das waren die letzten Worte, bevor ich seine Rechte kassierte. Er stürzte sich auf mich wie eine hungrige Löwin auf ihre Beute. Seine Sicherungen brannten wieder mal vollkommen durch. Seine Schläge zwangen mich in die Knie. Ich ging zu Boden. Mein Körper gab zwar nach, doch mein Stolz war ungebrochen. Ich trotzte dem Monster und sah ihn erhobenen Hauptes an.

Er konnte mich nicht mehr brechen. Mein Wille war stärker als je zuvor. Was er in diesem Moment zu verletzen versuchte und ihm auch gelang, war „nur“ mein Körper. Er drosch auf mich mit geballten Fäusten ein. Er war im Blutrausch. Ich gab keinen Laut von mir, sondern versuchte, die unhörbaren Schreie in meinem Inneren verstummen zu lassen. Ich nahm seine Wut hin und zählte die Sekunden.

Eigenartig. Das Einzige, woran ich dachte, war, ob er es heute schaffen würde, mich umzubringen. Einen kurzen Moment lang hoffte ich es auch, dass er es endlich vollbringen würde, dann wäre ich alle Sorgen und Schmerzen endlich los. Ich wäre endlich frei!

Ich kassierte eine nach der anderen, das Blut floss mir aus Nase, Mund und aus den Ohren. Ich lag am Boden und mein Blick starrte die weiße Wand an.

Ich atmete nur noch durch den Mund.

»Na?! Hast du endlich genug?!«, schrie er mich an und keuchte wie nach einem Marathonlauf.

Sein rot angelaufenes Gesicht drohte zu platzen.

Mit wurde schlecht. Ich spuckte Blut auf den teuren Flokati-Teppich und wurde ohnmächtig

Schwarz.]

Ich schrie aus voller Kehle und wachte auf. Ich saß im Bett und zitterte so stark, dass das ganze Bettgestell zu vibrieren anfing.

»Hey, hey, alles ist gut … Ich bin ja da …«

Raik wachte sofort auf und nahm mich instinktiv in den Arm. Er registrierte sofort, was los war, denn er kannte die Situation bereits. Ich schrie immer noch. Mittlerweile wusste er über meine Albträume Bescheid und konnte damit recht gut umgehen. Er hielt mich fest. Das war genau das, was ich jetzt brauchte. Als mir einigermaßen klar wurde, wo ich war, fing ich hemmungslos an zu weinen. Meine Tränen hinterließen eine brennende Spur auf meinen Wangen.

Ich schluchzte unentwegt weiter und ließ alles raus. Ich weinte um meine verschwendete Jugend, ich weinte um meine traurige Vergangenheit, ich weinte um mich. Ich trauerte um die junge Tessa, die unschuldig so viel leiden und erdulden musste. Meine Trauer breitete sich in meiner Brust aus und drohte mein Herz zu zerquetschen.

Es tat so weh.

»Alles wird gut … Ich lasse dich nicht los … alles wird gut …«, flüsterte er mir leise ins Ohr und wiegte mich hin und her.

Ich weiß nicht, wie lange er mich in seinen Armen hielt. Es war auf jeden Fall eine lange Zeit, denn ich konnte mich am nächsten Tag nur vage daran erinnern. Ich konnte allerdings spüren, wie geschwollen meine Augen waren und wie ausgetrocknet ich mich fühlte. Solch einen heftigen Albtraum hatte ich schon lange nicht mehr. Doch seit ich Raik eingeweiht hatte, waren die Albträume hinterher erträglicher und zu meiner Verwunderung auch weniger geworden.

Ich hatte inständig gehofft, dass sie eines Tages ganz verschwinden würden, doch tief im Inneren wusste ich, dass das niemals passieren würde.

Wenn doch, dann wäre ich endlich frei!

26 *Hannes*

»Und sie sind sich vollkommen sicher?«, bohrte ich nach.

»Ja. Definitiv«, antwortete eine männliche Stimme am anderen Ende der Leitung.

»Sie wissen, dass ich morgen mit der 18:00-Uhr-Maschine in Reykjavik landen werde. Die Informationen, die ich von Ihnen benötige, müssen hieb- und stichfest sein«, antwortete ich.

»Selbstverständlich, Herr Braun. Ich bin mir hundertprozentig sicher, dass ich gestern Nachmittag Ihre Frau in der Bar gesichtet habe. Sie war in Begleitung einer Freundin, haben zwei Bier miteinander getrunken und anschließend das Lokal gemeinsam verlassen. Meinen Informationen nach zu urteilen, ist eine Verwechslung total ausgeschlossen. Da halte ich sogar meinen Kopf hin«, gab er selbstbewusst zurück.

»Natürlich müssen Sie Ihren Kopf hinhalten. Dafür habe ich Sie ja schließlich bezahlt!«, bellte ich zurück.

Was bildete er sich ein? So ein arroganter, aufgeblasener Typ. Sein Glück, dass er sich in Reykjavik so gut auskannte und zufälligerweise ein recht guter und zuverlässiger Informant war. Na ja, für Geld taten Menschen viele fragwürdige Dinge, Hauptsache die Kohle stimmte. Mein Glück!

»Hören Sie. Ich verlange, dass Sie mich morgen pünktlich vom Flughafen abholen und wir anschließend ins Hotel fahren, um die Sache zu besprechen. Das will ich hier und jetzt am Telefon nicht machen, das ist mir zu heiß«, gab ich ihm zu verstehen.

»Selbstverständlich. Diskretion steht auch für mich an erster Stelle«, antwortete er.

»Morgen, Flughafen Ankunftshalle, 18 Uhr. Ich erwarte Sie dort. Seien Sie pünktlich«

Ich legte auf.

Am nächsten Tag ging alles ganz schnell. Ich konnte in der Nacht keine einzige Minute richtig durchschlafen, die Gedanken rasten ständig in meinem Kopf. Ich war aufgeregt und aufgekratzt zugleich, konnte es kaum erwarten, meine Frau wiederzusehen.

Die viereinhalbstündige Flugdauer nach Island verging im wahrsten Sinne des Wortes wie im Flug. Zum Glück war kein Zwischenstopp vorgesehen und der Flug ging direkt nach Reykjavik. Nachdem ich meinen einzigen Koffer vom Gepäcksband geholte hatte, ging ich in Richtung Ankunftshalle. Verlässlich holte mich mein Informant ab und wir fuhren mit dem Taxi ins Hotel. Ich schaute beim Fenster raus und sah nur Einöde. Weites, kaum besiedeltes Land, vollkommen uninteressant und unattraktiv.

Es glich einer vergangenen und unerforschten Welt, die der Mensch zuvor noch nicht gesehen hatte. Von den Wetterverhältnissen kaum zu sprechen. Wie konnte sie sich nur für solch eine Einöde entscheiden? London, Paris, New York, da, wo das Leben pulsierte, und man jeden Tag aufs Neue überrascht werden konnte, jeder andere Ort wäre mir lieber gewesen als dieses primitive Loch. Was hat sie sich nur dabei gedacht? Wie konnte sie glauben, dass sie ausgerechnet hier glücklich sein würde? Ausgerechnet hier, am Ende der Welt? Verständnislos schüttelte ich meinen Kopf und versuchte mich abzulenken, indem ich meinen Informanten mit banalen Gesprächen vollquatschte.

Im Hotel angekommen, checkte ich ein und wir gingen in mein Zimmer. Ich wollte keine Zeit mehr verlieren. So viele Wochen, Monate, fast ein ganzes Jahr ohne meine Frau.

Ich fragte mich, ob sie mich vermissen würde. Hatte sie ihre Entscheidung, von Zuhause wegzulaufen, bereits bereut? Ich würde mich auf jeden Fall noch bei ihr für den letzten Fehltritt entschuldigen müssen, denn sie krankenhausreif zu schlagen, war wirklich nicht meine Intention gewesen. Tief im Inneren wusste ich, dass sie mir verzeihen würde. Schließlich liebten wir uns. Unsere Liebe war nur etwas, sagen wir mal, „anders“ als die wohl üblichen Hollywood-Lovestorys.

Wir tickten zwar nicht immer gleich, rauften uns allerdings jedes Mal wieder zusammen. Vielleicht hatte unsere Ehe deshalb so lange gehalten.

Ich schloss die Tür und wies ihn an, sich zu setzen.

»Nehmen Sie Platz. Möchten Sie auch einen Whiskey?«, fragte ich ihn, während ich mir ein großes Glas eingoss.

»Nein danke, ich trinke nicht während der Arbeit«, antwortete er ein wenig hochnäsig.

So ein Arschloch, dachte ich mir.

»Nun, was haben Sie für mich? Legen wir mal die Karten auf den Tisch«, fragte ich ihn leicht genervt.

Ich nahm ebenfalls am runden Tisch Platz und konnte es kaum erwarten, seine Nachforschung in Händen zu halten.

»Vielleicht wird Sie das hier aufmuntern«, antwortete er und schob mir ein braunes, verschlossenes Kuvert zu.

Ich nahm das Kuvert entgegen und öffnete den verschlossenen Umschlag. Ich holte die Schwarz-Weiß-Fotografien heraus, die er mir auf A4-Größe ausgearbeitet hatte, und sah sie mir genau an.

Mein Herz machte einen Satz.

Ja, da war sie!

Meine Frau! Klar und scharf abgebildet. Wunderschön und bezaubernd wie eh und je. Ich konnte aber auch feststellen, dass sie sich ein wenig verändert hatte. Sie war schlanker, aber auch ein wenig muskulöser, anscheinend hatte sie wieder mit dem Joggen angefangen. Mir ging das sinnbefreite und eintönige Laufen auf die Nerven und ich konnte diesem langweiligen Sport nichts abgewinnen. Sie aber hatte schon immer davon geschwärmt. „Den Kopf mal richtig durchpusten lassen ...“ sagte sie immer.

So ein Blödsinn.

Wenn ich auf andere Gedanken hätte kommen wollen, hätte ich mir lieber einen Glas Whiskey eingeschenkt. Tausendmal besser als sinnbefreit durch die Gegend zu laufen.

Ich arbeitete mich durch die ganze Sammlung und musste zugeben, dass mein verdeckter Informant sehr gute Arbeit geleistet hatte. Sie sah irgendwie glücklich aus. Das irritierte mich kurzzeitig, denn ich konnte mir beim besten Willen nicht vorstellen, dass sie ausgerechnet HIER glücklich sein würde. Nein, ausgeschlossen. Womöglich machte sie eine gute Miene zum bösen Spiel und wollte nur ihrem Gegenüber nicht den Drink vermiesen.

Mein Informant hatte sie fast von jedem Blickwinkel aus abgelichtet. Er hatte sich seine Belohnung mehr als verdient, hatte seine Arbeit gut gemacht.

»Gute Arbeit. Hier ist die vereinbarte Summe«, sagte ich schließlich und überreichte ihm ein dickes Briefkuvert.

Er nahm es entgegen, öffnete es und zählte die Scheine gründlich. Seine Miene entspannte sich, nachdem er sich selbst überzeugt hatte, dass kein einziger Geldschein fehlte. Ich hielt immer mein Wort, das stand außer Frage.

»Vielen Dank, Herr Braun. Immer wieder gern mit Ihnen Geschäfte zu machen. Zögern Sie nicht, mich wieder zu kontaktieren, falls Sie noch etwas benötigen sollten«, antwortete er höflich, stand auf und verließ den Raum, als ob er nie da gewesen wäre.

Ich schenkte mir ein zweites Glas ein, lehnte mich zurück und genoss das Gefühl, wenn der goldbraune Nektar meine Kehle runterlief, sich an meine Speiseröhre schmiegte und es leicht zu brennen anfing. Herrlich.

Ich entspannte mich vollkommen und mein Uhrwerk fing wieder an zu rattern. Meine Gedanken rasten und ich hatte große Mühe, sie zu ordnen. Ich musste nun behutsam vorgehen.

Unüberlegtheit und Kopflosigkeit würden mir in diesem Fall nicht weiterhelfen. Ich wusste nun, in welchem Stadtteil sie sich privat aufhielt. Mir würde nichts anderes übrig bleiben, als Geduld zu beweisen, sie ausfindig zu machen und ihr vor Augen zu führen, dass ihr Platz bei mir war. Nirgendwo sonst. Das stand außer Frage.

Dennoch, würde sie das auch so sehen? Was, wenn sie nicht zu mir zurückkommen wollte? Welche Optionen standen mir dann noch offen?

Noch vor einigen Wochen hätte ich sie bei den Haaren nach Hause gezerrt, doch diese Option erschien mir nun doch allzu unmenschlich. So würde ich sie nicht überreden, mir zu verzeihen und zu mir zurückzukommen. Ich würde einen anderen Weg finden müssen.

Ich nahm meinen Laptop raus und loggte mich ins Internet ein. Ich hatte einige Anhaltspunkte, die mir nun weiterhalfen, ihren Aufenthaltsort ein wenig einzugrenzen. Meinen Erfahrungen nach würde es nicht allzu schwer werden, die Informationen zu finden, die ich benötigte. Reykjavik war keine große Stadt, ausgesprochen übersichtlich. Auch die Möglichkeiten, wo Tessa ihr Geld verdienen würde, waren nicht unbegrenzt.

Ich tippte und klickte.

Ein Gefühl der Vorfreude und Spannung überkam mich. Ich war schon so nah dran, mir durfte kein Fehler unterlaufen. Nicht in dieser Endphase. Ich malte mir vor, wie sie reagieren würde, mich nach so langer Zeit wiederzusehen. Würde sie mir um den Hals fallen oder eher auf Abstand gehen?

Egal, wie ihre erste Reaktion sein würde, ich würde vorsichtig sein müssen, um sie nicht zu verschrecken. Ich müsste ihr ein Gefühl der Sicherheit und Nähe vermitteln, damit wir uns wieder die Hände reichen können. Die irrsinnigen Gedanken, dass sie womöglich einen anderen Mann an ihrer Seite haben könnte, schob ich gleich beiseite. Das würde Tessa nicht tun. Ich wusste, dass Ehre und Aufrichtigkeit bei ihr an erster Stelle standen. Hintergehen würde sie mich mit Sicherheit nicht, auch wenn wir auf Zeit getrennt gewesen waren.

Sie war keine leichte Frau.

Ich hatte definitiv keine Schlampe geheiratet, meine Frau hatte Klasse. Schließlich hatten wir uns vor Gott das Ja-Wort gegeben. Wir hatten uns vor Jahren etwas geschworen, das konnte man nicht so leicht ignorieren. Ich war ihr Ehemann und ich würde sie wieder nach Hause holen, da wo sie hingehörte.

Wir liebten uns schließlich...

27 *Tessa*

Die nächsten Tage verliefen ohne irgendwelche Zwischenfälle. Der letzte Albtraum steckte mir noch tief in den Knochen, doch nun hatte ich einen Partner, der mir half, die schwierige Zeit gemeinsam durchzustehen.

Raik war großartig.

Er war mir nicht nur ein perfekter Partner, sondern auch die größte Stütze, die ich in meinem bisherigen Leben je gehabt hatte. Gemeinsam standen wir alles durch, wir waren stärker als je zuvor. Er half mir auch mit dem Kaufanbot des Hauses, ging mit mir zu diversen notariellen Gesprächen und unterstützte mich, wo er nur konnte. Mein Isländisch war zwar sehr gut und mittlerweile sprach ich fast akzentfrei, doch die Behördensprache war doch etwas anderes. Ich war ihm sehr dankbar. Wir gingen gemeinsam durch dick und dünn und Raik vermittelte mir ein Gefühl der Sorglosigkeit und Klarheit. Alles schien mit ihm so einfach, jede Aufgabe ging mir leicht von der Hand.

Heute war endlich der Tag gekommen, an dem ich mein kleines Knusperhäuschen mein Eigen nennen dürfte. Ich war so aufgeregt wie nie zuvor. Der Kauf war für mich ein unerreichbarer Traum, der dennoch sehr bald Wirklichkeit werden würde.

Wir nahmen uns beide frei, machten uns zurecht und planten, gemeinsam in die Stadt zu fahren. Dem Anlass entsprechend wählte ich einen grauen Bleistiftrock mit langem, seitlichem Schlitz und ein weißes Poloshirt.

Meine wilde Mähne band ich mir streng zu einem Knoten zusammen, schließlich wollte ich seriös wirken. Ich betrachtete mich im Spiegel und musste feststellen, dass mir sehr gefiel, was ich sah. Anders, aber schick!

»Wow, Frau Anwältin, können wir los?«, scherzte Raik, als er mich sah.

Er blieb an der Tür stehen und lehnte locker am Türstock. Sein lasziver Blick brachte mich aus dem Konzept. Ehrlich gesagt, brachte er mich sehr oft aus dem Konzept und das gefiel mir.

»Haha, ja genau. Zieh mich nur auf«, antwortete ich und gab ihm einen zärtlichen Seitenhieb.

»Nein, ehrlich. Du siehst heiß aus. Wenn wir jetzt nicht so spät dran wären, würde ich dir die Klamotten vom Leib reißen und dich sofort auf hier und jetzt auf dem Boden lieben.«

»Feig!«, gab ich frech zurück und wünschte mir inständig, dass er sein Versprechen halten würde, aber wir waren wirklich schon sehr spät dran. Er kam langsam auf mich zu, legte seinen Arm um meine Taille und zog mich ganz nah an sich, bis unsere Lippen endlich zueinander fanden. Er neigte seinen Kopf und ich spürte seine Zunge in meinem Mund. Er war ein wenig forsch, aber leidenschaftlich. Ich konnte es sofort spüren, was dieser Kuss in uns auslöste. Wir klebten wortwörtlich aneinander, erforschten gegenseitig unsere Münder und seine rechte Hand umklammerte meinen Po. Mit einem leichten Ruck hob er mich mit nur einem Arm zu sich hoch und drückte meinen Rücken an die Wand. Er presste sich an mich, nahm mir fast die Luft. Ich umschlang seine Hüfte fest mit meinen Beinen und wir spürten, dass jetzt der Zeitpunkt gekommen war, wo es kein Zurück mehr gab. Den „Point of no Return" hatten wir schon längst überschritten. Wir keuchten weiter um die Wette, er drückte seine Männlichkeit gegen mein Becken. Mit seiner rechten Hand schob er meinen Rock hoch. Ich begehrte diesen Mann so sehr, dass mir die Luft wegblieb. Mit einem Stoß schob er sich in mich hinein und füllte mich komplett aus. Ich atmete scharf ein und ich spürte wie mir vor Leidenschaft fast schwindelig wurde. Ich stöhnte in seinen Mund und gab mich seinen Stößen hin. Im Gleichtakt liebten wir uns im Stehen. Die Wand gab uns den nötigen Halt. Jede Bewegung, jeder weiterer Stoß führten uns langsam, aber stetig zum Höhepunkt, bis wir uns gleichzeitig ineinander verloren.

Wir kamen gemeinsam.

Ich biss ihm zärtlich in die Schulter. Raik stöhnte laut auf und rang nach Fassung.

Erschöpft gingen wir zu Boden und blieben für einen Moment bewegungslos am Rücken liegen. Verzweifelt versuchten wir wieder unsere Atmung unter Kontrolle zu bringen.

»Ein Quickie in Ehren kann niemand verwehren«, scherzte Raik und sah mich von der Seite an.

»Hahaha! Das schon, aber wer bringt jetzt meine Haare wieder in Ordnung?«, antwortete ich belustigt.

Nachdem ich nach dem stürmischen Zwischenfall meine Frisur wieder in Ordnung gebracht hatte, fuhren wir in Eiltempo zum Notar, wo der Hauskauf über die Bühne hätte gehen sollen. Ich war so aufgeregt, dass ich das Kribbeln bis in die Zehenspitzen spüren konnte. Raik legt einen Zahn zu und fuhr wie die Feuerwehr. Wir waren wirklich spät dran. Gut, dass er so ein geschickter Autofahrer war.

Beim Notar angekommen ging alles ganz schnell. Die Hausbesitzerin war mit meinem Angebot zufrieden und willigte dem Kauf sofort ein. Sie wusste, dass derart kleine Häuschen direkt an der rauen Küste nicht so begehrt waren, und deswegen wollte sie auch nicht großartig weiterverhandeln. Sie war sehr froh, dass sie es verkaufen konnte, denn nun konnte sie mit dem Geld die schon jahrelang geplante Weltreise mit ihrem Mann wahrnehmen. Kurzum, beide Parteien waren mehr als zufrieden.

Ein, zwei Unterschriften später war ich endlich Hauseigentümerin eines bezaubernden Cottage-Häuschens direkt am Meer. Einer meiner großen Lebensträume hatte sich endlich verwirklicht und ich konnte mein Glück kaum fassen. Wer hätte geglaubt, dass ich in einer so kurzen Zeit als totale Neuanfängerin in einem fremden Land so viel erreichen würde. Sicherlich war ich eine starke Frau und hatte viel und hart dafür gearbeitet, doch am meisten hatte ich diesen Erfolg meinen neu gewonnenen Freunden und meinem hinreißenden Lebenspartner zu verdanken. Ohne sie hätte ich das alles nicht geschafft!

Am Nachmittag gingen Raik und ich in den Supermarkt einkaufen, denn am Abend hatten wir auf der Terrasse „meines Hauses" eine gemütliche Grillparty als kleines Dankeschön für Freunde geplant. An solchen Tagen fiel es mir besonders schwer, nicht an die zurückgelassene Familie zu Hause zu denken. Doch die Flucht war die einzige Möglichkeit, um weiterzumachen und nach vorne zu blicken. Ich musste untertauchen, um ein neues Leben anzufangen. Meine Familie fehlte mir sehr.

Wir kauften großzügig ein und luden die Einkäufe in Raiks Jeep. Er fuhr dieses Mal aber Richtung Tierarztpraxis, denn meine Stühle reichten für die Feier am Abend nicht ganz aus und wir wollten noch einige Klappstühle aus der Praxis mitnehmen.

»Ja, ja. Schön mit der Ruhe«, sagte Raik leicht genervt und blickte dabei in den Rückspiegel.

Er hasste Drängler.

Ich blickte über die Schulter und sah einen dunkelgrünen Land Rover, der es sichtlich eilig hatte. Er fuhr verdammt knapp auf und hätte uns am liebsten von der Straße gedrängt.

»Ich dachte, dass hier die Autofahrer viel entspannter seien …«, sagte ich amüsiert und versuchte die Stimmung aufzulockern.

»Entspannt? Tja, Ausnahmen bestätigen die Regel. Er kann ruhig drängeln, deswegen wird er auch nicht schneller fahren können.«

Raik konnte generell mit ungeduldigen Menschen nicht viel anfangen, sowohl in seiner Praxis als auch im Privatleben. Deswegen passten wir auch so gut zusammen, mich brachte selten was aus der Ruhe. Ich war manchmal zwar temperamentvoll und kribbelig, hatte allerdings in den letzten Jahren sehr wohl an mich gearbeitet, geduldig und verständnisvoll zu sein.

»Komm schon, langsam gehst du mir echt auf die Nerven!«, motzte er und versetzte dem Drängler einen kleinen Schreck, indem er kurz auf die Bremse tippte.

Der hintere Autofahrer drückte sofort auf die Hupe. Er ging vom Gas und hielt auf einmal den optimalen Sicherheitsabstand ein.

Seltsam.

»Na also, geht doch«, sagte Raik und fuhr erleichtert weiter.

Als ich wieder zurückblickte, sah ich, wie der Land Rover plötzlich ausscherte, beschleunigte und uns mit Vollgas überholte. Er ordnete sich vor uns wieder ein und fuhr davon. Wir sahen beide beim Fenster hinaus und versuchten herauszufinden, wer wohl am Steuer sitzen würde, wurden aber enttäuscht, da alle Scheiben verdunkelt waren.

»Idiot! Du bist im Ortsgebiet!«, schrie ihn Raik an, als ob ihn der Raser hören könnte.

»Ach komm, lass ihn doch davonrasen. Bringt ja nichts, dich zu ärgern. Vielleicht ist es womöglich eine Idiotin?«, versuchte ich ihn zu besänftigen, was mir auch ganz schnell gelang.

»Ja, womöglich hast du recht«, antwortete er.

Raik lehnte sich zu mir herüber und gab mir einen Kuss auf die Wange. Wie ich seine kleinen Liebesaufmerksamkeiten liebte. Ich war hungrig danach.

Nachdem wir die Stühle im Auto verstaut hatten, machten wir uns wieder auf den Weg zu mir nach Hause und planten schon gedanklich alles durch. Ich freute mich wahnsinnig, all meine Freunde und die Menschen, die ich so sehr schätzte, heute Abend bewirten und verköstigen zu dürfen. Ich hatte all meine Kollegen samt Anhang eingeladen.

Raiks Eltern hatten sich auch angekündigt. Insgesamt erwarteten wir 18 Gäste. Ich war so froh, dass ich heute zum allerersten Mal die Eltern von meinem Freund kennenlernen durfte. Das war eine Premiere und die Aufregung konnte ich jetzt schon spüren. Wir hatten das offizielle Treffen zwar lange vor uns hergeschoben, denn ich war lange Zeit noch nicht so weit gewesen, doch heute war der perfekte Zeitpunkt. Es würde ein ungezwungenes Treffen unter Freunden werden. Ich war schon immer ein Fan von unbefangenen Meetings, egal ob auf beruflicher oder persönlicher Ebene.

Der Abend ließ nicht lange auf sich warten. Raik und ich hatten die Terrasse so hübsch hergerichtet, wie wir nur konnten. Mit viel Liebe dekorierten wir den Außenbereich mit Lichterketten und Lampions, am Eingang standen Fackeln Spalier. Für die Gäste stellten wir drei runde Tische auf, die wir sorgfältig mit weißen Stofftischdecken und Lavendelblumen dekorierten. Auf allen Tischen brannten Teelichter und kreierten eine wunderbar warme Atmosphäre. Die Getränkeflaschen standen zur freien Entnahme in der Regentonne, so würden sie über die gesamte Zeit hindurch gekühlt bleiben. Der Außenbereich hatte in der Abenddämmerung etwas Geheimnisvolles. Unzählige Glühwürmchen schwirrten herum und verwandelten die Terrasse in einen magischen Ort.

Die Sonne ging bereits unter. Raik hatte den Griller angeworfen und langsam trudelten schon die ersten Gäste ein. Trotz der Aufregung, die ich mehr als deutlich verspürte, konnte ich das entspannte Gefühl endlich angekommen zu sein, voll und ganz genießen. Ich war einfach nur für all die Mitmenschen dankbar, die mir das Leben hier in Island so versüßten und mir unterstützend zur Seite standen. Ich fühlte mich hier rundum wohl und hatte dafür sehr hart gearbeitet. Jeder ist seines Glückes Schmied – dieser Spruch war mittlerweile zu meinem Lebensmotto geworden.

Nach einer halben Stunde waren alle Gäste versammelt. Die gute Laune versprühte eine angenehme Wärme, die offensichtlich ansteckend war. All meine Arbeitskollegen waren mit Anhang gekommen, Freja hatte ihren entzückenden Lebensgefährten mitgebracht. Auch er sah wie ein Wikinger aus einem vergangenen Jahrhundert aus, was mich mittlerweile in Island nicht mehr wunderte. Die guten Gene waren hier anscheinend an der Tagesordnung. Er hatte eine sehr große Ähnlichkeit mit Raik, was ihn natürlich noch sympathischer machte.

Raiks Eltern trafen als letzte ein. Kein Wunder, dass mein Freund so ein perfekter Lebenspartner war, denn seine Eltern waren mehr als umwerfend. Er hatte schon mal öfter angedeutet, dass seine Mutter und sein Vater seine Vorbilder seien, doch wo ich sie nun endlich auch näher kennenlernen durfte, begriff ich, was er damit meinte. Die liebevolle Art, wie sie miteinander umgingen und die Bodenständigkeit, die sie ausstrahlten, ließen mich aus dem Staunen nicht mehr rauskommen. Solche Momente ließen meine schreckliche Vergangenheit Stück für Stück verschwimmen.

Das war meine Medizin, mein Seelenheil.

Die Grillfeier nahm ihren Lauf, es wurde ausgelassen getanzt, gut gegessen und reichlich getrunken. Niemand durfte weder hungrig noch durstig nach Hause gehen, das wäre ein „No-Go" gewesen. Die Gäste hatten viel Spaß, das konnte man sehen. Ich stand ein wenig abseits mit einem Glas Weißwein und genoss den Ausblick. Ich liebte es, glückliche Menschen zu beobachten. Das tat mir gut.

»Hey, da ist ja meine Traumfrau!«

Raik kam langsam auf mich zu und gab mir einen sanften Kuss auf die Stirn. Er riss mich aus meinem Tagtraum.

Ich lächelte ihn liebevoll an.

»Alles in Ordnung? Du siehst so blass aus«, sagte er und sah mich leicht besorgt an.

»Oh ja, ja … Ich denke, ich habe heute ein wenig zu viel Weißwein getrunken, das ist alles«, gab ich zurück.

Im gleichen Moment spürte ich, wie sich mein Magen plötzlich zusammenzog und mir schlecht wurde. Eigenartig, kaum ausgesprochen merkte ich, wie sich das Barbecue die Speiseröhre nach oben hinaufquälte. Ich hielt mir instinktiv die Hand vor den Mund und rannte los Richtung Badezimmer.

»Tessa, ist wirklich alles in Ordnung?«, hörte ich Raik leise an der Tür klopfend.

Er stand am Gang und machte sich anscheinend große Sorgen.

»Gib mir nur noch eine Minu…«, und ich musste mich schon wieder übergeben.

Die Tränen rannten mir vor lauter Anstrengung hinunter und es schien kein Ende in Sicht. Ich kotzte mir wortwörtlich die Seele aus dem Leib.

»Soll ich reinkommen?«, fragte er hörbar besorgt nach.

»Nein! Um Gottes Willen, ja nicht!«, schrie ich panisch zurück.

Das Letzte was ich nun wollte, war es, mich in einer derartigen erbärmlichen Lage meinem Partner zu zeigen. Wir waren miteinander sehr vertraut und ausgesprochen intim, doch das ging definitiv zu weit.

»Tessa, komm schon, lass mir dir helfen. Ich bin Arzt. Glaube mir, ich habe schon ganz andere Sachen gesehen als eine sich übergebende Frau. Wirklich, lass mich jetzt rein«, er war hartnäckig, das musste man ihm lassen.

»Mir geht es gut! Ich mache mich nur noch schnell frisch und komme gleich raus«, antwortete ich.

»Na gut, ich bin im Wohnzimmer, falls du mich brauchst«

Als die Übelkeit endlich aufhörte, stand ich langsam auf und ging zum Waschbecken. Ich wusch mir die Hände, das Gesicht und putzte mir gründlich die Zähne. Anschließend trocknete ich mich mit dem Handtuch ab und blickte mich im Spiegel an. Ich sah mein Spiegelbild, das mich regelrecht anstarrte und versuchte krampfhaft rauszufinden, was ich wohl Schlechtes gegessen oder getrunken hatte, dass ich derart reagierte. Hoffentlich hatten unsere Gäste nichts abbekommen, das wäre eine einzige Katastrophe!

Nachdem ich mich frisch gemacht hatte, verließ ich das Badezimmer und machte mich auf die Suche nach Raik. Wie er gesagt hatte, wartete er im Wohnzimmer auf mich.

»Hey, da bist du ja«, sagte er erleichtert und nahm mich in den Arm.

»Ich weiß auch nicht, was plötzlich mit mir los war. Geht es den Gästen gut?«, fragte ich ihn besorgt.

»Ja, ja, allen geht es gut. Sie machen sich nur Sorgen um dich, da du so plötzlich weggelaufen bist«, antwortete er.

»Wir sollten letztendlich alle froh sein, dass ich weggelaufen bin! Komm, lass uns wieder nach draußen gehen. Mir geht es schon wesentlich besser«, gab ich amüsiert zurück und machte ein komisches Gesicht.

Der restliche Abend verlief erfreulicherweise ohne weitere Zwischenfälle und ich konnte den Abend auch wieder genießen. Je später es wurde, desto ausgelassener wurde die Stimmung. Die Grillfeier ging bis spät in die Nacht, bis sich irgendwann die Gäste verabschiedeten. Um zirka vier Uhr morgens fielen auch Raik und ich beschwipst und erschöpft ins Bett. Wahnsinn, was für eine Feier!

Am nächsten Morgen war mir hundeübel. Mir ging es gar nicht gut und durch die Tatsache, dass ich die halbe Nacht kopfüber meine Toilette umarmt hatte, war mir klar, dass ich mich für Montag krankschreiben musste. Zum Glück war heute Sonntag und so konnte ich Freja früh genug Bescheid geben, dass ich am kommenden Tag nicht kommen würde. Normalerweise mochte ich Blaumachen nach Partys ganz und gar nicht, doch meine fahle Haut und die blutunterlaufenen Augen ließen mir keine andere Wahl. Ich schnappte mir mein Handy und wählte ihre Nummer.

»Ja guten Morgen, du kleine Tanzmaus!«, witzelte sie.

»Ähm, ja … Ein Morgen ist es, allerdings kein guter für mich«, krächzte ich ins Telefon.

Meine Stimme hörte sich belegt und rau an.

»Tessa, du hörst dich aber gar nicht gut an. Was ist los?«, fragte sie.

»Ich weiß nicht. Ich wünschte, ich könnte das Gegenteil behaupten, aber wie du hören kannst, bin ich recht erledigt. Ich denke, ich habe mir einen Magen-Darm-Virus eingefangen. Ich kann es mir gar nicht anders erklären, anscheinend hat es nur mich erwischt. Habe die halbe Nacht auf der Toilette verbracht. Schande über mich …«, antwortete ich.

»Oje, du Ärmste! Musst du dich immer noch übergeben?«, hakte sie nach.

»Ja, leider. Heute Nacht mehrmals und in der Früh ging es wieder von vorne los.«

Ich hatte irgendwie ein schlechtes Gewissen, doch ich sagte nur die Wahrheit und nichts als die Wahrheit. Ich wusste, dass ich kommende Woche viele Aufgaben zu erledigen hatte, doch in meinem Zustand war es einfach unmöglich. Nur bei dem Gedanken, auf dem schwankenden Schiff zu sein, wurde mir kotzübel.

»Es tut mir so leid Freja, aber ich denke, ich werde mal den Arzt aufsuchen. Ich werde dir so schnell wie möglich Bescheid geben, was Sache ist. Ich wäre derzeit eher eine Belastung für euch als eine richtige Hilfe«, sagte ich schuldbewusst.

»Natürlich, das verstehe ich. Hey, mach dir bitte keinen Kopf, wir kommen nächste Woche schon klar. Ich rufe heute noch Finn an, er wird sicher für dich einspringen können. Kann ich noch irgendwas für dich tun?«, antwortete sie.

Freja war einfach nur großartig. Sie war nicht nur eine tolle Chefin, sondern auch eine verlässliche Freundin.

»Nein danke. Raik ist am Vormittag selber in seiner Praxis, kommt aber um die Mittagszeit nach Hause und fährt mich anschließend zum Arzt. Ich werde einfach mal ausschlafen und hoffen, dass ich meinen Mageninhalt bei mir oder besser gesagt in mir behalte«, witzelte ich.

»O. k., mach das, aber ruf mich an, wenn du etwas benötigen solltest, ja?«, fragte sie nochmals nach.

»Ja. Mache ich. Danke, du bist die Beste!«, bedankte ich mich bei ihr.

»Kein Problem. Gute Besserung, Walmädchen.«

Sie legte auf.

Ich legte ich das Handy beiseite und kuschelte mich wieder ins Bett hinein. Ich schloss meine Augen und keine zwei Minuten später war ich bereits eingeschlafen.

28 Tessa

»KNOCK! KNOCK!«

Der messingbeschlagene Pferdekopf hämmerte so hartnäckig gegen die massive Eingangstür, dass es mich förmlich aus dem Bett riss. Ich fühle mich so matt und unausgeschlafen, als hätte mich letzte Nacht ein Laster überfahren. Ich wälzte mich im Bett um die eigene Achse, stülpte mir die Decke über den Kopf und nickte augenblicklich wieder ein.

»KNOCK! KNOCK! KNOCK!«

Das Klopfen hörte einfach nicht auf. Da war offensichtlich jemand sehr hartnäckig und ließ mir keine andere Wahl, als aufzustehen.

Ich steig wie ferngesteuert aus dem Bett, taumelte schläfrig Richtung Tür und hoffte inständig, dass das Klopfen aufhören würde.

»KNOCK! KNOCK!«, hämmerte es wieder an der Tür.

»Jaaaa doch! Ich komme schon!«, schrie ich leicht genervt.

Ich schnappte mir im Vorbeigehen noch schnell den Morgenmantel vom Boden und schlapfte Richtung Tür. Schließlich wollte ich dem lästigen Eindringling nicht halbnackt gegenübertreten.

»Was ist denn?«, riss ich ungehalten die Tür auf.

»Überraschung!«

Freja stand wie ein blonder Engel an meiner Türschwelle und strahlte mit der bereits am Himmel hochstehenden Sonne um die Wette.

»Freja, das ist eine Überraschung. Was machst du denn hier? Das erste Boot müsste schon ausgelaufen sein«, antwortete ich.

»Ja, schon längst, Dummerchen. Es ist ja schon fast zehn Uhr vormittags. Ich habe es so hinbiegen können, dass ich heute erst später zu arbeiten anfange. Jetzt lass mich schon rein, ich habe dir etwas mitgebracht«, sagte sie ungeduldig und wedelte mit einem Apothekensäckchen vor meiner Nase.

»Ähm ja, entschuldige. Komm doch rein«, sagte ich noch immer etwas benommen und bat sie herein.

»Süße, du brauchst wirklich eine Dusche. Hopphopp, geh schon mal ins Badezimmer. In der Zwischenzeit lüfte ich ein wenig durch und bereite dir etwas zu essen. Du fällst mir sonst noch vom Fleisch«, wies sie mich auf charmante Art und Weise an.

»Jawohl Ma'am«, antwortete ich und konnte mir ein Schmunzeln nicht verkneifen.

»Ach ja, bevor ich's vergesse. Der Inhalt gehört auch dir«, sagte sie beiläufig und streckte mir die kleine Plastiktüte entgegen.

»Danke, aber ich kann doch keine Medikamente zu mir nehmen, wenn ich nicht mal weiß, was ich habe«, konterte ich rasch und verschränkte die Arme vor meiner Brust.

»Schau erst mal hinein und danach reden wir weiter«

Ihr Blick war sanft, strahlte jedoch eine Wärme aus, die mich dazu veranlasste, doch einen Blick zu riskieren.

»Du hast mir einen Schwangerschaftstest gekauft?!«, fragte ich ungläubig.

»Ein kleines Geschenk von mir. Du kannst mir später dafür danken«, sagte sie und schob mich Richtung Badezimmer.

»Aber ich bin doch nicht schwanger Freja. Glaub mir, das ist nur ein harmloser Virus«, versuchte ich sie noch umzustimmen, leider erfolglos.

Freja schubste mich sanft ins Badezimmer, legte den Schwangerschaftstest auf den Waschbeckenrand, machte die Tür hinter sich zu und ließ mich alleine. Zum ersten Mal seit zweit Tagen erblickte ich mich wieder im Spiegel. Ich riss meine Augen auf und konnte nicht glauben, was ich da sah.

»Um Gottes Willen, siehst du furchterregend aus«, entkam es mir plötzlich.

Ich trat näher heran und betrachtete mich genauer.

Die Person, die ich erblickte, war eine vollkommene Unbekannte. Sie sah mir so gar nicht ähnlich. Zerzaustes rotes Haar, fahles, eingefallenes Gesicht und eine Ausstrahlung wie ein Kaktus.

»Wer bist du?«, flüsterte ich entsetzt.

Ich erschreckte mich regelrecht vor mir selbst. Anscheinend hatte es mich wirklich erwischt, ich musste dringend zum Arzt. Ich nahm den Schwangerschaftstest aus der Tüte raus, packte ihn aus und beschloss, gleich draufzupinkeln, damit ich das Ergebnis sehen konnte, sobald ich wieder aus der Dusche stieg.

»So ein Unsinn, schwanger. Haha, dass ich nicht lache.«

Ich pinkelte auf den Streifen, legte den Test wieder auf den Waschbeckenrand, huschte, so schnell ich konnte, in die Duschkabine. Ich musste diese fremde Person, die sich im Spiegel als Tessa Braun ausgab, so schnell wie möglich wieder loswerden. Wir hatten nicht wirklich viel gemeinsam.

Die Dusche war einfach nur herrlich. Es fühlte sich traumhaft an, sich wieder mal die Haare zu waschen und sich zu rasieren. Ich putzte mir mindestens fünf Minuten lang die Zähne und ließ das Wasser von oben über meinen Kopf, meine Haare und über meinen ganzen Körper hinunterprasseln. Mit jedem einzelnen Wassertropfen fühlte ich mich besser. Anschließend seifte ich mich gründlich ein. Meine Hände glitten hinunter zu meinem Bauch und geistesabwesend fing ich plötzlich an, diesen zärtlich zu streicheln.

»Stopp! Tessa, was machst du da?«, sprach ich schockiert mir mit selbst. Was war nur in mich gefahren? Ich nahm sofort meine Hände weg, spülte das Duschgel rasch ab und stieg aus der Dusche. Ich trocknete mich ab und schnappte mir den Test. Ich stand nackt im dampfigen Badezimmer und hielt den Test in meinen Händen. Meine Augen starrten das winzige Anzeigefenster an und ich wagte es nicht, mich zu bewegen.

»Positiv ...«, flüsterte ich.

Meine Beine wurden fühlten sich plötzlich wie Pudding an und gaben nach. Ich ging langsam zu Boden, hielt aber den Schwangerschaftstest noch immer in den Händen. Ich hielt ihn so fest, dass meine Knöchel weiß hervortraten. Ich konnte es einfach nicht glauben.

Ich war schwanger!

Ich versuchte einen klaren Gedanken zu fassen, konnte aber nur daran denken, wie sehr ich mir Kinder gewünscht hatte,

Hannes allerdings keine wollte. Das Haus, dieses perfekte, makellose Grundstück und die teure elfenbeinfarbene Inneneinrichtung wären niemals mit Kindern vereinbar gewesen. Für ihn waren Kinder immer eine Plage. Laute kleine Monster, die alles zerstörten und beschmutzten. Auch die sogenannte Freiheit, die mein Ehemann so sehr liebte, hätte er niemals aufgeben wollen. Schicke Restaurantbesuche mit seinen korrupten Kollegen waren sein Lebenselixier.

Nun saß ich am Boden und war schwanger. Die Tränen rannen mir übers Gesicht. Ich fing vor Freude an zu schluchzen und konnte es nicht mehr abstellen. Der Wasserdamm war gebrochen und die Glücksgefühle übermannten mich förmlich.

»Tessa, was ist da drinnen los?«, hörte ich draußen Freja fragen.

Mein Schluchzen wurde lauter, ich konnte ihr nicht antworten.

Freja versuchte die Tür zu öffnen. Sie klopfte vergeblich, denn ich konnte die Tür nicht öffnen. Meine Beine fühlten sich noch immer wie Pudding an.

»Hey, das ist nicht witzig. Ich komme jetzt rein!«, drohte sie.

Mit einem Schwung war die Tür geöffnet. Freja stand mit geweiteten Augen im Türrahmen und blickte auf mich herab. Ich saß noch immer nackt auf dem Boden und hielt mir den Bauch.

»Hey, was ist los? Hast du Bauchschmerzen? Bitte sprich mit mir!«

Langsam wurde sie unruhig. Ungewissheit hasste sie schon immer. Ohne irgendetwas zu sagen, streckte ich ihr den positiven Test entgegen. Sie nahm ihn und sah die zwei rosaroten Streifen. Ihre Augen weiteten sich augenblicklich und ihr blieb wortwörtlich der Mund offen.

»Freuen wir uns? Weinst du deshalb? Bitte sag, dass wir uns freuen!«, flüsterte sie.

Ich nickte.

»Ja. Wir freuen uns. Sehr sogar«, sagte ich mit belegter Stimme und lächelte sie an.

Sie ging sofort in die Knie, legte mir ein Handtuch um die Schultern und umarmte mich, so fest die konnte. Mann, war diese Frau stark. Ich konnte nicht genau sagen, wie lange wir am Boden umarmend zusammensaßen, die Zeit schien zu verschwimmen. Ich war unendlich dankbar, Freja in diesem Moment bei mir zu haben.

»Komm, ich habe dir Pasta gekocht. Du hast nun jemanden mitzuversorgen, das dürfen wir nicht vernachlässigen«, sagte sie sanft.

Wir gingen gemeinsam in die Küche und aßen. Währenddessen waren wir sehr schweigsam. Es gab so viel zu verarbeiten, sowohl beruflich als auch privat. Wir drifteten beide sehr weit ab und ohne zu sprechen, waren wir uns in diesem Moment trotzdem sehr nah. Was würde sich denn alles für uns, besonders für mich verändern? Wie weit war ich schon? Wie würde ich es Raik erzählen? Wie lange würde ich im Mutterschutz sein? Würden Raik und ich zusammenziehen oder bliebe alles beim Alten? Meine Güte, so viele Fragen standen noch offen, die nicht beantwortet werden konnten. Noch nicht.

»Ich werde dich in der Arbeit sehr vermissen, da weißt du, oder?«, sagte Freja schließlich und holte uns beide in die Wirklichkeit zurück.

»Ich werde dich auch vermissen. Unsere gemeinsamen Schichten, unsere Ausfahrten, einfach alles. Aber schau, ich bin ja nicht gleich morgen weg«, versuchte ich sie zu besänftigen.

»Ja, da hast du wohl recht. Trotzdem musst du jetzt schon anfangen, dich zu schonen. Ich will dich mit dicker Kugel sehen und dafür musst du besonders jetzt einen Gang runterschalten. Und vor allem, vergiss nicht zu essen, besonders dann, wenn du dich viel übergeben musst«, sagte sie mit strenger Miene und fuchtelte mit ihrem Zeigefinger vor meinem Gesicht herum.

»Jawohl, Frau Doktor, versprochen«, antwortete ich im selben militärischen Ton.

»Und, wann wirst du es ihm sagen?«, fragte sie vorsichtig nach.

»Ehrlich gesagt, weiß ich es noch nicht. Ich habe noch tausend Gedanken in meinem Kopf, die ich noch sorgfältig sortieren muss. Auf jeden Fall muss ich es ihm so rasch wie möglich sagen, ansonsten drohe ich zu platzen«, antwortete ich.

Die Zeit mit Freja verging wie im Flug. Nach dem Essen machte sie sich wieder auf den Weg zur Arbeit und ließ mich alleine zurück. Ich räumte das Geschirr in den Geschirrspüler, machte mir noch einen frischen Kaffee und wartete auf meinen Freund. Ich ging wie getrieben durchs Wohnzimmer, immer die gleiche Runde, wie ein Tiger in seinem Käfig. Immer und immer wieder. Ich war so aufgeregt und mir gingen so viele Gedanken durch den Kopf. Wie würde Raik reagieren? Was, wenn er sich nicht freuen würde?!

Meine Unsicherheit kam plötzlich wieder zum Vorschein. Wie ein Teufelchen saß sie auf meiner rechten Schulter und flüsterte mir böse Dinge ins Ohr, doch das durfte ich nicht zulassen. Raik war auf jeden Fall anders, denn er hatte mit Hannes nicht viel gemeinsam. Er würde sich freuen, da war ich mir ganz sicher … Was, wenn es ihm aber ein wenig zu schnell ging?

Ich brauchte dringend frische Luft. Ich ging nach draußen auf die Veranda und setzte mich auf die niedrige Steinmauer, die meinen Garten von der Küste abtrennte. Ich zog meine Beine an die Brust und umschlang sie mit meinen Armen. Mein Blick ging hinaus auf den Ozean und ich war wieder mal von der Aussicht geblendet. Die Schönheit der unendlichen Weite, die sich irgendwann mit dem Horizont zu vereinen schien, raubte mir jedes Mal den Atem. Die Schönheit der Natur war meine Medizin. Immer wenn ich nachdenken musste, kam ich hierher. Ich bekam den Kopf frei und konnte das Wesentliche erkennen. Die Stille ließ mich klarer sehen und rational handeln. Das Wasser, der Wind und der salzige Geruch in meiner Nase, diese Attribute öffneten mir die Augen. Der Wind frischte ein wenig auf und ich fing an, mich langsam mit dem Windspiel hin und her zu wiegen. Es wurde allmählich Herbst, das konnte man bereits deutlich spüren. Ich schloss meine Augen und fühlte die Kraft der Natur. Ich kam mir vor wie ein Vogel, fühlte mich so frei. So federleicht. Eine Möwe flog plötzlich über meinem Kopf und schrie mich in ihrer schrillen Möwensprache an.

Ich liebte diese Vögel.

Sie waren faszinierend und beneidenswert zugleich. Möwen mussten von Natur aus immer laut schreien, damit sie sich am stürmischen Meer verständigen konnten. Ich mochte diese stolze Präsenz, ich selbst hatte Jahre gebraucht, meine Stimme zu erheben, um dermaßen laut schreien zu können. Man könnte sagen, Möwen seinen meine Seelentiere. Jeder Mensch hat ein Seelentier, mit dem er sich am meisten verbunden fühlt.

»Kleines, wo bist du?«, Raiks Rufe rissen mich aus meiner Parallelwelt.

»Ich bin hier, auf der Veranda!«, rief ich zurück.

O. k., der Zeitpunkt war gekommen. Obwohl ich mir ziemlich unsicher war, wie er reagieren würde, musste ich ihm reinen Wein einschenken. Eine derartige Neuigkeit für mich zu behalten, wäre selbstsüchtig und unverantwortlich gewesen. Außerdem war es ja eine schöne Neuigkeit, nichts, wofür sich weder Raik noch ich hätten schämen müssen.

»Da bist du ja! Was machst du denn hier draußen so alleine? Es frischt schon ziemlich auf, komm lass uns zum Arzt fahren«, sagte er fürsorglich und reichte mir seine Hand.

Ich nahm sie zärtlich entgegen und statt aufzustehen, zog ich ihn noch näher an mich heran.

»Komm. Setz dich eine Minute«, forderte ich ihn unsicher auf.

Er sah mich kurz verwirrt an, danach setzte er sich wortlos zu mir auf die Steinmauer.

»Was ist denn los? Übrigens, bevor ich es vergesse zu sagen, heute siehst du besonders hübsch aus …« Er lächelte mich auf eine gewisse Art und Weise an, dass mir die Spucke wegblieb.

Raik strich mir zärtlich über den Arm und meine Härchen richteten sich sofort auf. Er hinterließ eine brennende Spur auf meiner Haut, die nur er löschen konnte.

»D… danke«, stotterte ich und errötete leicht.

Wahnsinn, er hatte es wie am ersten Tag drauf. Er brachte mich jedes Mal zum Erröten.

»Raik, wir müssen nicht mehr zum Arzt fahren. Freja hat am Vormittag kurz nach mir gesehen und mir etwas zum Essen gemacht. Mir geht es jetzt schon viel besser, besonders jetzt, wo ich Licht ins Dunkel gebracht habe«, sagte ich und sah ihm direkt in den Augen.

»Ja gut, aber wieso hast du dich so oft übergeben? Falls du dich mit einem Magen-Darm-Virus angesteckt hast, sollten wir dann keine Medikamente besorgen?«, hakte er nach.

»Nein, dass ich an einem Virus leide, ist ausgeschlossen. Sie mal, da gibt es eine ganz logische Antwort …«, setzte ich unsicher an und nahm drei unterschiedlich großen Steine in die Hand.

»Dieser große Stein, der bist du«, sagte ich, und platzierte den größten Sein auf die Mauer.

»Der mittlere Stein, der bin ich …«, ich platzierte den zweiten Stein neben dem ersten.

»… und dieser winzige, kleine Stein, der …«

Raik sah sich die Aufstellung gespannt an, bis es endlich klick machte. Er riss seinen Kopf hoch und wagte nicht mal zu blinzeln. Wir starrten uns wortlos an. Zwei, drei Sekunden vergingen, bis er endlich aus seiner Starre erwachte, sich von der Mauer erhob und mich in seine Arme nahm. Er drückte mich so fest, dass mir kurzzeitig die Luft wegblieb.

»Was?! Wirklich?«, fragte er mit belegter Stimme.

Ich nickte, sofern ich noch den Kopf bewegen konnte.

»Wir sind schwanger?«, hakte er ungläubig nach.

Ich nickte wieder.

»Ich glaube es einfach nicht! Aber du hast ja doch die Pille genommen, wie ist das möglich?«, fragte er nach.

»Ich muss gestehen, der Stress mit dem Hauskauf und die behördlichen Wege haben mich ein- oder zweimal vergessen lassen. Ich war oft so kopflos und gestresst. Es tut mir leid …«, antwortete ich hastig.

»Nein, bitte entschuldige dich nicht! Das ist die schönste Nachricht, die ich jemals in meinem gesamten Leben gehört und erhalten habe. Ich könnte nicht glücklicher sein!«, unterbrach er mich und verlieh seiner Aussage Nachdruck, indem er mich noch fester an sich drückte.

Schließlich löste er sich von mir, nahm mein Gesicht in seine großen Händen und sah mich eindringlich an.

»Tessa, du machst mich gerade zum glücklichsten Menschen auf diesem Planeten. Du kannst dir überhaupt nicht vorstellen, wie erfüllt ich gerade bin. Du bist für mich die perfekte Frau. Für mich gäbe nichts Schöneres, als mit dir eine Familie zu gründen. Wie ein Feuerball bist du in mein Leben gestoßen und dafür werde ich ewig dankbar sein. Ich liebe dich. Dich und die kleine Murmel in deinem Bauch.«

Ich sah ihn an und meine Gefühle übermannten mich erneut. Anscheinend waren die Hormone schon außer Rand und Band, denn ich spürte, wie meine Augen wieder feucht wurden. Raik drückte mich wieder fest an sich und wir blieben eine lange Zeit wie angewurzelt stehen. Der Wind umspielte unsere Körper und kroch unter mein T-Shirt, sodass ich leicht erschauderte.

Das Kreischen der Möwen wurde lauter, als würden sie sich gleichzeitig mit uns freuen und die frohe Botschaft verkünden. Der salzige Geruch von Meer und Regen hing in der Luft. Es roch einfach einmalig, es roch nach Heimat, nach Zuhause.

Es roch nach Glück.

29 *Hannes*

Nach insgesamt vier Stunden Flugzeit landete ich wieder in Wien. Der Flug war sehr turbulent gewesen, einige Passagiere hatten sich währenddessen übergeben, was meine Laune natürlich noch weiter sinken ließ. Ich war ohnehin schon schlecht aufgelegt, dieses Affentheater wühlte mich noch mehr auf. Ich hasste Linienflüge, besonders wenn die erste Klasse Sitze vergeben waren und ich in die Economy-Klasse verdonnert wurde. Grässlich!

Der Islandaufenthalt war gescheitert. Trotz zuverlässigem Informanten und gründlicher Personensuche war es mir nicht möglich gewesen, innerhalb von sieben Tagen meine Frau ausfindig zu machen. Ich wusste zwar, wo sie sich ungefähr aufhielt, hatte jedoch Reykjaviks Größe maßlos unterschätzt. Ich hatte es mir viel leichter vorgestellt. Eine derartige Niederlage musste ich erst mal verkraften. Ich war es nicht gewohnt zu scheitern, das war definitiv ein fremdes Terrain für mich. Zu versagen war meine größte Angst, schon immer gewesen.

Nachdem ich mürrisch das Flugzeug verlassen hatte, holte ich meinen Koffer von Gepäcksband, nahm mir ein Taxi und fuhr schnurstracks nach Hause. Ich konnte diese Wiedersehensfreude und die Umarmungen in der Ankunftshalle kaum ertragen. So viele fröhliche Gesichter, so viele Freudentränen, die mir dieses Mal nicht zuteilwurden.

Zum Kotzen!

Ich hasste alle Menschen, besonders die glücklichen unter ihnen.

Das Taxi hielt vor meiner Einfahrt an. Endlich.

»Danke, stimmt schon. Der Rest ist für Sie«, sagte ich emotionslos zum Taxifahrer und stieg aus.

Zuhause angekommen, knallte ich die Eingangstür hinter mir zu, dass sie fast aus den Angeln fiel. Ich stand reglos im Foyer und horchte leise.

Da war es wieder.

Diese grässliche Stille.

Auf mich wartete niemand, nur ein riesiges, leeres Anwesen. Eine nicht auszuhaltende Einsamkeit, die sich im gesamten Haus ausgebreitet hatte und nicht mehr weichen wollte. Es war so still, dass meine Ohren zu pfeifen begannen, wie ein surrender Tinnitus, der immer lauter und penetranter wurde. Niemand wartete auf mich. Niemand hieß mich willkommen. Es war so ruhig und still, dass es mich verrückt machte.

Auch die kleinen Motzereien und Sticheleien, die meine Frau mir öfter an den Kopf warf, fehlten mir. Ich vermisste sie so sehr, dass es mich wahnsinnig machte. Es machte mich wütend! Es war nicht mehr auszuhalten! Ich spürte, wie sich mein Herzschlag wieder beschleunigte, meine Adern schwollen an, der Puls raste. Verdammt noch mal, warum tat sie mir das an?!

Ich stellte meine Koffer auf dem Marmorboden ab und ließ plötzlich meinen Emotionen freien Lauf. Ich nahm den Schirm vom Garderobenständer und zertrümmerte, was ich erwischen konnte.

»Aaagh!«, schrie ich.

Ich räumte die Vitrine ab, zerschmetterte die Tonbüste meines Großvaters, schlug auf die Blumen ein, auf die Bilder, zertrümmerte alles, was ich erwischen konnte! Ich kochte vor Wut und war im Blutrausch. Nichts konnte mich mehr zur Vernunft bringen. Ich demolierte den Eingangsbereich und einen Teil des Wohnzimmers, bis der Schirm so zerstört war, dass ich aufgeben musste. Innerhalb von fünf Minuten setzte ich über 10.000 Euro in den Sand. Mein innerer Sturm wütete durchs Haus und hinterließ eine Spur der Verwüstung.

Schließlich ging ich zu Boden.

Ich kniete nieder und ließ die Schultern hängen. Ich fing an zu weinen wie ein kleines Kind, bedeckte mein Gesicht mit meinen Händen. Die Tränen ließen sich nicht mehr zurückhalten. Ich ließ es geschehen und schluchzte mit der Totenstille um die Wette.

»Sieh nur, was sie dir angetan hat! Schau dich an, du armseliger Nichtsnutz!«, sprach meine innere Stimme zu mir.

Die Wut, gepaart mit Trauer und Schmerz, öffnete mir wieder die Augen. Oh ja, das würde sie bereuen. Sie musste bestraft werden, mich so zu verletzen. Sie hatte einen emotionalen Krüppel aus mir gemacht. Diese undankbare Schlampe! Ich hatte gedacht, ich könnte ihr diesen Ausrutscher durchgehen lassen, doch ich hatte mich getäuscht. Niemand stellte mich so bloß, wie sie es getan hatte. Woher nahm sie sich das Recht?! Nur weil ich sie einige Mal fester angefasst hatte? Sie war doch selbst schuld! Wenn sie sich wie eine anständige Ehefrau verhalten hätte, wäre es nie so weit gekommen.

In der Arbeit wusste Gott sei Dank niemand, dass sich meine undankbare Gattin »eine Auszeit« genommen hatte. Ich wollte es nicht an die große Glocke hängen. Anfangs dachte ich, sie würde bald auf allen Vieren zu mir zurückgekrochen kommen und mich für ihren dummen Ausrutscher um Verzeihung bitten, doch anscheinend hatte ich mich getäuscht. Sie war sturer, als ich dachte. Meine gesellschaftliche Position war viel zu angesehen, als mich in der Öffentlichkeit derart bloßzustellen zu lassen.

Ich fragte mich, wo zum Teufel sie sich nur versteckte. Wie hatte sie es geschafft, so schnell in Island Fuß zu fassen? Wer hatte ihr dabei geholfen? Ihr Familie konnte ich jedenfalls ausschließen, denn seit der Hochzeit hatten sie keinen Kontakt zueinander. Damals schon waren sie mit mir als Schwiegersohn nicht wirklich einverstanden, Tessa hatte sich aber für mich entschieden. Ob sie erneut so handeln würde? Das bezweifelte ich. Allein schon aus diesem Grund war die Hilfestellung ihrer Familie definitiv ausgeschlossen.

Die Tatsache, dass es ihr eventuell ohne meine Wenigkeit besser erging, oder sie womöglich glücklicher war, machte mich rasend. Mit diesem Gedanken konnte und wollte ich mich einfach nicht anfreunden. Ich nahm hastig mein Handy in die Hand und drückte die Schnellwahltaste.

»Ja?«, meldete sich die Stimme, die mir mittlerweile schon recht vertraut war.

»Braun hier. Ich brauche wieder Ihre Hilfe«, antwortete ich monoton.

»Ich bin ganz Ohr«, erwiderte mein Informant.

»Ich bin heute wieder in Wien gelandet. Die bisherigen Recherchen haben uns kein bisschen weitergebracht. Sogar in der Bar ließ sie sich die gesamte Woche nicht ein einziges Mal blicken!«, meine Stimme klang aufgekratzt.

»Ich verstehe. Ich nehme die Sache wieder in die Hand und melde mich, sobald ich etwas Konkreteres herausgefunden habe. Dürfte nicht allzu lange dauern. Ich gehe der letzten Spur wieder nach und melde mich unverzüglich«, antwortete er etwas hochnäsig, doch ich ließ ihm den Spaß, denn er war mein bester Mann.

Er hatte in den letzten Wochen ausgezeichnete Arbeit geleistet, das musste ich neidlos zugeben.

»In Ordnung. Übrigens, bevor ich es vergesse, ich werde in vier Wochen meinen nächsten Flug nach Island buchen. Bis dahin verlange ich Diskretion und höchste Geheimhaltung, haben wir uns verstanden?«, bohrte ich nach.

»Das versteht sich doch von selbst, Herr Braun. Sie können sich auf mich verlassen«, antwortete er und legte auf.

Das mochte ich an ihm. Kurz, prägnant, aber zuverlässig und diskret. Ich legte das Handy beiseite und schenkte mir einen Whiskey zur Beruhigung ein. Ich nahm einen großen Schluck und genoss das brennende Gefühl in meiner Kehle. Alkohol war tatsächlich mein täglicher, treuer Begleiter. Dass ich ein Alkoholproblem hatte, wusste ich bereits, ich war schließlich nicht dumm, doch es war das Einzige, was mir noch geblieben war. Wie ein Strohhalm, an dem ich mich festhalten konnte. Meine Sucht spendete mir auf eine morbide Art und Weise Trost.

Mir war klar, dass ich mich irgendwann in Therapie begeben musste, doch jetzt war der Zeitpunkt noch nicht gekommen. Ich musste zuerst meine Frau wieder nach Hause bringen, alles andere musste warten.

Die nächsten vier Wochen würden relativ schnell vergehen, dann würde ich meine zweite Chance nutzen. Ich verließ mich voll und ganz auf meinen Spitzel, dafür wurde er auch ausgesprochen gut bezahlt. Ich schwor mir, nicht ohne Tessa nach Hause zurückzukehren.

Nächstes Mal würde es klappen. Auch wenn es das Letzte war, was ich auf diesem Planeten noch erledigen musste. Ich würde meine Frau zurückholen und ihr ein für alle Mal einbläuen, wo sie zu sein und existieren hatte.

Ich griff wieder nach meinem Telefon und wählte die Durchwahl meines Büros.

»Guten Tag, Herr Braun? Sie sind wieder im Lande?«, ertönte die penetrant süßliche Stimme meiner Sekretärin.

»Ja, Silvia, ich bin wieder zurück«, antwortete ich leicht genervt.

Ich musste sie schleunigst kündigen und sie gegen eine andere Sekretärin austauschen. Ich konnte diese Stimmlage einfach nicht mehr hören. Ich fragte mich, ob sie immer so eigenartig sprach, wenn sie nicht in der Arbeit war. Ich machte mir eine imaginäre Notiz und nahm mir fest vor, die Stelle möglichst bald auszuschreiben.

»Was kann ich für Sie tun?«, riss sie mich wieder aus meiner Gedankenwelt heraus.

»Ich brauche in vier Wochen wieder einen Flug nach Reykjavik. Der Abflug morgens, erste Klasse versteht sich, wie bereits gehabt«, antwortete ich kurz und prägnant.

»Sie fliegen wieder nach Island? Für wie lange denn?«, rutschte es ihr raus.

»Silvia, ich wüsste nicht, was Sie das angehen würde!«, fuhr ich sie genervt an und konnte richtig spüren, wie sie vor Schreck hochfuhr.

»Entschuldigen Sie meine Neugierde Herr Braun«, gab sie kleinlaut zurück.

Ihre devote Haltung besänftigte mich sofort. Ich mochte es sehr, wenn Frauen sich unterordneten. Das war ein gutes Gefühl, sowohl auf privater als auch auf beruflicher Ebene. Sie zu dominieren tat gut und gab mir ein befriedigendes Gefühl.

»Schon gut, buchen Sie nur den Hinflug, um den Rückflug werde ich mich persönlich kümmern. Schönen Tag noch«

»Ja, mache ich. Auf Wiederhören, Herr Braun.«

»Wiederhören«

Ich legte auf.

30 Tessa

»Ich gratuliere Ihnen, Frau Braun, Sie sind in der zwölften Schwangerschaftswoche. Soweit ich es beurteilen kann, sieht alles ganz normal aus, ein wunderschöner Fötus mit einem kräftig pochenden Herzen. Hier, sehen Sie es schlagen?«, fragte der Gynäkologe und platzierte den Ultraschallkopf genauso, dass wir das winzige Herz unseres Ungeborenen ganz schnell schlagen sehen konnten.

»Ja, wunderschön«, sagte Raik, der an meiner Seite stand und gleichermaßen perplex war wie ich.

Er drückte meine Hand und ich brachte vor lauter Rührung kein einziges Wort mehr heraus. Wir waren von unseren Gefühlen und von dem, was wir gerade zu sehen bekamen, einfach nur überwältigt. Raik hatte Tränen in den Augen, die er krampfhaft versuchte, wegzublinzeln. Es gelang ihm nicht wirklich, und schon kullerte die erste Träne seiner Wange hinunter.

»Hier haben wir den Kopf, hier die Wirbelsäule ... und hier sehen wir die kleinen Ärmchen und Beinchen. Der Fötus misst ungefähr sechs Zentimeter und wiegt um die zehn Gramm, so viel wie eine Pflaume«, sagte der Arzt und zeigte uns alles ganz genau.

Raik und ich starrten auf den Bildschirm und konnten nicht fassen, was uns gerade gezeigt wurde. Ich hörte zwar den Arzt weiterhin sprechen, doch ich konnte mich nicht richtig darauf konzentrieren. Ich sah nur „mein Kind" live auf dem Bildschirm, das Wundervollste und Atemberaubendste, was ich jemals in meinem Leben erblickt hatte. Diese Gefühle waren sehr schwer, ja sogar unmöglich zu beschreiben, denn es waren einzigartige Empfindungen. Es fühlte sich an wie Freude, Wärme, Stolz und unglaubliche Vorfreude zusammen vermischt.

»Herr Doktor, wie lange wird die Übelkeit noch andauern? Tessa hat in den vergangenen drei Tage schon recht viel abgenommen und kann fast nichts bei sich behalten«, fragte Raik leicht besorgt nach.

»Der kritische Abschnitt in der Entwicklung des Kleinen neigt sich dem Ende zu und somit auch die typischen Schwangerschaftssymptome. Die Übelkeit und die körperlichen Beschwerden werden etwas nachlassen, Frau Braun wird bald wieder ihren gesunden Appetit zurückbekommen«, antwortete der Arzt und lächelte uns aufmunternd zu.

»Und in vier Wochen sehen wir uns wieder zur nächsten Ultraschalluntersuchung. Meine Sprechstundenhilfe wird mit Ihnen noch die Termine durchgehen. Gibt es noch Fragen Ihrerseits?«, fragte er höflich nach.

»Vielen Dank, Herr Doktor. Nein, ich denke, die Fragen werden erst in den nächsten Tagen oder Wochen auftauchen, nachdem wir die freudige Nachricht erst mal verarbeitet haben. Die Schwangerschaft kam für uns doch ein wenig überraschend«, antwortete ich.

Unser Arzt nickte verständnisvoll und ich lächelte ihn dankbar an. Bevor wir die Praxis verließen, fixierten wir noch mit der Sprechstundenhilfe den nächsten Termin und verabschiedeten uns.

Als wir zum Auto gingen, stellte ich fest, dass sich Raik wie ferngesteuert verhielt, aber auf eine positive Art und Weise. Wir stiegen wieder ins Auto ein und saßen erstmal wortkarg nebeneinander. Weder ich noch er sagten ein Wort. Er hatte das Auto noch nicht gestartet und beabsichtigte keineswegs, es in der nächsten Zeit zu tun. Die Bilder von unserem Ungeborenen und all die vielen Informationen, die uns soeben mitgeteilt wurden, mussten erst mal verdaut werden. Alles fühlte sich so unreal an, wie ein Feuerwerk, das niemals enden wollte.

Schließlich drehte Raik seinen Kopf zu mir.

»Wir kriegen ein Baby«, sagte er leise.

»Ja, wir kriegen ein Baby«, antwortete ich und nahm seine Hand.

Sein sanfter Blick brachte mich aus dem Konzept und ich spürte, wie meine Augen wieder feucht wurden. Ich konnte nicht richtig sagen, ob es wieder die Hormone waren, doch in der letzten Zeit war ich sehr nah am Wasser gebaut. Es war eine neue Situation für mich, denn ich war definitiv kein Mensch, der so leicht wegen jeder Kleinigkeit weinte. Okay, bei „König der Löwen" hatten wir ja alle mal eine Träne oder zwei vergossen, doch die Schwangerschaft hatte mich definitiv verändert.

»Ich kann es gar nicht in Worte fassen, wie glücklich ich bin, wie glücklich du mich machst«, sagte er liebevoll.

Ich konnte es förmlich spüren, wie sehr wir füreinander geschaffen waren und wie sehr uns dieses Kind für immer zusammenschweißen würde. Ein eigenes Baby zu bekommen, war für mich immer ein großer Wunsch gewesen, nur die Umstände hatten es bis jetzt unmöglich gemacht.

Mit Raik an meiner Seite schien nichts undenkbar. Alles war so, wie es sein sollte, und ich es mir immer erträumt hatte. Dieser Mann war in jeder Hinsicht meine Inkarnation von Glück. Mit ihm konnte mir einfach alles gelingen, er machte Unmögliches möglich.

»Ich liebe dich«, gestand ich ihm unter Tränen.

Er legte seine große Hand auf meinen leicht gewölbten Bauch und streichelte ihn sanft. Danach beugte er sich zu mir rüber und küsste mich leidenschaftlich. Ich konnte es immer noch nicht fassen, dass dieser heiße Typ zu mir gehörte. Nicht nur das, ich bekam auch noch ein Baby von ihm. Er löste sich widerwillig wieder von mir.

»Komm, lass uns nach Hause fahren. Wir haben noch einiges zu besprechen und zu planen. Außerdem musst du noch viel mehr essen, du siehst so dünn aus«, sagte er schließlich.

Ja, jetzt sprach eindeutig der Mediziner aus ihm. Ich nickte und merkte plötzlich, dass ich tatsächlich riesigen Hunger hatte. Die letzten Tage, wo ich so oft brechen musste, hatten ihre Spuren hinterlassen. Ich hatte sicher vier Kilogramm abgenommen und ich musste rasch wieder zu Kräften kommen. Das Letzte was ich wollte, war, dieses Baby in Gefahr zu bringen.

Raik fuhr los und ich lehnte mich zufrieden zurück. Ich drehte das Radio auf und summte zu den Klängen von Coldplay. Ich blickte aus dem Fenster und fragte mich, wie es dazu kommen konnte, dass ich die Schwangerschaft nicht bemerkt hatte? Womöglich hatten mich die aufregenden Ereignisse der letzten Zeit vom Wesentlichen abgelenkt. Die Walrettungsaktion, die Zeitungsberichte, der Hauskauf, es war einfach so viel passiert. Wer dachte, Island sein eintönig und langweilig, der hatte sich wirklich getäuscht, das Leben hier war alles andere als monoton. Ich empfand plötzlich ein warmes und wunderbares Gefühl der Wärme und Zufriedenheit, das ich schon lange nicht mehr verspürt hatte. Ich legte instinktiv meine Hand auf den Bauch und fing an, ihn zärtlich zu streicheln. Ich lehnte mich zurück und schloss die Augen.

»Na, das nenn' ich mal einen erfreulichen Zufall«, sagte Raik sichtlich angespannt. Seine Stimmung änderte sich schlagartig und sein Sarkasmus war kaum zu überhören.

»Was meinst du? «, fragte ich nach.

»Der Drängler von neulich ist wieder da. Er fährt uns jetzt schon eine Zeit lang hinterher. Zufälle gibt es«, antwortete er und beobachtete das Auto hinter uns im Rückspiegel.

Warum er so eigenartig reagierte, war mir nicht klar. Ich drehte mich um und sah den gleichen dunkelgrünen Land Rover, der uns vor nicht allzu langer Zeit die Autofahrt vermiest hatte. Er fuhr hinter uns, doch dieses Mal recht anständig mit genügend Abstand zu unserem Auto. Der Fahrer war schwer zu erkennen, hatte eine dunkle Sonnenbrille auf.

»Die Welt ist anscheinend wirklich klein«, sagte ich trocken und wandte mich wieder dem Verkehr vor uns zu.

Die folgenden Wochen vergingen wie im Flug. Raik und ich schwebten auf Wolke sieben und planten akribisch unsere gemeinsame Zukunft. Er hatte entschieden, die geräumige Wohnung über seiner Praxis zu vermieten und endgültig zu mir in das Cottage-Häuschen zu ziehen.

Wir wussten beide, dass es eng werden würde, doch das machte uns nichts aus, ganz im Gegenteil. Wir waren beide große Anhänger des „einfachen Lebens". Raik würde ohnehin seine Möbel in der künftigen Mietswohnung belassen, meine Einrichtung genügte uns beiden vollkommen. Auch angesichts dessen, dass das Baby die erste Zeit sowieso bei uns schlafen und uns rund um die Uhr brauchen würde, war ein großes Haus eher ein Hindernis. Wir beschlossen aber, sobald die Zeit es zuließe, den Dachboden auszubauen und ein geräumiges Kinderzimmer einzurichten, sodass jeder seine Rückzugsmöglichkeit hat. Ja, wir hatten viel Pläne, doch alles zu seiner Zeit.

Fast die gesamte Zeit, die wir noch zu zweit oder besser gesagt zu dritt hatten, denn Magnus war natürlich auch in voller Aufruhr, widmeten wir dem Einkaufen. Wir besorgten Babygewand, Bettwäsche und Bettdecken für das Beistellbettchen, Fläschchen und Windeln, aber auch einige Möbelstücke wie zum Beispiel Wickeltisch, Beistellbett und Wiege, worauf wir trotz des Platzmangels definitiv nicht verzichten wollten. Wir verfielen regelrecht dem Kaufrausch und mussten uns oft gegenseitig bremsen, um der Sucht nicht endgültig zu erliegen. Wenn man so wollte, hätten wir wohl das gesamte Geld was wir auf dem Konto hatten, bis zur letzten Krone ausgeben können, denn wir tauchten in eine Welt ein, die uns vollkommen neu und vor allem aufregend war. Diese Miniaturwelt mit den vielen, zauberhaften Babysachen scheint jeden werdenden Elternteil in seinen Bann zu ziehen. Alle Kunden in den Babyartikelgeschäften hatten das gleiche Schmunzeln im Gesicht, man verstand sich wortlos. Manchmal fragte ich mich, ob wir genau den gleichen Gesichtsausdruck hatten, wenn wir das Einkaufszentrum betraten. Ich war mir ganz sicher, dass es so war.

Die Tage wurden allmählich kürzer und die Temperaturen wurden frischer. Man könnte es förmlich spüren, dass sich der Herbst bald über das gesamte Land ausbreiten würde, denn der August war schon fast um, und der September nicht aufzuhalten.

Der Herbst dauerte hier fast nur ein Monat und würde schon nach kurzer Zeit vom Winter abgelöst werden. Je nach Region würde die Landschaft in einem Meer aus Rot und Gold erstrahlen. Diese Jahreszeit war mir schon in Österreich die Allerliebste gewesen. Die malerischen Farbenspiele brachten mich jedes Mal zum Staunen. Ich konnte schwören, dass ich förmlich spürte, wie sich im Herbst die Erde ein wenig langsamer zu drehen schien. Hannes lachte mich deswegen immer aus und nannte mich sein Dummerchen. Gott, wie ich es hasste. Er konnte mir jeden schönen Gedanken vermiesen.

Bald schon war ich im vierten Monat und meine Kugel wuchs unaufhaltsam. Die körperlichen und seelischen Turbulenzen der anfänglichen Schwangerschaft waren ausgestanden und ich fühlte mich rundum wohl. Für mich persönlich war diese Phase die schönste Zeit, die allmählich auch äußerlich sichtbar wurde. Ich fing an, mit meiner „Kugel" zu sprechen, sie ständig zu streicheln und ihr von meinem Tag zu erzählen. Ich wollte das ungeborene Baby unbedingt in mein Leben miteinbeziehen, wollte es daran teilhaben lassen.

In der Arbeit schaltete ich einen Gang runter und minimierte meine Wochenstunden auf die Hälfte. Das gab mir erstens ein Gefühl der Erleichterung, denn ich wollte mich schließlich nicht überarbeiten und die Schwangerschaft aufs Spiel setzen, und zweitens hatte ich dadurch einfach mehr Zeit für mich. Ich genoss diese Ruhe vor dem Sturm sehr. Ich las sehr viel, begann niedliche Babyhauben zu stricken und machte mit Magnus endlos lange Spaziergänge entlang der Küste. Das Letzte, was ich wollte, war, mich Stress auszusetzen, schließlich war ich auch keine zwanzig mehr und musste mich schonen.

Mittlerweile war Raik zu mir gezogen. Es war unfassbar, wie unkompliziert das Ganze über die Bühne ging. Wir stellten einige Möbelstücke um, kauften noch einige Kleinigkeiten dazu und durch die neue Anordnung wirkte das Haus viel geräumiger. Es erstrahlte im neuen Glanz und ließ uns ein wenig durchatmen. Raik hatte allerdings auch, bis auf seine Kleidungsstücke und einige wenige persönliche Sachen, nicht viel mitgenommen, das erleichterte uns die neue Situation erheblich.

Nie hätte ich gedacht, dass das Zusammenwohnen mit einem Mann so einfach und unkompliziert sein konnte, schließlich war ich ein gebranntes Kind und scheute immer noch das Feuer.

Eines Abends saß ich wieder mal auf meiner Lieblingsterrasse, die mittlerweile zu meinem zweiten Wohnzimmer geworden war, und las ein Buch von Jaques Cousteau. Ich liebte seine Bücher, er war einst der Auslöser, warum ich mich eigentlich für die Meeresbiologie entschieden hatte, und ich konnte mich seiner Materie voll und ganz hingeben. Seitdem ich beruflich ein wenig kürzergetreten war, hatte ich mir bereits eine kleine Bibliothek angeeignet und verschlang die Bücher reihenweise. Ich hatte eine neue Stufe von Lebensqualität erlangt, von der ich mein ganzes Leben lang geträumt und die sich nun endlich bewahrheitet hatte.

»Ah, da bist du ja«, hörte ich Raik sagen, der gerade nach Hause gekommen war.

Er riss mich aus meiner Fantasiewelt, kam auf mich zu und gab mir einen dieser Küsse, der mich immer wieder aufs Neue erinnerte, warum ich ihn so sehr liebte.

»Hey, schön, dass du endlich da bist. Ich habe dich vermisst. Wir haben einen Riesenhunger!«, antwortete ich und rieb mir, um die Dramatik noch visuell zu verstärken, meine kleine Kugel.

»Das trifft sich gut, denn ich habe am Markt frischen Hering bekommen. Ich mache mich dann gleich an die Arbeit, damit meine zwei Lieblingsmenschen nicht verhungern«, sagte er liebevoll und zwinkerte mir zu.

»Hm, ich kann es kaum erwarten«, antwortete ich und hörte, wie mein Magen vor lauter Vorfreude freudig zu knurren begann.

Ich liebte es, wenn er mich bekochte. Erstens war ich kein großer Fan des Kochens an sich, doch die eigentliche Wahrheit war, dass mein Freund unheimlich gut und lecker kochen konnte, und besser hätte ich es einfach nicht treffen können. Seine Mutter hatte ihm viel beigebracht und das bewies er mir immer wieder aufs Neue.

Der Fisch schmeckte wie erwartet einfach himmlisch, Raik hatte sich wieder Mal selbst übertroffen. Wir aßen wie die Könige und unterhielten uns, wie der Tag verlaufen war. Nichts Aufregendes, doch eine sehr effektive Art und Weise, das Interesse am Partner nicht im Keim zu ersticken. Kommunikation war unser Fundament, das nichts auf dieser Welt erschüttert werden konnte. Unsere Beziehung war stabil, wir vertrauten uns blind.

»Kleines, hör mal. Ich möchte dich nicht allzu sehr unter Druck setzen, doch ich würde gerne ein schwieriges Thema ansprechen«, begann Raik zu sprechen und rutschte auf seinem Sessel unruhig hin und her.

»Was meinst du? Welches Thema denn?«, fragte ich neugierig nach.

»Ich weiß, es ist für dich viel schwieriger als für mich und ich gebe mir wirklich Mühe nicht daran zu denken, doch ...«, er machte eine kurze Pause uns sah mich eindringlich an.

»Sag schon, wo drückt der Schuh?«, bohrte ich nach.

Er sagte lange nichts und senkte seinen Kopf. Anscheinend wusste er tatsächlich nicht, wie er es mir sagen sollte. Schließlich sah er mich wieder an und sprach leise, aber wohl gut überlegt.

»Scheidung«, sprach er.

Er sah mich mit einem ernsten Gesichtsausdruck an, der mir sehr selten zuteilwurde. Ich schwieg einige Sekunden und wusste nicht, wie ich reagieren sollte.

»Raik, warum fängst du jetzt damit an?«, fragte ich ihn.

»Weil jetzt genau der richtige Zeitpunkt ist«, antwortete er.

»Nein, das ist er definitiv nicht und wird auch nie sein. Du verlangst einfach Unmögliches von mir!«, fuhr ich ihn an.

Ich spürte, wie ich wütend wurde und meine Gefühle mich übermannten.

»Tessa, hör auf damit! Du kannst dich nicht auf ewig vor ihm verstecken! Irgendwann müssen wir dieses Arschloch bekämpfen! Du bist nicht mehr allein, du hast jetzt mich und ich werde immer auf dich und auf unsere kleine Familie achtgeben. Ich werde euch vor all dem Übel dieser Welt beschützen!«, antwortete er und sah mich eindringlich an.

Ich saß wortlos da und fing an meine Finger unter dem Tisch zu kneten. Das tat ich immer, wenn ich mich unwohl fühlte, wenn ich unsicher war. Wir bewegten uns gerade auf sehr dünnem Eis und drohten einzubrechen. Ich blickte auf die Tischplatte und spürte, wie der Kloß in meinem Hals immer größer und größer wurde. Ich wollte nicht weinen, wollte keine Schwäche zeigen. Dieses Monster war mittlerweile so weit weg von mir und hatte dennoch eine unglaubliche Macht über mich.

»Raik, du kennst ihn nicht. Du weißt nicht, wozu er fähig sein kann. Hannes ist und bleibt unberechenbar. Sobald er rausfindet, wo ich mich zurzeit befinde, und das wird er mit Sicherheit tun, wenn ich die Scheidung einreiche, wird er Jagd auf mich machen, mit der einzigen Mission, mich zu zerstören.«

Ich blickte Raik an und begann meinen Kopf heftig hin und her zu schütteln.

»Glaub mir, er würde uns beiden das Leben zur Hölle machen oder noch schlimmer!«, flehte ich ihn an.

»Kleines, die Karten wurden neu gemischt. Er kann dir nichts mehr antun. Willst du etwa, dass unser Kind seinen Nachnamen trägt? Den Nachnamen eines Gewalttäters? Und was ist mir dir? Wie lange willst du noch so heißen?!«, konterte er.

»Hör auf, mir zu sagen, was ich zu tun habe!«, schrie ich ihn an.

Ich stand ruckartig auf und lief aus dem Zimmer. Ich rannte bei der Verandatür raus und wollte einfach nur weg. Weg von meinen Dämonen, von den Albträumen und vor meiner Vergangenheit. So viel Zeit war mittlerweile vergangen und das Geschehene verfolgte mich immer noch. Insgeheim wusste ich, dass Raik recht hatte. Ich musste diesen Namen endlich ablegen, doch hatte ich die Kraft dazu? Welcher Mensch bot freiwillig einem Monster die Stirn? Das schien schier unmöglich. Es war, als würde eine Ameise den Kampf gegen Goliath anstreben, ein ungleicher Kampf, der für mich nicht gut ausgehen würde.

Ich lief zum Strand hinunter. Ich blieb nicht stehen, schaute nicht mal zurück. Ich brauchte Luft. Die unendliche Weite. Das war das Einzige, was mich beruhigen konnte. Als mir dann die Brust zu zerspringen drohte, und ich keine Luft mehr bekam, sank ich zu Boden und blieb am Strand sitzen. Ich rang nach Luft und die Tränen rannen mir übers Gesicht. Wie gut, dass niemand in der Nähe war, der diese verstörende Szene beobachten konnte. Ich fing an zu schluchzen und ließ meinen Gefühlen freien Lauf. Ich weinte um meine Vergangenheit, weinte um meine vergeudete Zeit und um meine unschuldige Jugend, die mir dieses Arschloch geraubt hatte. Ich trauerte um meine gestohlene erste Liebe, die nie eine richtige gewesen war.

Schließlich legte mich flach auf den Rücken und schaute nach oben. Ich sah die Wolken am Himmel, schnell vorbeiziehen. Ab und zu flog eine Möwe vorbei und schrie mich förmlich an, als wollte sie mich vom Strand vertreiben. Ich legte meine Arme beschützend auf meinen Bauch und versuchte, meine Atmung wieder unter Kontrolle zu bringen. Tief ein- und ausatmen.

Ein Schatten, der meine Sonne plötzlich verdunkelte, riss mich aus meinen Gedanken.

Raik.

Er hatte mich gefunden. Er hockte sich wortlos zu mir nieder, zog mich bei den Armen hoch und hob mich auf seinen Schoß. Er umarmte mich zärtlich und sagte kein Wort. Er fühlte meinen Schmerz, das tat er immer. Er hielt mich einfach nur fest und zeigte mir wieder mal, was für ein großartiger Mensch er war. Ich lehnte meinen Kopf an seiner starken Brust und war einfach nur froh, dass er mich gefunden hatte. Die Zeit verflog in seiner starken Umarmung und die Sonne ging bereits unter. Der Horizont verfärbte sich dunkelrot und die Lichtsäule am Wasser schimmerte in allen Farben. Raik stand auf und nahm zärtlich meine Hand.

»Komm, ich bringe euch wieder nach Hause und lasse dir ein heißes Bad ein«, sagte er.

Wir traten schweigend den Rückweg an und sahen plötzlich, wie uns Magnus mit heraushängender Zunge freudig entgegengelaufen kam. Es war wieder mal ausgebrochen.

»Wir brauchen dringend einen Zaun«, sagten wir gleichzeitig, sahen uns verdutzt an und prusteten los.

Wir lachten wie zwei unbekümmerte kleine Kinder und vergaßen unseren allerersten Streit.

31 Tessa

[»Piep. Piep. Piep«, ein seltsames Geräusch dachte ich. Ich vernahm ein monotones und gleichmäßiges Piepsen. Alle zwei bis drei Sekunden. Ich hatte meine Augen geschlossen und hörte nur dieses hohe Piepsen. Sonst nur Dunkelheit. Ich fokussierte mich auf die Umgebungsgeräusche und versuchte ruhig zu bleiben. Meine Atmung ging flach und ich stellte fest, dass ich mich in einer Art Zwischenwelt befand. Es war kein Traum, aber auch keine Wirklichkeit, irgendwo dazwischen. Mein Geist versuchte mich in die Gegenwart zurückzuholen, aber irgendetwas zog mich wieder in die Dunkelheit zurück. Ich hatte keine Angst, denn mich umgab trotzdem ein wohlig warmes Gefühl. Es fühlte sich wie eine zarte Umarmung an, die einen zu trösten versuchte. Ich wog mich in dieser Umarmung und ignorierte alle anderen Geräusche, die ich leise im Hinterkopf vernahm.

»Nein, das können wir noch nicht vorhersagen …«

…

»Sie ist stabil …«

…

»Wir müssen Ihr mehr Zeit geben …«

…

Hier und da hörte ich Stimmen, die waren mir aber mehr oder weniger egal. Ich fühlte nichts. Ich empfand nur Gleichgültigkeit. Ich schwebte in meiner Zwischenwelt und genoss die Ruhe in meinem Kopf und die wohlige Wärme in meinen Adern. Was das wohl zu bedeuten hatte? Die Zeit schien zu verschwimmen und ich konnte nicht sagen, wie lange ich mich in dieser Parallelwelt aufgehalten hatte. Vielleich waren es zehn Minuten, vielleicht aber auch drei, vier Tage gewesen oder doch einige Wochen? Wer konnte das schon sagen?! Ich wünschte, ich hätte für immer an diesem Ort bleiben können. So beschützt und sicher. Ich hätte alles dafür geben können, bis …

»Autsch!«

Ja, bis der Schmerz irgendwann mit voller Wucht einfuhr und mich ruckartig in die Wirklichkeit zurückholte! Ich riss meine Augen auf! Plötzlich war ich hellwach! Das nervige Piepsen überschlug sich. Weißgekleidete Menschen rannten plötzlich durchs Zimmer. Ich konnte mich nicht richtig bewegen, alles fühlte sich schlaff an. Ich erblickte eine hässliche Neonröhre an der Zimmerdecke und merkte, dass sich irgendetwas in meinem Mund befand. Ich fing an, hektisch zu werden, zu hyperventilieren. Ich konnte nicht richtig atmen. Ich wollte schreien, brachte aber kein Wort heraus!

Panik!

»Frau Braun, bitte beruhigen sie sich! Sie sind im Krankenhaus, wir müssen Ihnen den Schlauch noch entfernen. Jetzt, einmal kurz fest ausatmen«, wies mich eine beruhigende, aber bestimmte Frauenstimme an.

Ich tat wie mir gesagt wurde, was anderes blieb mir ja nicht übrig. Mit einem Zug wurde der Schlauch entfernt und ich fing an heftig zu husten.

»Keine Sorge, das ist ganz normal. Ihre Trachea ist durch den Fremdkörper leicht gereizt, versuchen sie tief und regelmäßig zu atmen«, sagte die Stimme wieder.

Ich bewegte langsam den Kopf nach links und sah eine ältere Krankenschwester, die meine Hand hielt. Sie lächelte mir freundlich zu und nickte. Ich mochte sie.

Plötzlich war der stechende Schmerz wieder da und ich krümmte mich vor Schmerzen. Ich fasste mir instinktiv an den Kopf und vernahm einen dicken Verband. Alles fühlte sich schwer und bamstig an. Mir wurde anscheinend der Kopf verbunden, aber warum nur?

»Frau Braun, Sie hatten einen schweren Unfall mit einer komplexen Kopfverletzung und befinden sich im Moment auf der Intensivstation der Privatklinik Wien. Versuchen Sie bitte nicht zu sprechen. Die starken Schmerzen versuche ich Ihnen zu mildern, indem ich Ihnen eine Morphinspritze verabreiche. Gleich müsste es Ihnen besser gehen«, fügte die nette Krankenschwester hinzu.

Ich sah sie mit weit aufgerissenen Augen an und spürte, wie sich dieses angenehme und warme Gefühl von vorhin in meinem Inneren ausbreitete. Ja, jetzt wurde es besser und meine Augenlider wurden auf einmal sehr, sehr schwer. Sie hielt immer noch meine Hand und sah mich mit einem mitleidigen Blick an, der mir auf eine eigenartige Art und Weise Trost spendete. Ich blickte wieder auf die Zimmerdecke und vernahm, wie mir die Augen zufielen und ich abermals in die Zwischenwelt abdriftete.]

Ich wälzte mich im Schlaf hin und her und schwitzte stark. Mein Kopfpolster war bereits nass, ich drehte ihn um und schlief wieder ein.

[Ich öffnete meine Augen und stellte fest, dass ich mich noch immer im Krankenhaus befand. Ich lag auf dem Rücken und starrte an die Decke. Es war bereits dunkel, jemand hatte das diffuse Leselicht eingeschaltet. Die ruhige Atmosphäre gefiel mir gut. Es beruhigte mich, obwohl ich im Inneren zerrissen war. Ich hob langsam meine Hand, die mindestens zweit Tonnen zu wiegen schien und fasste mir an den Kopf. Der dicke, schwere Verband war noch immer da. Mein Kopf pochte stark, doch die Schmerzen waren dieses Mal nicht mehr so heftig. An meiner rechten Hand steckte eine Nadel, die angehängte Infusion tropfte langsam und geduldig vor sich hin. Ich beobachtete die herabfallenden Tropfen und stellte fest, dass es mich auf eine eigenartige Art und Weise tröstete.

»Tropf. Tropf. Tropf.«

In der Ecke befand sich ein riesiger Monitor, der leise mein Herzschlag aufzeichnete. Ich blickte mich im Raum um und war froh, dass ich alleine war. Ich erinnerte mich daran, was die Krankenschwester zu mir gesagt hatte, und war froh zu wissen, wo ich mich befand. Am Nachtkästchen neben meinem Bett stand eine Vase mit einem riesigen Blumenstrauß. Gelbe Tulpen, meine Lieblingsblumen. Ich streckte meine Hand danach aus und zupfte das beigelegte Billett heraus.

--- In Liebe, dein sich sorgender Ehemann. H ---

Augenblicklich schlug der Blitz ein! Tausende Bruchstücke fügten sich plötzlich in Sekundenschnelle zu einem Puzzle zusammen. Jede einzelne Erinnerung kam zurück. Rechter Faustschlag ins Gesicht, linker Faustschlag in die Magengrube. Bam! Er hatte mich bei den Haaren ge-

packt und mich quer durchs Haus geschliffen. Danach der Fall. Mein Ehemann hatte mich die Marmorstiege hinuntergeschubst ...

Ich berührte meine geschwollene Wange, mein Herz fing an wie verrückt zu pochen und drohte meinen Brustkorb zu zersprengen.

Der Puls raste.

Von 0 auf 100 in fünf Sekunden. Das Monitorringgerät fing an, panisch zu piepsen. Ein Alarm ging los. Keine zwanzig Sekunden später stand schon der Arzt vor mir, gemeinsam mit der mir bereits bekannten Krankenschwester. Er spritzte eine milchige Flüssigkeit in meinem Infusionsschlauch und sprach leise, aber deutlich.

»Guten Tag, Frau Braun, mein Name ist Doktor Weissensteiner. Ich habe Ihnen ein leichtes Beruhigungsmittel gespritzt. Sie werden sich gleich wieder besser fühlen. Keine Angst, sie werden nicht wieder einschlafen. Ich weiß, dass Sie derzeit sehr starke Schmerzen haben und sicherlich tausend Fragen an mich haben, jedoch wäre es im Moment von Vorteil, wenn sie einfach leicht nicken und versuchen würden, nicht zu sprechen, ja?«, wies er mich an.

Ich schloss kurz meine Augen und nickte dezent. Ich versuchte den Kopf so wenig wie möglich zu schütteln, damit er nicht so pochte.

»Sehr gut, Sie haben mich verstanden. Frau Braun, wo Sie sind, wissen Sie, nehme ich an?«, setzte er an.

Ich nickte.

»Sie haben eine komplexe Kopfverletzung mit Schädelbasistrauma, doch was sehr erfreulich ist, keine gefährlichen Einblutungen. Die Platzwunde am Hinterkopf wurde chirurgisch versorgt, sie erhalten ausreichend Schmerzmittel. Der Genesungsweg wird langwierig und mühsam sein, Sie werden aber keinerlei bleibende Schäden davontragen«, klärte er mich auf.

Ich schaute zu der Krankenschwester und vernahm, dass sie alles, was der Arzt zu mir sagte, gewissenhaft am Laptop tippte. Das war mir definitiv neu. Das hatte ich in 15 Jahren Grey's Anatomy noch nie gesehen. Was ging hier vor sich?

»Wissen Sie sich noch, wie sich der Unfall zugetragen hat?«, fragte mich der Arzt und blickte mir geradewegs in die Augen.

Ich sah ihn an, ohne zu blinzeln und nickte einmal.

»Gut. Das ist gut. Damit können wir arbeiten. Ihre Verletzungen und Wunden sind ... Wie soll ich es sagen, eher untypisch für einen derartigen Unfall, wie bereits von Ihrem Mann geschildert«, setzte er vorsichtig an. Ich wagte nicht mal zu blinzeln und schluckte trocken.

Ich wusste ganz genau, worauf er hinauswollte. Oh mein Gott, was passiert war, durfte niemand erfahren! Wenn ich es zugeben würde, dass es häusliche Gewalt gewesen war, wäre es definitiv mein sicherer Untergang. Hannes würde es niemals akzeptieren, geschweige denn zugeben, was er mir die letzten Jahre angetan hatte. Er würde mich eher töten, als die Wahrheit ans Tageslicht kommen zu lassen.

Verdammt!

»Frau Braun, ich muss Sie das unter Aufsicht hier und jetzt fragen. War es wirklich ein Unfall oder sind Sie ein Opfer eines Gewaltverbrechens geworden?«, fragte der Arzt nach.

Seine Stimme war klar und deutlich, er meinte es ernst. Ich blickte ihn an. Ich konnte nicht nicken. Nein! Nein!!!

Ich erstarrte und meine Gedanken überschlugen sich. Mein Kopf drohte zu explodieren.

»Sie haben nichts zu befürchten. Frau Braun, Sie sind hier vollkommen sicher«, fügte er vorsichtig hinzu.

Ja, vollkommen sicher, bis ich entlassen werde, und Hannes draußen auf mich warten würde! Ich starrte ihn immer noch ohne zu blinzeln an und spürte, wie sich meine Augen mit Tränen füllten. Alles war verschwommen. Hannes zu verraten, war keine Option, nicht für mich. Nicht jetzt und hier! Es hätte nur ein einziges Nicken sein können, doch ich lag wie versteinert da und konnte es nicht zugeben. Ich musste einen anderen Weg finden, aus dieser Misere rauszukommen.

»Frau Braun«, wiederholte er meinen Namen.

Meine Güte war er hartnäckig. Ich wollte diesem Gespräch ein Ende setzen und drehte meinen Kopf zum Fenster. Meine Tränen rannen die Wangen hinunter und hinterließen eine feuchte Spur. Ich fing hemmungslos an zu schluchzen. Ich wollte, dass diese Menschen den Raum verließen und mich endlich in Ruhe ließen. Nachdem sie sahen, dass es sinnlos war, mich noch weiter zu befragen, ließen sie mich endlich alleine.

Ich starrte eine Zeit lang beim Fenster hinaus und sah, dass es langsam zu schneien begann. Unzählige kleine verspielte Schneeflocken schwirrten noch planlos umher und fielen langsam zu Boden. Bald würde alles ganz still und leise werden und der Boden mit einer fluffigen Schneedecke *bedeckt sein. Ich schloss meine Augen und stellte mir eine dichte, weitläufige Schneedecke vor, die bei jedem Schritt unter den Füßen knirschte, ich sah die bezaubernde Winterlandschaft förmlich vor meinem geistigen Auge. Ich liebte den Schnee und ich war süchtig nach der Winterzeit.*

»Hallo, mein Schatz«, erklang eine bekannte Stimme neben mir. In meinen Adern gefror das Blut. Ich drehte ruckartig den Kopf, sodass es mir vor Schmerzen fast übel wurde und sah in den Augen meines Peinigers. Hannes. Ich drehte den Kopf wieder schnell zur Seite und übergab mich auf den Fußboden.]

»Tessa! Tessa, wach auf Kleines!«, hörte ich Raiks Stimme, der verzweifelt versuchte mich aufzuwecken.

»Nein!!! Fass mich nicht an!«, schrie ich und riss meine Augen panisch auf.

Ich stieß ihn mit voller Wucht von mir weg und keuchte wie nach einem Marathon. Ich war schweißgebadet.

»Hey, es ist alles in Ordnung. Ich bin's nur …«, redete er beruhigend auf mich ein und nahm mich in den Arm.

Er hielt mich fest und ich zitterte immer noch am ganzen Körper.

»War es dieses Mal so schlimm?«, fragte er vorsichtig nach.

Ich nickte nur und sagte kein einziges Wort. Ich war einfach nur froh, wieder aufgewacht zu sein und in den Armen jenes Menschen zu liegen, den ich über alles liebte und schätzte. Egal, wie schlimm meine Albträume auch gewesen sein mögen, Raik war immer für mich da.

Er war mein Rettungsboot, mein Anker, mein sicherer Hafen nach einer wilden und rauen Seefahrt.

32 Raik

Am nächsten Morgen wurde ich sehr früh wach. Ich konnte nicht mehr schlafen und wälzte mich von der einen auf die andere Seite des Bettes. Da ich Tessa nach dieser ereignisvollen Nacht nicht wecken wollte, schälte ich mich leise aus dem Bett und ging in die Küche, um mir einen Muntermacher zu kochen. Ohne Kaffee würde heute nichts gehen.

Kaum in der Küche angekommen, wurde ich schon überschwänglich von Magnus begrüßt. Er kam schlaftrunken aus seinem Bett angetapst und wedelte so freudig mit seinem Schwanz, dass sein gesamter Körper hin und her wackelte. Ich liebte seine tollpatschige Art am Morgen.

»Na, dir auch einen wunderschönen guten Morgen, mein Großer«, sagte ich liebevoll und kraulte ihm die Ohren.

Ich kochte mir eine große Kanne Kaffee und ging damit raus auf die Terrasse, um ein wenig frische Luft zu schnappen.

Die kühle Morgenbrise am Morgen vertrieb wortwörtlich Kummer und Sorgen. Kaum machte ich die Tür auf, wurde ich schon von der eisigen Luft überwältigt. Es war erst sechs Uhr morgens und die Sonne ließ sich heute besonders viel Zeit. Nur der Silberstreifen am Horizont ließ erahnen, wo sie bald aufgehen würde. Ich nahm auf unserer kleinen Steinmauer Platz und beschloss, den Sonnenaufgang in seiner vollen Pracht zu genießen. Bald müsste sie aufgehen und alles, was sie berühren würde, in einen goldenen Schimmer tauchen. Die Vögel, Insekten, alles was schwimmen, fliegen oder kriechen würde, alles Leben würde von Neuem beginnen und den Tag willkommen heißen. Der Kreislauf des Lebens war schon eine Nummer für sich.

Ich saß einfach nur still da und beobachtete das Spektakel. Wie bei einer Theateraufführung, nur war dieser hier weder einstudiert noch tausend Mal durchgeprobt. Das hier war echt. Die

Wirklichkeit. Was war ich für ein Glückspilz hier zu sitzen und meine Wenigkeit zu einem der glücklichsten Menschen zählen zu dürfen. Alles, was ich mir erträumt und gewünscht hatte, wurde wahr. Ich hatte meine Traumfrau an meiner Seite, die mir bald ein Kind schenken würde. Nicht mehr lange und wir würden eine richtige Familie sein. Wir hatten ein unglaublich schönes Zuhause und eine Beziehung, die man sich nur erträumen konnte. Alles wurde mir zuteil, ich war überwältigt. Nie hätte ich es gewagt, mir ein derartiges Szenario vorzustellen.

Wäre nur nicht diese eine Sache …

»Verdammt!«, schimpfte ich leise vor mich hin.

Dieser Abschaum von Mensch hatte sich wie ein Krebsgeschwür in unseren funktionierenden Körper eingenistet und leistete noch immer heftigen Widerstand. Ihr Peiniger verfolgte Tessa unbarmherzig, auch wenn es nur in ihren Träumen war. Er war wie ein Dämon, der nicht von ihr loslassen wollte. Hannes verfolgte sie immer noch und das Schlimme daran war, dass sich nichts ändern würde, solange sie ihm nicht die Stirn böte. Das wusste nicht nur ich, sondern auch Tessa. Wenn ich nur wüsste, was sie davon abhielt, endlich den Schlussstrich zu ziehen? Er übte noch immer eine unglaubliche Macht auf sie aus, die ich niemals hätte verstehen können. Eine Scheidung hatte sie niemals in Erwägung gezogen, würde sie aber irgendwann müssen.

Eines Tages würde diese Schlacht ausgetragen werden, ob sie damit einverstanden war oder nicht. Die Endabrechnung würde bald kommen, tief im Inneren spürte ich es. Ich vernahm ein eigenartiges Gefühl, das mir auf eine gewisse Art und Weise zu verstehen gab, dass ein Umbruch stattfinden würde. Eine Vorahnung, ein vages Gefühl … Mein Bauchgefühl hatte mich noch nie im Stich gelassen.

Endlich war es so weit.

Zuerst blitzte die Sonne nur ganz knapp hervor, als würde sie sich scheuen, ihre ganze Schönheit der Menschheit zu präsentieren, doch Stück für Stück kam sie immer mehr heraus und erstrahlte in ihrer vollen Pracht. Ein neuer Tag war angebrochen und die Möwen ließen sich nicht davon abhalten, dies der gesamten

Welt laut und deutlich zu verkünden. Obwohl ich eigentlich ein Nachtmensch und dem Zauber der Sterne erlegen war, ertappte ich mich immer öfter, wie ich es genoss, derartige Sonnenaufgänge erleben zu dürfen. Mittlerweile war für mich nichts mehr selbstverständlich, das hatte ich in meinem bisherigen, aber doch jungen Leben gelernt. Jeder Tag war ein Geschenk, so viel stand fest.

Ich beschloss, noch eine kleine Runde laufen zu gehen, und ging so leise ich konnte, wieder ins Haus zurück, um mir meine Joggingsachen anzuziehen. Ich schnappte mir Magnus und legte ihm sein Brustgeschirr an. Er liebte es, wenn er mich beim Laufen begleiten durfte. Wir schlichen uns leise raus und entschieden uns, die Laufrunde entlang der Küste zu nehmen.

Diese Runde war mir am liebsten.

Erstens konnte ich Magnus gelegentlich von der Leine lassen, damit er sich ein wenig austoben konnte, und zweitens war die Aussicht einfach nur atemberaubend. Eine Landschaft wie gemalt, fast schon kitschig.

Ich ging es erstmals entspannt an, um langsam warmzuwerden, erhöhte doch allmählich stetig das Tempo und atmete im gleichbleibenden Rhythmus. Mein Puls erhöhte sich leicht, blieb jedoch noch im grünen Bereich, um meine Ausdauer zu trainieren. Meine Schritte knirschten auf dem steinigen Untergrund, das Geräusch war sehr entspannend. Links, rechts, links, rechts. Magnus und ich waren ein perfekt eingestimmtes Team und verfielen jedes Mal dem Runner's High.

Es ist Außenstehenden recht schwer zu erklären, wie so etwas zustande kommt, doch die Endorphine, die der Körper beim Laufen nach einer gewissen Zeit gegen die Übersäuerung ausschüttet, fühlen sich an wie ein Laufrausch. Ein äußerst angenehmes Wohlgefühl, das einem trotz Ermüdung und Anstrengung lange Distanzen bewältigen lässt.

Ich liebte dieses Gefühl, es trieb mich zu Höchstleistungen an. Selten fühlte ich mich so lebendig wie beim Sport.

Beflügelt und aufgeputscht lief ich meine Runde zu Ende und ging die letzten Meter aus. Dabei schüttelte ich meine Beine und Arme, um die Muskeln zu lockern und blickte auf meine Pulsuhr.

Als ich wieder um die Ecke Richtung Haus einbog, sah ich plötzlich wieder den grünen Jeep, der uns seit Wochen zu verfolgen schien. Er fuhr in Schritttempo an unserem Haus vorbei. Ein ungutes Gefühl breitete sich ohne driftigen Grund in meiner Brust aus.

»Kann ich Ihnen helfen?«, rief ich dem Fahrer zu und ging auf ihn zu.

Als der Fahrer mich sah, drückte er auf das Gaspedal und fuhr mit quietschenden Reifen davon.

»Hey! Stehen bleiben! Was soll das?!«, rief ich ihm nach und versuchte ihn einzuholen, leider ohne Erfolg.

Was war gerade passiert!? Verfolgte uns der Typ etwa? Was wollte er hier? Irgendwann ging mir endgültig die Puste aus und ich musste ihn ziehen lassen. Der Jeep fuhr davon und ich konnte nicht mal das Kennzeichen erkennen, denn es hatte keines. Der Fahrer hatte tatsächlich seine Kennzeichen abgenommen.

»Was zum …?«, murmelte ich vor mich hin.

Ich kam mir vor wie im falschen Film, denn mein Bauchgefühl sagte mir, dass etwas nicht stimmte. Nicht nur die Häufigkeit, wie oft ich dem Jeep bisher begegnet war, sondern auch die Art und Weise löste ein eigenartiges und alarmierendes Gefühl in mir aus. Hatte Tessa etwa einen Stalker, der sie aus der Zeitung kannte und nun unsterblich in sie verliebt war? War das ein Irrer oder etwa nur ein Witzbold, der sich einen schlechten Scherz mit uns erlaubte? Offensichtlich hatte ihn mein plötzliches Auftauchen jedoch sehr erschreckt. Anscheinend hatte er mit mir nicht gerechnet. Hoffentlich war ihm das jetzt eine Lehre und er hörte mit diesen Kinderspielchen auf. Für so etwas hatte ich im Moment definitiv keine Nerven!

Ich drehte um und ging wieder langsam zum Haus zurück. Tessa war schon auf und öffnete mir besorgt die Tür.

»Hey, was war das gerade? Ich habe quietschende Reifen gehört?«, fragte sie besorgt nach.

»Du bist schon auf? Ach das, nur jemand, der anscheinend zu viel Benzin im Blut hatte. Nichts Aufregendes«, antwortete ich leicht amüsiert und tat so, als wenn nichts gewesen wäre.

Ich wollte Tessa in ihrem Zustand nicht unnötig aufregen. Sie war schwanger und brauchte nicht noch mehr Anreiz zum Grübeln. Die letzten Albträume hatten sie ohnehin schon sehr aufgeregt, sie musste mal zu Ruhe kommen.

»Ich habe dich vermisst. Du warst viel zu lange weg«, sagte sie mit einem leicht verschmitzten Lächeln und lehnte ihren Kopf an die Tür.

So, wie sie in meinem viel zu großen Hemd und mit ihren zerzausten, feuerroten Haaren vor mir stand, raubte sie mir den Atem. Sie hatte ihren verführerischen Blick aufgesetzt und biss sich kess in die Unterlippe. Ich weiß, dass ihre Hormone verrücktspielten und sie oft daran zu knabbern hatte, doch ich genoss es umso mehr, wenn sie mir zeigte, dass sie mich immer noch brauchte und begehrte. Sie wollte mich immer noch. Ich war ein richtiger Glückspilz. Ich machte einen Schritt auf sie zu und küsste sie leidenschaftlich. Ich war immer noch mit Endorphinen vollgepumpt und spürte, wie mir der Schweiß den Rücken runterrann.

»Übrigens, ich könnte eine heiße Dusche vertragen. Möchtest du mir Gesellschaft leisten?«, fragte ich sie.

Sie nickte schelmisch und ließ sich von mir hochheben. Ich knallte hinter mir die Tür zu und kickte die Laufschuhe in die Ecke. Ich trug sie ins Badezimmer, drehte den Wasserhahn auf. Langsam entledigte ich mich meiner Kleidung. Tessa sah mir dabei amüsiert zu. Sie verfolgte ganz genau jede meiner Bewegungen, danach knöpfte sie langsam mein XXL-Hemd auf, das sie sich nur allzu gern von mir ausborgte und streifte es langsam über ihre zierlichen Schultern ab. Das Hemd fiel zu Boden und sie stand nackt, so wie Gott sie schuf, vor mir. Ihre Schönheit raubte mir jedes Mal den Atem. Ihre vollen Brüste und der gewölbte Bauch, der sich immer deutlicher abzeichnete, machten mich wahnsinnig. Ihre Hüften hatten ein wenig zugelegt, ihre neu gewonnene Weiblichkeit war kaum noch an Schönheit zu übertreffen. Ich hätte niemals gedacht, dass mich eine schwangere Frau derart antörnen würde. Sie lehnte lasziv am Waschbeckenrand und öffnete langsam ihren Mund. Sie sah mich dabei an und leckte sich kurz mit der Zungenspitze über die Lippen. Ich konnte meine Erregung kaum noch unterdrücken, was man auch deutlich erkennen konnte.

Sie sah mich eindringlich an und wartete meinen nächsten Schritt ab. Ich liebte es, wenn sie mich herausforderte, das trieb mich noch mehr zu Höchstleistungen an. Ich ging wie ein hungriger Panter langsam auf sie zu, nahm sie bei der Hand und zog sie zu mir in die Dusche. Der Wasserdampf umhüllte uns wie ein dichter Nebel. Man konnte alles nur mehr schemenhaft erkennen. Ich zog sie zu mir, küsste sie mit einer Leidenschaft, die mich selber immer wieder verblüffte, und liebte sie, als wenn es kein Morgen gäbe. Wir spürten einander, keuchten um die Wette und trieben uns gegenseitig dem Höhepunkt entgegen. Der heiße Dampf brannte förmlich in meinen Lungen und heizte mich noch mehr an. Im Rausch der Gefühle verschmolzen wir zu einem Ganzen. Oft wünschte ich mir, dieser Moment würde nie enden, doch im Inneren spürte ich, wie ich dem Höhepunkt näherkam. Ich drang noch stärker und leidenschaftlicher in sie ein, mit jedem Stoß trieb ich sie in den Wahnsinn. Tessa stöhnte immer lauter, immer schneller, bis sie endlich kam und kurz vor Lust aufschrie. Ich folgte ihr unaufhaltsam. Fast zeitgleich gaben wir uns dem Höhepunkt hin und schnappten verzweifelt nach Luft.

Wir sanken gemeinsam zu Boden und ich nahm sie in meine Arme. Ich liebte es noch ein wenig in Ihr zu verweilen, um ihre Nachbeben zu spüren und zu fühlen, wie sie sich entspannte. Oft machte mich das wiederum derart an, dass ich sie ein zweites Mal nehmen musste. Und sie hatte sich nie dagegen gewehrt.

Sie war meine Göttin. Meine Muse und mein Seelenheil, alles was ich jemals zu träumen gewagt hatte, in einer Person.

Wir saßen eng umschlungen da und ich streichelte ihr zärtlich den Rücken. Sie hielt mich fest und flüsterte mir leise ins Ohr.

»Für immer dein …«

33 *Hannes*

Die Kälte hatte mich wieder. Ich war wieder in Island angekommen. Der Nachtflug war eine gute Idee gewesen, denn so konnte ich noch den gesamten Tag ausnutzen und mich ausgeschlafen mit meinem Informanten treffen.

Ich hasste diese grauenhafte Kälte. Obwohl es hier nicht mal offiziell Winter war, hatte diese Art von Herbst nichts mit unserem gemeinsam. Der Wind peitschte mir ständig ins Gesicht und die feuchte, eisige Luft brachte mich fast zum Verzweifeln. Ich fragte mich allzu oft, warum sie sich nur einen derart menschenfeindlichen Ort zum Leben ausgesucht hatte. Was war denn daran nur so anziehend? Das Wetter und die ständige Einöde jedenfalls nicht. Ich hoffte nur, sie bald zu finden, um so schnell wie möglich die Heimreise antreten zu können.

Eines wusste ich, ich würde nicht ohne meine Frau den Heimweg antreten. Dieses Mal war das keine Option mehr. Ich hatte auch zwei Rückflugtickets reserviert. Entweder würden wir gemeinsam zurück nach Österreich fliegen, oder ich müsste hier so lange ausharren, bis ich sie finden würde. Eine dritte Option gab es nicht, für mich jedenfalls nicht.

Ich stieg dankbar in das warme Taxi ein und wies den Fahrer an, Richtung Innenstadt zu fahren. Der Treffpunkt war ein gehobenes Zweisterne-Restaurant inmitten der Stadt. Ich hatte mittlerweile großen Hunger und musste diesen dringend stillen.

Das Taxi fuhr los und der Fahrer schlängelte sich gekonnt durch die engen Gassen Reykjaviks. Schön war ja diese Stadt, doch leben wollte ich hier nicht. Ich sah beim Fenster raus und fragte mich, wo sie untergetaucht sein könnte. So groß war Reykjavik schließlich nicht, was hatte ich nur übersehen?

Nach einer knappen halben Stunde hielt der Fahrer an, ich bezahlte ihn und stieg aus. Der eisige Wind peitschte mir ins

Gesicht und ich verspürte den Drang, so schnell wie möglich einen warmen Unterschlupf zu finden. Dankbar betrat ich das Restaurant und überreichte dem Portier meine Jacke. Ich wurde zu meinem reservierten Tisch begleitet, wo mein Informant mich bereits erwartete.

»Herr Braun, herzlich willkommen zurück. Hatten Sie einen angenehmen Flug?«, begrüßte mich mein Spitzel und schüttelte mir höflich die Hand.

»Na ja, den warmen Empfang hatte ich mir ehrlich gesagt anders vorgestellt, doch wenigstens bin ich heil angekommen. Der Flug war von heftigen Turbulenzen durchzogen. Ich bin froh, wieder festen Boden unter meinen Füßen zu verspüren«, antwortete ich und setzte mich.

Der Kellner nahm unsere Bestellung entgegen und ich wippte nervös mit meinem Fuß unter dem Tisch. Es war höchste Zeit, mich mit den neuesten News zu versorgen.

»Nun, ich höre aufmerksam zu und sie schießen erst mal los«, sagte ich schließlich.

Er trank ein Schluck Rotwein, schluckte ihn genüsslich hinunter und machte eine kurze Pause, bevor er zu reden anfing. Er machte mich wahnsinnig.

»Herr Braun, bevor ich Sie mit den neuesten Informationen versorge, müssen wir zuerst noch einmal über meine Entlohnung sprechen. Meine neuesten Ermittlungen waren von großem Erfolg gekrönt, ich habe alle Informationen, die sie benötigen. Und wenn ich ALLE sage, dann meine ich es auch so«, er sprach leise, doch seine Wortwahl war wohlüberlegt. Er wollte mehr Geld, die Frage war nur, wie viel mehr? Wie viel war mir meine unartige Frau denn wert? Insgeheim wusste ich, dass ich jeden erdenklichen Preis zahlen würde, nur, um sie wiederzubekommen.

»Von welcher Summe reden wir nun?«, hakte ich nach und fixierte ihn. Meine Mimik verriet nichts über die Empörung, die sich gerade in meinem Brustkorb ausbreitete. Ich hatte mein Pokerface aufgesetzt, das konnte ich jedenfalls ziemlich gut. Er sah mich, ohne zu blinzeln, an und übergelegte kurz. Verdammt, er war gut. Besser als gedacht.

»Das Doppelte. Ich will die doppelte der ausgemachten Summe«, sagte er schließlich.

»Was?! Sie sind ja größenwahnsinnig. Wie können Sie es wagen?!«. Ich stand reflexartig auf und knallte mit der Faust auf dem Tisch.

Er sah mich nur an und hob amüsiert seine Augenbrauen. Ich hasste diesen Typen! Augenblicklich war es komplett still im Lokal und der Kellner sah mich ermahnend an.

Schnell fasste ich mich wieder und setzte mich widerwillig hin. Diese Hyäne wagte es tatsächlich, mich zu erpressen. Anscheinend war es ihm wirklich egal, mit wem er sich anlegte. Er war mutig, dass musste man ihm lassen, doch mir waren die Hände gebunden. Wenn ich meine Frau wiederhaben wollte, musste ich ihn bezahlen. Das wussten wir beide.

»In Ordnung«, brummte ich vor mich hin.

Ich holte meine Geldbörse raus, nahm einen Batzen Geld heraus, der ursprünglich fürs Hotel vorgesehen war, und legte die Scheine zu den übrigen. Unauffällig schob ich ihm das Kuvert zu und lehnte mich zurück. Er öffnete es nur einen Spalt, zählte konzentriert die Geldscheine und nickte zufrieden. Er griff in seine Aktentasche, holte eine schmale Kartonmappe heraus und übergab sie mir. Er trank seinen Rotwein aus, stand langsam auf und schüttelte mir zum Abschied die Hand.

»Herr Braun, es war mir eine Ehre, mit Ihnen Geschäfte zu machen. Gerne stehe ich Ihnen wieder zur Verfügung. Bitte zögern Sie nicht, mich bei Bedarf erneut zu kontaktieren«. Mit diesen Worten ließ er mich alleine zurück und verließ das Lokal.

Da saß ich nun. Alleine mit einer kleinen Mappe, mit allen Informationen, die mich womöglich zu meiner Frau führen würden. Ich wollte mir die Vorfreude und Neugier nicht anmerken lassen, doch mein Puls war auf 200. Ich konnte meine Aufregung kaum noch unterdrücken.

»Sie haben schon gewählt?«, fragte der Kellner nach und riss mich aus meiner Gefühlswelt heraus.

»Ja, das habe ich tatsächlich. Bringen Sie mir das beste Steak, das sie auf der Karte haben und dazu ein Glas von Ihrem ältesten Whiskey. Heute wird gefeiert!«, bestellte ich und lehnte mich zufrieden zurück.

Endlich im Hotel angekommen, konnte ich es kaum erwarten, aufs Zimmer zu gelangen. Ich zog mir meine Schuhe aus und setzte mich aufs Bett. Ich atmete langsam tief ein und aus und öffnete behutsam die Mappe.

Da war sie!

Tessa, meine Frau.

Ich starrte auf das erste Foto. Ich weiß nicht, wie lange ich mir das erste Bild angesehen hatte, doch ich war wie paralysiert. Eine eigenartige Lähmung setzte ein und ich konnte mich nicht bewegen. Ich verspürte verschiedenartige Gefühle, die ich noch nicht ganz zuordnen konnte. Ich war auf der einen Seite erleichtert und dankbar, sie endlich gefunden zu haben, auf der anderen Seite wütend und verständnislos. Ich blätterte um. Die Mappe war prall gefüllt mit unzähligen Fotos, handschriftlichen Notizen und diversen Informationen. Zwanzig, nein, mindestens dreißig Seiten warteten darauf, von mir durchgesehen zu werden.

Tessa strahlend von vorne, mal fröhlich von der Seite. Wunderschön wie eh und jäh. Selten wurde sie alleine abgelichtet, fast immer war sie in Begleitung. Sie schien so sorglos und glücklich zu sein, umgeben von zahlreichen unbekannten Menschen, die ihr anscheinend guttaten. Sie sah verdammt noch mal zufrieden aus! Ein mulmiges Gefühl breitete sich in meine Brust aus. Ich blätterte die Mappe durch und fasste den Entschluss, sie so schnell wie möglich aufzuspüren. Ich musste sie einfach sehen. Auf der letzten Seite standen auch schon die Wohnadresse und der Arbeitsplatz. Walbeobachtungsstation? Was zum?! …

Ich klappte die Mappe zu, zog mir die Schuhe wieder an, schnappte mir meine dicke Daunenjacke und verließ das Zimmer.

Keine halbe Stunde später hatte ich mein Ziel erreicht. Ich entschied mich, vorsichtig zu sein, und ihr Wohnhaus eher mit Abstand zu betrachten. Ich musste zuerst die Lage checken, durfte kein Risiko eingehen. Ich wollte Tessa nicht erschrecken. Sie sollte doch freiwillig mit mir nach Hause zurückkehren, also hatte ich taktisch wohlüberlegt vorzugehen. Ich musste ihr einfach klarmachen, dass sie einen riesengroßen Fehler begangen hatte und ich auch auf jeden Fall bereit wäre, ihr zu verzeihen und dort weiterzumachen, wo wir aufgehört hatten. Sie musste verstehen, wie sehr sie mit fehlte. Ich wollte meine Frau um jeden Preis zurück!

Ich näherte mich vorsichtig dem Haus, in dem sie wohnte, zog mir die Kapuze über dem Kopf und schlenderte die Straße entlang. Ein kleiner Pfad führte zum Strand hinunter und ich beschloss, diesen zu nehmen, damit ich mir einen 360°-Eindruck vom Anwesen machen konnte. Ich ging entspannt den Pfad entlang und verhielt mich wie ein normaler Spaziergänger, meine Augen waren jedoch allgegenwärtig auf das Haus gerichtet.

Ihr Wohnhaus war zu meinem Erstaunen sehr idyllisch und hübsch, doch unglaublich winzig für meinen Geschmack. Etwas urig, doch sehr gepflegt. Die unglaublich schöne Lage mit dem Ausblick auf den Ozean war geradezu atemberaubend, das musste sogar ich neidlos anerkennen. Das war Tessas Handschrift, keine Frage. Sie hatte immer schon guten Geschmack bewiesen. Ich fragte mich, ob sie dieses Objekt gemietet oder sogar gekauft hatte. Wenn sie das Haus käuflich erworben hätte, fragte ich mich, wo sie zum Teufel das Geld herhatte? Sie war schließlich in Vergangenheit immer auf mich angewiesen gewesen. Ich war der Großverdiener, sie war nur eine kleine Meeresbiologin, die schlechter als schlecht bezahlt wurde …

Ich ging weiter. Ich durfte nicht zu lange an einem Fleck verweilen, um nicht aufzufallen.

Man konnte auf jeden Fall erkennen, dass derjenige, der drinnen wohnte, den Außenbereich mit viel Hingabe und Liebe bepflanzt hatte, die Fassade und das Dach mussten vor Kurzem restauriert worden sein. Ich konnte immer noch die frische Farbe riechen.

Ich ging langsam weiter und betrachtete alles aus einer sicheren Entfernung. Die Sonne war schon untergegangen und die

Dämmerung hatte bereits Einzug gehalten. Das ging hier in Island besonders schnell.

Ich beschloss, auf einem großen Stein Platz zu nehmen und das Ganze von der Ferne auf mich wirken zu lassen. Sollte ich sie jetzt schon mit der Tatsache konfrontieren, dass ich sie nach so langer Zeit endlich gefunden hatte, oder es mir noch genauer überlegen und keine Risiken eingehen? Womöglich war sie mir noch böse und ließe sich doch nicht so schnell weichklopfen …

Hm, was für ein makabres Wortspiel.

Plötzlich gingen im Haus die Lichter an. Ich fuhr hoch und glaubte ertappt worden zu sein, doch das war unmöglich, denn aus dieser sicheren Entfernung konnte man nichts erkennen. Ich versuchte ruhig zu bleiben.

Tessa war also zu Hause. Meine Frau war nicht mal zweihundert Meter von mir entfernt. Meine Haare richteten sich auf, ich bekam bei dem Gedanken eine Gänsehaut.

Ich nahm zwei Gestalten wahr, die durch die Räume schwebten. Durch die Vorhänge konnte ich diese nur schemenhaft erkennen. Dann ein Hundegebell. Ein Hund?! Tessa war nicht alleine und warum, um Gottes Willen, hatte sie sich ein Köter angeschafft? Wut machte sich in meiner Brust breit, ich spürte, wie sich mein Puls beschleunigte. Spielte sie jetzt auf heile Welt und Hundemama? Wir hatten so oft darüber diskutiert, dass Haustiere und Kinder unser Leben nur verkomplizieren und erschweren würden! Was war das hier? War die größere Gestalt nun ihr neuer Partner? Wohnten sie etwa zusammen? Oder nur ein Besucher? Was zum Teufel?! So viele unbeantwortete Fragen schwirrten in meinem Kopf herum, bis mir ganz schwindelig wurde. Ich brauchte Antworten und das so rasch wie möglich!

Ich stand wutentbrannt auf und machte mich auf den Rückweg zum Hotel. Ich wollte mir jetzt kein Taxi nehmen, dafür war mein Pulsschlag viel zu hoch. Ich musste einfach meine Wut ausgehen, um nicht einen Fehler zu begehen, den ich eventuell später bereuen würde. Die Lage hatte sich leider zu meinem Nachteil verändert.

Der Hund.

Die andere große und anscheinend maskuline Gestalt. Diese beiden Faktoren machten es mir sichtlich schwer, Tessa alleine anzutreffen. Ich musste mein Vorgehen von vorne planen, wenn es sein sollte, würde ich auch Gewalt anwenden müssen. Niemand, wirklich niemand, würde sich dieses Mal zwischen mich und meine Frau stellen. Dafür würde ich schon sorgen!

Dieses Mal würde ich nicht alleine nach Hause fliegen.

34 *Tessa*

Die Tage wurden kürzer und die Nächte länger. Der Winter hatte endgültig Einzug genommen. Mittlerweile war die Kälte mein täglicher Begleiter und das gesamte Land hatte sich bereits in den Winterschlaf begeben.

Ich mochte den Winter sehr. Nicht nur, weil er uns am Ende des Jahres immer wieder daran erinnerte, welche Hochs und Tiefs das vergangene Jahr mit sich gebracht hatte, sondern auch, weil er uns in unserem Tun und Handeln ein wenig einbremste und uns zum Wesentlichen zurückkehren ließ.

Die Weihnachtszeit stand bevor und ich freute mich wie ein kleines Kind darauf. Das tat ich jedes Jahr. Nicht nur, weil ich diese Zeit besonders liebte und jedes Mal aufs Neue von den Lichtern, Gerüchen und dem Weihnachtszauber begeistert wurde, sondern auch, weil dieses Jahr ein ganz besonderes Jahr werden würde. Das erste Jahr seit Langem ohne Gewalt, ohne Schmerzen und ohne blaue Flecken und Prellungen. Ich fühlte mich sicher und geborgen, ein Gefühl, das ich schon sehr lange vermisst hatte. Ich hatte endlich im sicheren Hafen angelegt und würde diesen Ort auch nicht wieder verlassen. Hier war ich endlich angekommen. Hier war mein neues Zuhause. Hier war ich glücklich.

Raik und ich hatten bereits angefangen, unsere vorweihnachtlichen Pläne zu fixieren und die Vorfreude auf das kommende Weihnachtsfest war kaum noch auszuhalten. Wir hatten vor, unsere engsten Freunde und Raiks Familie einzuladen. Das Weihnachtsfest würde bei uns, ganz gemütlich vor dem Weihnachtsbaum, im Kreise unserer Lieben abgehalten werden. Ich konnte mir nichts Schöneres vorstellen. Dass meine Familie nicht dabei sein konnte, versetzte mir einen heftigen Stich mitten ins Herz. Vielleicht war es langsam an der Zeit, mit ihnen wieder den Kontakt aufzunehmen. Auch um ihnen zu verkünden, dass sie bald Großeltern werden würden. Das würde ihnen sicherlich gefallen. Es würde mir sehr schwerfallen, den ersten Schritt auf sie zuzugehen, nach alldem, was in der Vergangenheit geschehen war. Irgendwann musste ich es jedenfalls tun. Sie konnten es natürlich nicht, niemand wusste, wo ich mich aufhielt.

Spätestens mit der Einreichung der Scheidungspapiere würde mein Standort auffliegen. Das würde alles ändern. Das wusste ich, denn ich konnte nicht mein Leben lang davonlaufen. Der letzte Schritt musste endlich gemacht werden, für meine persönliche Freiheit und für die Zukunft meiner Familie. Ich musste mich endlich von meinen Ketten befreien, auch wenn diese nur mehr am Papier existierten.

Die Scheidung würde mein Geschenk an Raik werden. Ich hatte vor, die von mir unterzeichneten Scheidungspapiere unter den Weihnachtsbaum zu legen. Nichts würde ihn glücklicher machen. Danach wäre ich endlich frei. Frei und bereit, eventuell später seine Frau werden zu dürfen …

Aber das stand noch in den Sternen. Erst mal einen Schritt nach dem anderen. Ich war sehr aufgewühlt, doch ich musste dichthalten, um die Überraschung nicht im Vorhinein zu verderben. Alles zu seiner Zeit.

»Hey, da bist du ja. Wollen wir los?«, riss mich Raik aus meiner Fantasiewelt heraus und gab mir einen zärtlichen Kuss auf die Wange.

»Ja klar, ich brauche nur noch meinen Mantel und dann können wir auch schon los«, antwortete ich.

Heute Abend wollten wir zum großen Weihnachtsmarkt, der bereits vor einer Woche liebevoll im Stadtzentrum aufgebaut worden war und bei den Isländern sehr beliebt war. Natürlich wollte ich mir auch diese Attraktion nicht nehmen lassen und wir machten uns zu Fuß auf den Weg. Ich mochte die abendliche frische Luft und Bewegung tat mir gut.

»Sollten wir doch nicht das Auto nehmen? Du weißt schon, es ist schon ein längerer Fußmarsch bin ins Zentrum«, fragte er sicherheitshalber nach.

»Nein, alles ist gut. Mach dir keine Sorgen. Ich bin doch nur schwanger und nicht krank«, sagte ich scherzhaft und streichelte liebevoll den Bauch.

Ich war nicht mal im zweiten Trimester, doch man konnte bereits erkennen, dass ich ein Baby erwartete, und es fühlte sich einfach nur großartig an. Schwangersein fühlt sich toll an! Ich zog noch schnell den warmen Daunenmantel an und wir machten uns Hand in Hand auf den Weg in die Innenstadt.

Ich liebte es, mit Raik spazieren zu gehen. Abgesehen davon, dass ich die Zeit, die wir miteinander verbrachten, ohnehin liebte, genoss ich derartige einfache Momente fast noch mehr als alles andere. Die Zweisamkeit, die wir noch miteinander hatten, bevor das Baby kommen würde, war einfach nur wunderschön und nichts auf dieser Welt konnte mir dieses Gefühl nehmen.

Wir schlenderten durch die Straßen und genossen die kühlen Temperaturen. Unsere Atemluft verflüchtigte sich in kleinen Dunstwolken und Raik brachte mich zum Lachen, indem er es einem Drachen gleichtat und Rauchschwaden imitierte. Er fing an lustige Geräusche nachzuahmen und mich spielerisch zu jagen.

»Ghrr, gleich hab' ich dich! Du kannst mir nicht entkommen!«

Ich fing zu quietschen an und lief wie von der Tarantel gestochen davon.

»Ah, Hilfe!«, schrie ich belustigt.

Ich lief Richtung Weihnachtsmarkt und musste mich bereits durch die Besucher hindurchschlängeln, um dem bösen Drachen zu entkommen. Ich fing an wie ein kleines Kind zu kichern und fand dieses Spiel höchst amüsant. Die Welt war ohnehin schon ernst genug, ich liebte es, wenn wir uns kindisch verhielten. Wir waren manchmal wie große Kinder und das mochte ich besonders an uns. Zeit zum Erwachsenwerden blieb uns schließlich noch genug …

Ich blickte hektisch zurück und sah Raik, der mit seiner Größe locker die Menschenmasse übertrumpfte, wie er meine Witterung wieder aufnahm und mir immer näherkam. Seine schneeweißen, perfekten Zähne blitzten richtig hervor, er hatte sichtlich Spaß!

Ich drehte mich blitzschnell und »BAAM!«, rannte ich förmlich in einen Besucher!

Ich blieb abrupt stehen.

»Bitte entschuldigen Sie!«, sprudelte es schnell aus mir raus.

Der schwarz gekleidete Mann drehte sich sofort weg und ging rasch weiter, als ob nichts gewesen wäre. Wie ein Schatten ging er in der Menge unter und ließ mich verdutzt zurück. Plötzlich umnebelte mich ein altbekannter, süßlicher Moschusgeruch mit einem Hauch von Bourbon. Mir wurde augenblicklich übel und ich begann zu würgen. Raik kam plötzlich von hinten und berührte mich sanft an der Schulter.

»Tessa, ist alles in Ordnung?«, fragte er.

Ich blieb immer noch wie angewurzelt stehen und wusste nicht, was ich antworten sollte. Ich musste mich kurz sammeln und diesen widerlichen Geruch aus meiner Nase verbannen. Ich kannte diesen abscheulichen Duft. Millionen Gedanken rasten in meinem Kopf. Raik sah mich leicht besorgt an und ich entschied, dass ich keine große Sache daraus machen wollte.

»Ja, ja … alles in Ordnung. Ich habe nur einen Passanten gerammt, nichts weiter. Es ist nur …« antwortete ich.

»Wirklich alles in Ordnung? Du siehst plötzlich so blass aus?«, hakte er nach.

»Ja. Alles bestens. Ich denke, das war nur der momentane Schreck«
Ich berührte zärtlich mein Babybauch und streichelte ihn sanft.

»Komm, lass und den Markt bewundern«, lächelte ich ihn an und hakte mich bei ihm ein.

Wir gingen weiter und vergaßen den Zwischenfall. Die Weihnachtsstände und der zauberhafte Duft nach heißem Punsch und frischgebackenen Keksen ließen meine Stimmung wieder in Höhe schnellen. Die Menschen hier waren für ein gemütliches Beisammensein zusammengekommen und genossen die herrliche Weihnachtsstimmung.

Niemand konnte sich dem Zauber der Vorweihnachtszeit entziehen, oder besser gesagt, fast niemand …

Ich blickte instinktiv nochmal zurück. Keine Ahnung warum, doch in meiner Magengrube breitete sich ein mulmiges

Gefühl aus. Ich versuchte die aufsteigende Übelkeit runterzuschlucken, doch ich spürte, dass es nicht mehr lange gut gehen würde. Ich lief hinter einen Weihnachtsstand und übergab mich hemmungslos. Raik kam mir sofort zu Hilfe und überreichte mir eine Packung Taschentücher. Er war immer zur Stelle, wann ich ihn brauchte.

»Kleines, muss ich mir nun Sorgen machen?«, fragte er vorsichtig nach.

»Aber nein, hast du schon vergessen? Ich bin doch schwanger«, sah ich zu ihm hoch und versuchte, ihn aufmunternd anzulächeln.

»Es ist nichts, diese Übelkeit macht mir nur manchmal zu schaffen«, versuchte ich ihn zu beruhigen.

Ich wischte mir den Mund ab und spürte, wie es mir nach diesem kurzen Intermezzo schon wieder besser ging. Ich fing mich schnell wieder und wir machten uns erneut auf den Weg, den Markt zu erkunden.

Das für diese Jahreszeit doch sehr angenehme und milde Wetter und die zauberhafte und verträumte Abendstimmung lockten zahlreiche Besucher an. Das Ambiente hätte nicht schöner sein können und suchte wohl weit über die Grenzen hinaus seinesgleichen. Überall funkelten Lichter, es duftete nach Glühwein und sonstigen Köstlichkeiten. Festlich geschmückt und mit unzähligen Lichterketten als Kulisse, strahlte der Weihnachtsmarkt mit den Sternen um die Wette.

»Ich könnte etwas Warmes vertragen. Wollen wir uns einen heißen Tee genehmigen?«, riss mich Raik aus meiner Gedankenwelt heraus.

»Ja, sehr gerne! Das ist eine gute Idee. Geh du schon mal zum Stand vor und gib die Bestellung auf, ich suche nur noch schnell die Toilette«, antwortete ich und gab ihm einen zärtlichen Kuss.

Ich machte mich auf dem Weg Richtung Park und hoffte möglichst bald auf die öffentlichen Toiletten zu stoßen, denn mittlerweile drohte meine Blase zu platzen. Ich merkte, dass das Baby in meinem Bauch immer mehr und mehr Platz in Anspruch nahm. Es war ein sehr schönes Gefühl zu spüren, wie das Wunder des Lebens seinen Lauf nahm.

Die öffentlichen Toiletten waren etwas abseits gelegen, weiter entfernt vom Weihnachtsmarkt. Ich atmete erleichtert auf, als ich sie erblickte und eilte schnurstracks dorthin. Ich erledigte mein Geschäft und machte mich rasch auf den Rückweg.

Raik wartete sicherlich schon mit meinem warmen Tee auf mich und ich wollte ihn nicht noch länger stehen lassen. Das Durchqueren des kleinen Parks, wo die Toiletten standen, war in der Abenddämmerung etwas unheimlich. Man konnte jedoch die Stimmen der Menschen und die Musik vom Weihnachtsmarkt leicht gedämpft hören, doch ein mulmiges Gefühl machte sich in meiner Magengegend breit. Ohne driftigen Grund.

Plötzlich das Knacken eines Astes. Ich drehte mich reflexartig um und riss meine Augen panisch auf.

Das Blut gefror in meinen Adern.

»Hallo Tessa. Endlich …«, sagte eine männliche Stimme, die mir nur allzu bekannt war.

Ich blieb wie angewurzelt stehen und bemerkte, dass ich mich vor lauter Panik weder bewegen noch schreien noch irgendeine Reaktion zeigen konnte. Wie ein Zinnsoldat stand ich da und wusste nicht, wie mir geschah. Ich nahm den süßlichen Geruch seines Aftershaves wahr und verstand sofort, warum mir vorher im Gemenge übel wurde und ich mich übergeben musste. Dieser Geruch war mir mehr als bekannt gewesen, das war der Geruch der Folter, der jahrelangen Misshandlung, der ständigen Angst und Verzweiflung.

Es war der Gestank meines Mannes.

»Hannes«, flüsterte ich kaum hörbar.

Ein eisiger Schauer lief mir den Rücken hinunter und meine Gedanken rasten.

»Na, hast du mich vermisst? Ich muss ehrlich zugeben, dass du es mir ganz schön schwer gemacht hast, dich zu finden. Das war eine richtige Odyssee«, sagte er und legte sein Kopf leicht schräg, als könne er mich so besser betrachten.

Ich spürte, wie mir Tränen in die Augen stiegen, aber nicht vor Wiedersehensfreude, sondern weil ich ständig versuchte, die in mir aufsteigende Panik zu unterdrücken, um klar denken zu können.

Er stand keine zwei Meter vor mir und sah mich einfach nur an. Wie ein hungriger, jagdlustiger Wolf stand er da und wartete meine nächste Reaktion ab. Er war hellwach und seine Pupillen geweitet, er hatte anscheinend großen Spaß, mich aus der Fassung zu bringen. Doch dieses Mal hatte er sich getäuscht. Dieses Mal war es anders, alles hatte sich verändert. Ich hatte mich verändert. Ich war nicht mehr das schwache Geschöpf, das nur darauf wartete, den gesamten Frust und Hass abzubekommen. Tessa war keine Beute mehr. Ich ballte meine Hände zu Fäusten und nahm den ganzen Mut zusammen. Ich atmete tief ein und überlegte mir ganz genau, was ich zu sagen hatte.

»Ehrlich gesagt, nein! Nein, Hannes, ich habe dich nicht vermisst. Ganz im Gegenteil«, antwortete ich derart selbstbewusst und ruhig, dass ich selber von mir überrascht war.

Hannes war es anscheinend auch. Er hob ungläubig seine Augenbrauen und fing an zu schmunzeln. Er kam noch ein Schritt näher und fixierte mich.

»Da schau her, ganz schön mutig. Ja, ich sehe, du hast dich ein wenig verändert, doch leider nicht zu deinem Vorteil. Süße, ich habe monatelang damit verbracht, dich ausfindig zu machen, um dich wieder nach Hause zu holen. Jetzt bloß keine Szene machen, ja? Sei vernünftig und dann wird dir nichts passieren, haben wir uns verstanden?«, sagte er.

»Nein! Als Erstes möchte ich dir sagen, dass ich definitiv nicht deine „Süße" bin. Das war ich eigentlich nie! Du hast es dir nur die ganze Zeit eingebildet! Zweitens werde ich sicherlich nie mehr nach Hause zurückkehren, denn ein Zuhause war es nie für mich, sondern eher ein Gefängnis und drittens solltest du rasch dorthin zurückkehren, wo du hergekommen bist und dich nie wieder hier blicken lassen!«, meine Worte hallten durch den menschenleeren Park.

Ich war selber von dem Mut überrascht, der mich gerade übermannte. Ich spürte, wie ich größer und stärker wurde, obwohl dieses Monster vor mir stand und jede Sekunde versuchen würde, mich zu zerfleischen. Ich bot ihm gerade die Stirn. So musste sich wohl Gandalf gefühlt haben, als er auf der Brücke in Moria stand, um ihn herum nur Fels und Dunkelheit und vor ihm Balrog, der Dämon aus Schatten und Feuer. Doch der Unterschied zwischen mir und Gandalf bestand darin, dass dies hier die Wirklichkeit war und ich keinen magischen Stab besaß, sondern lediglich Mut und Willensstärke.

Hannes sah mich ungläubig an und hörte nicht auf zu schmunzeln.

»Das gefällt mir. Ich mag diese neue Seite an dir. Es steht dir«, sagte er und berührte mich am Arm.

Ich zuckte sofort zurück und schlug seine Hand weg.

»Fass mich nicht an!«, schrie ich ihn an und hoffte auch, dass ich eventuell von vorbeigehenden Passanten gehört werden würde.

Ich brauchte dringend Unterstützung.

Ich brauchte Raik.

Jetzt!

»Ich gehöre nicht dir, ich habe dir niemals gehört! Ich habe meine große Liebe endlich gefunden und DU bist es definitiv nicht! Ich trage auch sein Kind unter meinem Herzen! Sieh her!«, brüllte ich ihn an, um es ihm so richtig unter die Nase zu reiben, öffnete ich meine Jacke und präsentierte ihm meinen wunderschönen Babybauch.

Hannes erstarrte.

Er riss die Augen panisch auf und ich konnte es förmlich sehen, wie die Farbe aus dem Gesicht verschwand. Er sah ohnehin schon übel aus, doch der Schock verlieh ihm eine gräuliche Gesichtsfarbe. Er starrte auf meinen Bauch und sagte kein Wort. Keine Reaktion. Danach wurde mir schwarz vor Augen.

35 *Hannes*

Diese Schlange! Sie würde es so bereuen! Wie konnte sie es nur wagen? Wie oft wollte sich mich noch bloßstellen? Hat das Von-ihr-Hintergangen-Werden nicht gereicht? Hat sich von einem dahergelaufenen Loser schwängern lassen, um es mir derart unter die Nase zu reiben? Das ging eindeutig zu weit!

Sie hatte die Grenze überschritten.

Ich trug Tessa wie einen Wäschesack auf meiner rechten Schulter und eilte zum Parkplatz, wo mein Mietauto stand. Sie hatte das Bewusstsein verloren. Wenn sie nicht freiwillig mitgehen würde, müsste ich sie wohl nach Hause tragen. Ich hoffte, dass meine harte Rechte sie möglichst lange außer Gefecht setzen würde. Ich brauchte jetzt keine Schreie oder irgendeine andere Form von Hysterie, was die Aufmerksamkeit anderer auf uns ziehen würde. Ich versuchte, leise und unbemerkt zu bleiben, denn wenn mich jemand sehen würde, wie ich eine bewusstlose Frau durch den Park trug, würde er sich sofort ausmalen können, was vor sich ging.

Ich wusste ganz genau, dass ich mit dem Feuer spielte und es nur eine geringe Chance gab, diese verzwickte Situation zu meiner vollsten Zufriedenheit enden zu lassen, doch ich konnte sie nicht gehen lassen. Ich musste den Plan durchziehen. Tessa gehörte zu mir, das hatte sie vor Gott und allen Anwesenden geschworen und ich würde sie jedes Mal daran erinnern. Auch wenn es manchmal schmerzlich für sie sein würde.

Aus dem Augenwinkel bemerkte ich eine schwarze Silhouette, die anscheinend ebenfalls Richtung Parkplatz ging. Verdammt! Ich bog rechts ab und versuchte mich, oder besser gesagt uns, unsichtbar zu machen. Ich verließ den Park und ging eine schlecht beleuchtete Gasse entlang, die anscheinend zur Küste führte. Ich ging schnell, um nicht gesehen zu werden und merkte, wie mir die Puste langsam ausging. Die verdammten Zigaretten. Meine Kondition war am Boden. Ich pfiff wie eine Lokomotive aus allen Löchern und der Schweiß rann mir übers Gesicht. Lange würde ich es nicht mehr durchhalten.

Ich wusste zwar nicht, wohin es mich verschlug, aber ich musste raus aus der Stadt. Weg vom Trubel. Nächste Gasse links, danach wieder rechts. Die Laternen verschwanden langsam und ich konnte schon recht deutlich das leise Rauschen des Ozeans hören und die salzige Luft riechen. Mein Verstand setzte langsam aus, ich konnte nicht mehr klar denken.

Ich trug Tessa Richtung Küste, einfach weg aus der Stadt. Der Vollmond wies mir den Weg. Ich wusste zwar immer noch nicht, wohin ich ging, aber ich fühlte mich verfolgt.

Ich drehte mich kurz um und lauschte in die Dunkelheit hinein. Nichts als Meeresrauschen. Erleichtert, dass mir niemand gefolgt war, setzte ich Tessa am Strand ab und kniete mich neben sie. Ich legte sie vorsichtig hin und betrachtete ihre makellose Schönheit. Der schimmernde Mondschein verlieh ihr etwas Elfenhaftes.

So zerbrechlich …

Mein Blick glitt hinunter zu ihrem leicht gewölbten Bauch. Wut überkam mich erneut, mein Puls schnellte nach oben. Sie hatte sich tatsächlich von diesem primitiven Loser schwängern lassen! Wie konnte sie mir das nur antun?! Ich starrte sie an und meine Emotionen überkamen mich. Ich konnte keine klaren Gedanken fassen und hatte überhaupt keinen blassen Schimmer, wie es nun weitergehen sollte. Panik! Ich fuhr mir wild durch die Haare und schüttelte verzweifelt den Kopf.

»Nein, nein, nein …«, wiederholte ich leise vor mich hin.

Was machte ich da nur?

Körperverletzung mit Freiheitsberaubung und Entführung, das war kein optimaler Weg, um ihr Herz wiederzugewinnen. So würde sie nicht zu mir zurückkehren. Ich hatte meine zweite Chance vertan.

»Idiot!«, murmelte ich.

Tessa rührte sich. Sie stöhnte leise auf und öffnete langsam ihre Augen. Mit schmerzverzerrtem Gesicht sah sie zu mir hoch. Ihr

Blick war nicht angsterfüllt oder panisch, nein, ganz im Gegenteil, eher klar und gefasst. Sie fasste sich instinktiv an den Bauch und umklammerte ihn fest. Der Mutterinstinkt setzte ein. Plötzlich veränderte sich ihr Blick und sie verpasst mir mit ihrem rechten Knie einen ordentlichen Kinnhacken, sodass es mich rückwärts in den Sandboden beförderte. Mit voller Wucht fiel ich nach hinten. Tessa drehte sich zur Seite, stand auf und ich hörte ihre Schritte, die sich schnell von mir entfernten. Sie versuchte wegzulaufen. Ich sah ihr nach und konnte erkennen, dass sie zum nahe gelegenen Leuchtturm rannte.

»Tessa, nein warte! Bleib hier, lass uns vernünftig noch mal darüber reden! Bitte!«, rief ich ihr nach, doch sie erhörte meine Bitte nicht.

Sie lief schnurstracks zum Turm und ging hinein. Ich raffte mich auf und folgte ihr. Ich musste diese verzwickte Situation doch noch irgendwie retten, auch wenn es für mich recht aussichtslos schien.

Das Laufen im groben Lavasand bereitete mir große Schwierigkeiten, meine Beine fühlten sich an, als ob ich Betonklötze an den Füßen hätte. Am Turm angekommen öffnete ich die kleine Eingangstür und ging die schmale Wendeltreppe hoch.

»Tessa?!«

36 Tessa

Mein Puls raste. Ich schnaufte wie ein Rennpferd. Ich war auf der Flucht. Mein Verstand war voll da und meine Sinne geschärft. Ich rannte um mein Leben, das war mir klar. Doch nun ging es nicht nur um mich, es ging dieses Mal auch um das zarte Leben meines ungeborenen Kindes. Ich musste das Wertvollste und Kostbarste beschützen, das ich jemals in meinem Leben besessen hatte.

Mein Kind.

Ich lief die schmalen Steinstufen hinauf und je höher ich hinaufstieg, umso beklemmender wurde das Gefühl in meinem Bauch. Ich lief in eine Falle, oben gab es kein Entkommen mehr. Wie konnte ich nur glauben, dass ich hier oben sicher war? Verdammt, ein Umkehren war unmöglich. Hannes war mir dicht auf den Fersen.

Endlich oben angekommen, blieb ich stehen und stütze mich am Metallgeländer, um wieder ein wenig Luft zu bekommen. Ich ging in die Schonhaltung und konzentrierte mich aufs Ein- und Ausatmen. Ich blickte auf und vor mir wütete der Ozean, als würde sich mein Gemütszustand in ihm widerspiegeln. Aufgeregt und wütend, der starke Wind peitschte mir um die Ohren. Ein heftiger Sturm war im Kommen, man konnte die elektrische Spannung in der Luft förmlich spüren.

Um den Leuchtturm herum war es stockfinster, auf Rettung konnte ich vergeblich warten. Niemand konnte mir helfen, ich war auf mich alleine gestellt.

Ich hörte Hannes meinen Namen rufen, er war mir auf den Fersen. Wie konnte ich nur denken, dass er mich jemals gehen lassen würde? Eher würde er mich umbringen, als mich gehen zu lassen. Tief in meinem Inneren wusste ich, dass er mich immer noch liebte, doch seine Liebe war krankhaft und abartig. Der Hannes, den ich damals geheiratet hatte, war schon lange verschwunden. Er hatte sich in Luft aufgelöst. Nichts von dem, was wir einst hatten, war geblieben. Nichts außer Eifersucht, Hass und blinde Wut.

»Tessa!«, hörte ich Hannes brüllen.

Oben angekommen, baute er sich vor mir auf. Er rang ebenfalls nach Luft und ich konnte klar und deutlich die Verzweiflung in seinen Augen erkennen. Er hatte stark abgenommen und sah krank aus. Er schwitzte aus allen Poren. Mitgenommen und abgemagert, seine Haut sah fahl und ungesund aus. Fast erschrak ich, ihn so zu sehen. Doch nein, schuldig fühlte ich mich nicht, oder besser gesagt, nicht mehr. Zu lange hatte er mich für all das, was geschehen war, verantwortlich gemacht. Damit hatte ich abgeschlossen, ich wusste ganz genau, dass es einzig und allein seine Schuld war.

»Warum läufst du immer weg? Verdammt, lass das sein! Du weißt, dass es im Grunde nichts bringt! Tessa, ich werde dich immer finden, egal wie weit du von mir wegläufst. Du kannst mir nicht entkommen, verstehst du das nicht?«, schrie er mich an.

Ich stand stramm und aufrecht vor ihm, das Kreuz gerade, nur dieses Mal würde er mich nicht mehr in die Knie zwingen. Er hatte keine Macht mehr über mich, ich war ein anderer Mensch geworden und hatte noch zusätzlich ein kleines Lebewesen zu beschützen. Ich war stark. Ich würde ihm die Stirn bieten.

»Hannes, das willst du doch nicht … Warum das alles?«, fragte ich ihn, so ruhig ich nur konnte, um ihn nicht noch wütender zu machen.

Ich musste hier weg, wusste aber noch nicht, wie ich es anstellen sollte. Ich brauchte mehr Zeit.

»Seit wann weißt du, was ich will?«, blaffte er mich an.

»Bitte, lass mich gehen. Lass uns gehen«, flehte ich ihn an und legte demonstrativ meine Hand auf den Bauch.

»Verdammt Tessa! Hör auf damit! Du hast alles ruiniert! Sieh nur, was du uns angetan hast!«, schrie er.

»Ich? Ich habe nichts ruiniert, wenn wer dafür verantwortlich ist, dann nur du!«, antwortete ich. Ich blieb ruhig, aber hellwach.

»Sei still!«, schrie er.

Er holte aus und seine Rechte traf mich von der Seite. Mein Kopf schnellte zur Seite. Gerade noch konnte ich mich am Metallgeländer festhalten, um nicht das Gleichgewicht zu verlieren. Der Metallboden war durch die aufsteigende Gischt rutschig geworden. Instinktiv riss ich meinen Mund auf, als müsste ich gähnen, um dem Schmerz Einhalt zu gebieten. Ein schriller Pfeifton ließ mich zusammenfahren. Verdammt!

»Na, willst du es wieder auf die harte Tour? Ich werde dich nicht gehen lassen, das weißt du. All in Tessa, all in!«, witzelte er, als würde es ihm sehr großen Spaß bereiten, mich zu verprügeln.

»Schlage sie noch einmal und ich breche dir jeden verdammten Knochen, den du besitzt!«, hörte ich eine mir sehr bekannte Stimme.

»Raik!«, flüsterte ich erleichtert.

Er war gekommen.

Er hatte mich endlich gefunden.

Ich atmete tief ein und aus. All meine Härchen richteten sich auf.

»Tessa, geh langsam zurück und stell dich hinter mich«, sagte er in einem ruhigen, aber bestimmten Ton.

Ich machte einen Schritt zurück, dann noch einen und endlich spürte ich ihn …

Ich erkannte ihn blind. Raik stand nun da wie ein Fels in der Brandung. Ich trat langsam hinter ihn und hielt mich am Geländer fest, um nicht auszurutschen. Instinktiv streckte er beide Arme zur Seite aus und fixierte Hannes. Er forderte ihn heraus.

Nun standen sie sich schließlich gegenüber. Ich konnte Raiks unfassbare Wut spüren, sie vibrierte förmlich in der Luft. So kannte ich ihn nicht.

»Was für ein schönes Familientreffen! Wenn das nicht der haarige Loser ist, der meine Frau geschwängert hat!«, sagte Hannes belustigt und lachte laut auf.

Sein Gesicht verzerrte sich zu einer Fratze. Es war ein skurriles Szenario, dass an Ironie kaum zu übertreffen war. Der Wind legte deutlich zu. Es würde nicht mehr lange dauern, bis der Regen einsetzen würde.

»Dreh dich um, verlasse den Turm, verlasse das Land und kehre nie wieder zurück. Dann wird dir auch nichts geschehen!«, forderte ihn Raik auf.

Seine Stimme war verblüffend ruhig. Seine Sinne waren geschärft und er war anscheinend auf alles, was wohl folgen möge, vorbereitet.

»Arschloch! Du hast mir gar nichts zu befehlen!«, brüllte Hannes aus tiefster Kehle.

Seine Stimme überschlug sich.

Mit einem Satz stürmte Hannes plötzlich auf Raik zu. Er war wie von Sinnen und war nicht mehr aufzuhalten. Wie in Zeitlupe drehte sich Raik langsam zur Seite, wich ihm aus, wie in dem Film Matrix. Das skurrile Szenario lief wie in Zeitlupe ab. Raik drückte mich sanft gegen die Leuchtturmsteinmauer. Hannes verpasste seinen Schlag, die Faust ging an Raiks Kinn vorbei. Hannes rutschte aus. Er knallte so hart gegen das Geländer, dass es ihm die Beine wegriss und er kopfüber über das Geländer fiel.

»Ah!«, entkam es mir.

Der kurze Aufschrei verstummte und verschmolz mit dem tosenden Meer. Es wirkte völlig surreal, als würden die Wellen wie nach einer Theateraufführung applaudieren.

Es war vorbei.

Raik und ich standen noch immer mit dem Rücken zur Steinmauer, sein linker Arm schützend vor meiner Brust. Wir sahen uns an und keiner von uns wagte, etwas zu sagen. Sekunden, Minuten vergingen. Der Wind peitschte uns ins Gesicht und es fing an zu regnen. Komischerweise war der Regen sanft und reinigend, so anders, als ich es nach den Sturmböen erwartet hatte.

Hand in Hand gingen wir schließlich vorsichtig zum Geländer und wagten einen Blick hinunter.

Da lag er.

Regungslos.

Hannes Wut hatte ihn selbst zerstört. Sie hatte ihn in die Tiefe gerissen.

Mit dem Gesicht nach unten war Hannes auf den mit unzähligen Felsvorsprüngen gespickten Untergrund geknallt.

Es war ein Unfall gewesen.

Ein Unglück, das niemand von uns hatte kommen sehen. Die Geschichte hatte eine andere Wendung genommen. Das Schicksal hatte sich an ihm gerächt.

Das Monster war besiegt.

MEIN Monster war tot.

»Es ist vorbei …«, flüsterte Raik schließlich leise vor sich hin.

Er drückte kurz meine Hand und ich spürte die Erleichterung, die mich beinahe überwältigte. Ich starrte noch immer in den Abgrund und war sehr erstaunt darüber, dass ich im Grunde überhaupt nichts fühlte. Keine Trauer, kein Schmerz, aber auch keine Freude. Es war, als hätte ich meine Gefühle Hannes betreffend in den letzten Monaten komplett aufgearbeitet. Ich spürte nichts. Ich hatte mich selbst geheilt und war nun mit mir und mit der Welt im Reinen.

Ich war endlich frei.

»Fühl mal«, sagte ich und nahm Raiks Hand.

Ich legte sie sanft auf meine Babykugel und wartete ab. Da war es wieder, ein winzig kleiner Tritt.

»Meine Güte, Tessa. Ich habe unser Baby gespürt …«, flüsterte Raik.

»Ja, es ist erstaunlich, oder?«, fragte ich ihn.

Raik nickte mir zu. Unserem ungeborenen Kind ging es gut, es hatte alle Blessuren gut überstanden und ließ uns auch daran teilhaben.

»Es wird ein kleiner Krieger, wie die Mama. Stark und unbesiegbar«, sagte Raik liebevoll und zog mich in seine Arme.

Wir umarmten uns.

Die Zeit blieb stehen. Ich würde diesen Moment für immer in Erinnerung behalten.

Für immer in meinem Herzen …

37 Tessa und Raik
Vier Jahre später

Die Sonne kitzelte meine Nase. Ich lag auf der großen Picknick-decke und streifte mit den Händen über das saftig, grüne Gras. Der Sommer war Ellies Lieblingsjahreszeit. Nun war sie schon fast vier Jahre alt und sprühte voller Energie.

Ich lag auf der Decke und beobachtete Raik, unsere Tochter und Maximus beim Toben im Garten. Sie spielten fangen, Ellie rannte voraus, ihre wilden rotblonden Locken wippten vergnügt auf und ab, ihr sonnengelbes Sommerkleid flatterte in der warmen Sommerbrise.

»Mama, schau mal, wie schnell ich laufen kann!«, rief sie mir quietschvergnügt zu.

»Ja, mein Käfer, toll machst du das!«, rief ich ihr zu.

Mein Herz zersprang fast vor Freude. Dieser Anblick ließ mich vor Stolz platzen, ich konnte noch immer nicht glauben, wie glücklich und gesegnet wir waren.

Das Unglück am Leuchtturm wurde damals von der Polizei als Unfall eingestuft, die Ermittlungen eingestellt. Als die unzähligen Recherchen und Dokumentationen auf Hannes Computer gefunden wurden, kam die gesamte Perversion an die Oberfläche. Ich schenkte der Polizei reinen Wein ein, legte eine eidesstaatliche Erklärung ab und mir wurde im Nachhinein sogar das gesamte Hab und Gut meines toten Schlägergatten überschrieben.

Somit konnten wir in Island mehr Grund dazukaufen und unser kleines Häuschen ausbauen. Wir zogen nicht um, kauften nichts Neues, wir vergrößerten lediglich unseren Lebensraum. Zum Glücklichsein brauchten wir nicht viel, wir hatten ja UNS!

Ich lehnte mich zurück, schloss meine Augen und lauschte der Melodie, die mich umgab, die für mich nun die Welt bedeutete. Alles, was für mich zählte.

Meine Familie im Einklang mit der Natur.

Ich war angekommen.

Ich war endlich zu Hause.

Die Autorin

Oana WENINGER (Mädchenname
Oana Madalina Mirón) wurde 1979 in
Bukarest geboren und wollte schon
als Kind nur eines: Romane schreiben! Spannende Geschichten, vor
allem Tabuthemen sollten ans Licht
gebracht und thematisiert werden.
Mit „Meerhabilitation" hat sich die
Autorin ihren großen Lebenstraum
erfüllt und endlich ihren ersten Roman auf Papier
gebracht. Inspiration findet die Autorin in der Natur, beim Fotografieren, Wandern, aber vor allem
in den Bergen und auf Reisen. Ihre Liebe zu Island
ist unverkennbar. Sie lebt mit ihrem Mann und den
zwei Kindern in der grünen Steiermark in der Nähe
von Graz.